EMILY BOLD

Wenn Liebe nach Pralinen schmeckt

Montlake Romance

Das Buch

Amy Bishop hat die Pralinenfabrik ihres Großvaters geerbt und mit ihr eine ganze Menge Probleme.

Die »Sugar-Tale-Corporation« droht den kleinen Betrieb zu übernehmen und sendet den Wirtschaftsberater Ryan Scandrik, um rapide Änderungen in den gewohnten Strukturen des Familienbetriebs durchzusetzen.

Amy widersetzt sich dem zwar äußerst attraktiven, aber gefühlskalten und berechnenden Scandrik, wo immer sie kann. Doch all ihre Pläne, die Firma vor der Übernahme durch Scandriks Auftraggeber zu verhindern, scheinen aussichtslos. Zu allem Überfluss verliebt sie sich auch noch in diesen unmöglichen Kerl. Sie sucht Rat bei Kendra, einer Freundin ihres Großvaters. Doch was Amy bis dahin nicht weiß: Auch Kendra hat einst ihre Liebe für die Firma geopfert …

Die Autorin

Emily Bold lebt mit ihrer Familie in einem idyllischen Ort in Bayern mit Blick auf Wald und Wiesen – äußerst ruhig und inspirierend. Sie schreibt Liebesromane, Paranormal Romance und Jugendbücher.

EMILY BOLD

Wenn Liebe nach Pralinen schmeckt

Roman

Montlake Romance

Deutsche Erstveröffentlichung bei
Montlake Romance, Amazon Media EU S.à r.l.
5 Rue Plaetis, L-2338 Luxembourg
Oktober 2016

Umschlaggestaltung: semper smile, München, www.sempersmile.de
Umschlagmotiv: © Barbara Neveu /Shutterstock; © Tetiana Shumbasova / Shutterstock; © id-art /Shutterstock
Lektorat: Karla Schmidt
Printed in Germany
By Amazon Distribution GmbH
Amazonstraße 1
04347 Leipzig, Germany

ISBN: 978-1-503-94046-8

www.amazon.de/montlakeromance

Substantiv: Pra-li-ne, die
Bedeutung: Gefülltes Konfekt aus Schokolade in mundgerechter Form
Herkunft: Aus dem Französischen für *gebrannte Mandel.* Benannt nach *Marschall Plessis-Pralin*, dessen Koch die Spezialität erstmals für ihn herstellte.

Eine Praline ist wie die Liebe:
Sie ist süß, jedes Mal anders und macht all jene glücklich,
die nach ihr greifen.
Auch wenn sie noch so klein ist, sollten wir nicht verpassen,
sie zu genießen.

Kapitel 1

Pechsträhne

»Ich muss los.« Amy leerte ihre Teetasse und schob ihren Hocker zurück, um den vertrauten Platz am Tresen des *Little Pie* freizugeben.

»Du bist immer in Eile. Du solltest wirklich mal ein wenig langsamer machen«, sagte Kendra Harris tadelnd.

Amy griff nach der faltigen Hand ihrer großmütterlichen Freundin und legte ihr wie jeden Tag eine einzelne, in durchsichtige Folie geschlagene Praline hinein.

»Unsinn, Kiki. Du weißt doch selbst, wie das ist. Wenn einem etwas wichtig ist, mobilisiert man unheimliche Kräfte.«

»Ja, unheimlich ist mir das schon lange, Liebes. Du gönnst dir keine Pause und arbeitest viel zu oft bis tief in die Nacht.« Kendra zog ihre Hand zurück und strich liebevoll über das Folienpäckchen. »Das hätte dein Großvater nicht gewollt. Das weiß ich. Er hätte sich gewünscht, dass du dir einen fleißigen Mann suchst, heiratest und ein Dutzend Kinder bekommst.«

Aus ihren graublauen Augen, die von Falten umringt waren, sprach Sorge. Amy hätte ihre Freundin gerne beruhigt. Aber das konnte sie nicht.

»Grandpa hätte nicht gewollt, dass alles vor die Hunde geht! Er hat immer vollen Einsatz gezeigt – und es ist das Mindeste, wenn ich das jetzt auch tue.«

»Du bist mit deinem Job verheiratet!«, schimpfte Kiki.

»Na, zumindest kommt der nicht spätabends nach einem Footballspiel betrunken nach Hause und kotzt mir die Bude voll«, gab Amy mit einem Augenzwinkern zurück.

Kendra lächelte nicht. »Er wird dich aber auch nicht wärmen oder trösten, wenn es dir mal nicht gut geht.«

»Ich arbeite in einer Pralinenfabrik! Wenn das nicht glücklich macht, dann weiß ich auch nicht!«

Zweifelnd neigte Kendra den Kopf. Eine tiefe Falte hatte sich über ihrer Nasenwurzel gebildet. »Bist du denn glücklich?«

Amy zuckte mit den Schultern und legte das Geld für ihren Tee wie jeden Tag bereits abgezählt auf den Tresen. Und wie immer schüttelte ihre Freundin so entschieden den Kopf, dass ihre mit Haarspray fixierte graue Dauerwelle wippte. »Wie oft muss ich es dir noch sagen, Liebes? Solange ich hier etwas zu melden habe, wirst du dein Geld behalten.« Sie nahm die Praline an sich und warf einen Seitenblick auf ihre Schwiegertochter Marissa, die mit sauertöpfischer Miene die Tische am Fenster abwischte. »Aber so eine kannst du mir morgen gerne wieder mitbringen.«

Amy zwinkerte ihr zu und schlüpfte in ihren Mantel. »Wird gemacht.«

Auch sie sah besorgt hinüber zu Kikis mürrischer Schwiegertochter. Irgendwann würden Kendras Sohn Jim und seine Frau der alten Dame nicht mehr erlauben, im Café mitzumischen. Ihr verstorbener Mann hatte das *Little Pie* bereits vor fünfzig Jahren eröffnet, und die Pies waren bis weit über die Stadtgrenze hinaus bekannt. Trotzdem machte Jim kein Geheimnis daraus, dass er es nur widerwillig weiterführte. Er suchte seit Langem einen Käufer. Amy hoffte insgeheim, dass er den nicht zu bald finden würde, denn nicht nur für sie war das Café so etwas wie ein Zufluchtsort. Sie saß gerne hier bei einer Tasse Tee und lachte mit Kiki.

»Dann bis morgen, Liebes.« Kendra winkte zum Abschied und begann, die Folie von der Praline abzuwickeln.

»Bis morgen, Kiki.«

Beim Hinausgehen ließ Amy die Münzen für den Tee zurück in ihre Geldbörse fallen. Eine eisige Böe schlug die Tür hinter ihr zu, fuhr ihr unter den Mantel und riss eine ihrer goldenen Haarsträhnen aus dem lose geflochtenen Zopf. Blätter wirbelten wie bunte Tänzer über die Straße und über ihre Pumps. Amy presste sich die Handtasche an die Brust und eilte den Gehweg entlang. Der Wind aus den Rocky Mountains heulte in den Spitzen der Kiefern über ihr und sie beschleunigte ihren Schritt noch weiter. Auf der anderen Straßenseite düste ein Junge auf einem Skateboard vorbei, das Handy am Ohr, doch ansonsten waren bei diesem Wetter kaum Leute unterwegs. Einige Autos fuhren vorüber, aber die roten Rücklichter verschwanden schnell in der Dunkelheit. Obwohl es schon nach acht war, dachte Amy nicht daran, in ihre kleine Wohnung zurückzukehren. Stattdessen lenkte sie ihre Schritte durch den ersten Herbststurm nach Westen in Richtung Stadtrand. Eine Zeitung wehte über die Fahrbahn und blieb auf halber Höhe an einem Laternenmast hängen, ehe sie von einer Böe weitergerissen wurde.

Amy fröstelte in ihrer dünnen Nylonstrumpfhose und dem knielangen Rock.

»Scheiß Tussen-Outfit«, murmelte sie und versuchte im Gehen, ihre Haarsträhne zurück in den Zopf zu stecken. Wie gerne hätte sie jetzt ihre Jeans und die bequemen, warmen Boots getragen statt dieses adretten Sekretärinnen-Looks. Außerdem hatte sie sich ganz umsonst so in Schale geworfen, denn der Mann, für den sie das trug, war nicht einmal gekommen.

Amy fluchte leise vor sich hin. Sie hätte ihren täglichen Besuch im *Little Pie* heute besser ausfallen lassen sollen, aber nach der Enttäuschung des Tages hatte sie sich nach dem tröstlichen Zuspruch ihrer Freundin gesehnt. Trotzdem war es nicht ihre beste Entscheidung gewesen, bei diesem Wetter zweimal quer durch die Stadt zu laufen. Warum hatte sie nicht das Auto genommen? Sie hatte gedacht, ein kleiner Spaziergang würde ihr helfen, den Kopf frei zu bekommen. Aber als die ersten Regentropfen vom Himmel fielen, bereute es Amy, ihrer Impulsivität nachgegeben zu haben. So schnell es ihre hochhackigen Schuhe zuließen, eilte sie weiter. Sie wischte sich die Tropfen aus dem Gesicht und raffte ihren Mantel enger. Nur noch über die Straße, und …

Reifenquietschen und grelles Scheinwerferlicht schreckten Amy auf. Begleitet von lautem Hupen sprang sie zurück und stemmte mit einem Schrei die Hände auf die regennasse Motorhaube, als könne sie damit den Zusammenstoß verhindern. Panisch versuchte sie, den Fahrer hinter der Windschutzscheibe auszumachen. Der Idiot hätte sie beinahe umgebracht!

Ihr Herz raste, die Knie zitterten, und jede Faser ihres Seins war wie ein Bogen gespannt. Der Schock jagte ihr bis in die Haarspitzen.

»Sind Sie irre?« Der Fahrer schrie sie durch die Frontscheibe an. Er hielt das Lenkrad umklammert und hatte die Augen aufgerissen.

Amy taumelte benommen auf den Gehweg, obwohl ihre Handtasche noch vor dem Mercedes lag. Sie wischte sich fahrig die Haare zurück und knickte in ihrem Schuh um. All das geschah wie durch einen dichten Nebel. Einzig ihr pochender Herzschlag und ihre eisigen Finger schienen real. Sie konnte nichts sagen, nicht einmal ihre Tasche aufheben, so tief saß der Schreck.

»Passen Sie doch auf, wo Sie hinlaufen!«, rief der Typ und schimpfte dann weiter vor sich hin.

Amy war froh, dass sie nur die Hälfte von dem verstand, was er aus seinem dunklen Wageninneren heraus so von sich gab. Als er Anstalten machte auszusteigen, begann Amys Gehirn wieder zu arbeiten. Das Letzte, was sie jetzt brauchen konnte, war eine Diskussion mit diesem Idioten, darum raffte sie sich stöhnend auf. Ihr linker Knöchel schmerzte höllisch, und sie schlüpfte ungeschickt aus ihren Schuhen. Mit den Pumps in der Hand hinkte sie zitternd wie Espenlaub vor dem Auto über die Straße, bückte sich nach ihrer durchnässten Tasche und humpelte weiter.

»Sind Sie verletzt?«, hörte sie den Fahrer hinter sich rufen, als sie die andere Fahrbahnseite erreicht hatte.

»Alles bestens!«, presste sie heraus, ohne stehen zu bleiben.

Kurz darauf hörte sie die Wagentür zufallen, der Motor wurde gestartet und dann sah sie den Wagen um die nächste Ecke biegen.

Erst ihre vor Kälte kribbelnden Zehen rissen sie aus ihrer Starre und sie rieb sich den schmerzenden Knöchel. Gott sei Dank hatte sie es fast geschafft. Nur der kurze Weg durch den Park trennte sie noch von dem tröstlichen Schein der Parkplatzbeleuchtung ihrer Firma. Obwohl alles in ihr nach einem heißen Bad schrie, würde sie sich auch heute wieder hier die Nacht um die Ohren schlagen.

Sie bückte sich unter der Schranke für Lieferfahrzeuge hindurch und hinkte bis zum Hintereingang von *Archers Original Sweets*. Ohne das Deckenlicht anzumachen, folgte sie dem von grüner Notbeleuchtung erhellten Weg durch die Produktionshalle. Süße Aromen hingen in der Luft und Amy atmete tief den vertrauten Geruch ein.

Sie erinnerte sich, wie sie als kleines Mädchen an der Seite ihres Großvaters gestanden hatte, die Nase über den Arbeitstischen mit dem Marzipan, den Nüssen und der Schokolade, und ihm zugesehen hatte.

Bevor die Trauer in ihr zu stark werden konnte, zwang sie ihre Gedanken zurück in die Gegenwart. Sie ging an langen Laufbändern, deckenhohen Kesseln und Verpackungsanlagen vorbei, die Treppe hinauf bis zu ihrem Büro. Als sie dort ankam, war von ihrer Strumpfhose kaum mehr etwas übrig und sie zögerte nicht, sich des nassen Stücks zu entledigen. Erst dann machte sie ihre Schreibtischlampe an und setzte sich im Schneidersitz an ihren Platz. Sie rieb sich die kalten Zehen und versuchte ohne Erfolg, ihre feuchten Haare mit den Fingern zu entwirren.

Ihr Blick suchte das silbergerahmte Foto ihres Großvaters. Stolz stand er auf der Schwarz-Weiß-Fotografie vor dem Eingang dieser Fabrik. Das geschwungene Schild in Pralinenform sah nagelneu aus. Mister Archer trug eine entschlossene Haltung zur Schau. Amy kniff traurig die Lippen zusammen. Es war beinahe ein Glück, dass er nicht mehr miterleben musste, was aus seinem Lebenswerk wurde. Mutlos senkte sie den Kopf und bemerkte das Blinken des Telefons. Das Lämpchen zeigte, dass sie einen Anruf verpasst hatte.

»Na super!«, murrte sie und sah auf die Uhr. Gleich neun. Während sie nach dem Hörer griff, weckte sie mit einem Mausklick ihren Computer aus dem Stand-by.

Der Anrufer hatte eine Nachricht hinterlassen. Amy spielte sie ab und studierte dabei die Tabelle mit den roten Zahlen auf ihrem Monitor.

»Miss Bishop? Ryan Scandrik hier. Ich bedauere, es heute nicht mehr geschafft zu haben. Erwarten Sie mich morgen bei sich im Büro. Ich werde um acht bei Ihnen sein.«

Mit einem lauten Seufzen ließ Amy den Hörer zurück auf seinen Platz fallen. Ihr Blick glitt von den roten Zahlen zu ihrer halb aus dem Mülleimer hängenden Strumpfhose. Ihre Bluse war zerknittert und ihr linker Knöchel angeschwollen.

Nach dem Schreck mit dem Beinahe-Unfall fühlte sie sich erst recht nicht in der Lage, sich Mister Scandrik zu stellen. Sie hatte schließlich heute mit ihm gerechnet. Sich zurechtgemacht, alles vorbereitet und den kompletten Tag damit vertan, auf ihn zu warten. Und jetzt sollte sie diesen ganzen Aufwand morgen noch einmal betreiben?

Frustriert zog Amy sich den nächsten Ordner heran und blätterte ratlos durch die Seiten. Sie hätte einfach verhindern müssen, dass dieser Konzern sich Stück für Stück das Lebenswerk ihres Großvaters einverleibte. Sie hätte einen Weg finden müssen, *Archers Original Sweets* zu retten.

Mit einem Neonmarker umkreiste sie eine der Positionen auf dem Buchhaltungsformular vor ihr. Sie musste sich konzentrieren, aber ihre düsteren Gedanken ließen sich nicht vertreiben.

Archer Original Sweets steckte in Schwierigkeiten – und nun galt es zu retten, was zu retten war. Die Produktionshalle, den Geburtsort der köstlichsten Pralinen der Welt, und vor allem die vielen Arbeitsplätze.

Man schickte Scandrik, um eine Unternehmensbewertung vorzunehmen. Das war absurd, denn die *Sugar-Tale-Corporation* hatte in Amys Augen keinerlei Rechte an der Fabrik ihres Großvaters. Es war ihre Firma – zumindest hatte es sich bisher so angefühlt. Amy verstand noch immer nicht, wie es dem Konzern aus Chicago gelungen war, sich fast die Hälfte der Firmenanteile anzueignen. Doch wenn es nach ihr ginge, würde dieser kapitalistische Großkonzern niemals die Mehrheit bekommen! Sie wusste, was dann drohte. Diese Fabrik musste bestehen bleiben, egal, was dieser Mister Scandrik sagte. Und sie würde mit allen Mitteln verhindern, dass er seine Nase in Angelegenheiten steckte, die ihn nichts angingen. Mit allen Mitteln!

Kapitel 2

Verhandlungen

Ryan Scandrik lenkte den Wagen lässig mit einer Hand auf den geschotterten Parkplatz vor der Fabrik in Frisco, Colorado. Die andere Hand ruhte entspannt auf der Mittelarmlehne.

»Nein, wir gewähren keinen Aufschub. Sagen Sie ihm das, Doris. Die Sache läuft lange genug – es wird Zeit, das zu beenden. Ach, und Doris, besorgen Sie bitte eine kleine Entschuldigung für Ella. Ich werde die Aufführung in der Schule wohl leider verpassen.«

Ohne auf eine Erwiderung seiner Sekretärin zu warten, beendete er das Telefonat und warf einen Blick auf die Uhr.

Punkt acht.

Trotz der unruhigen Nacht im Hotel war er bereit, sich seiner Aufgabe zu stellen. Es war keine große Sache, die ihn hierherführte. In den nächsten Tagen würde er sich einen Überblick verschaffen und die Dinge regeln. Spätestens zum Wochenende wäre er fertig. Oder Montag, vielleicht, falls es zu unerwarteten Schwierigkeiten käme. Aber damit rechnete er nicht.

Er richtete die Krawatte, strich sich die Knopfleiste glatt und stieg aus dem Wagen, sorgfältig darauf bedacht, die glänzenden Lacklederschuhe nicht in eine Pfütze zu setzen. Der Regen vom Vorabend hatte den ganzen Parkplatz in ein Dreckloch verwandelt.

Durch die getönten Gläser seiner Sonnenbrille musterte er das in die Jahre gekommene Fabrikgelände, das sich hart gegen die sanften Berge im Hintergrund abhob. Leider sah er nur wenig, dem er etwas Positives abgewinnen konnte, auch wenn er durchaus registrierte, dass man sich bemüht hatte, mit frischer Farbe gegen den Verfall anzugehen. Etliche Fahrzeuge parkten vor der Halle, und im Hof wurde gerade ein Lkw beladen. Ja, hier wurde gearbeitet – nur leider nicht effektiv.

Er war hier, um das zu ändern.

Entschlossen bückte er sich in den Wagen und nahm seine Aktentasche heraus. Das sanfte Schließgeräusch begleitete ihn, als er den Mercedes umrundete. Selbst im trüben Licht dieses Herbsttages war der matte Handabdruck auf der Motorhaube deutlich zu erkennen.

„Verdammte Irre", fluchte er leise und hatte wieder das erschreckte Gesicht der Frau vor Augen, die ihm vors Auto gelaufen war. Er konnte nicht umhin, das Einstecktuch aus dem Jackett zu ziehen und damit über den Abdruck zu wienern, bis die Motorhaube wieder glänzte. Dann knöpfte er sein Jackett zu und ging gemessenen Schrittes auf den Fabrikeingang zu.

***

Amy unterdrückte ein Gähnen. Sie hatte die halbe Nacht vor dem Rechner verbracht und war nur kurz nach Hause gefahren, um sich umzuziehen. Jetzt verspürte sie ein ungewohntes Zittern, hervorgerufen durch die Anstrengung der letzten Tage und die Anspannung vor dem heutigen Tag.

Sie stand an der Glasscheibe, durch die sie aus ihrem Büro direkt in die Produktionshalle blicken konnte. Die Halle war penibel sauber und abgesehen von dem Laufband, das heute Morgen kaputtgegangen war, wirkte alles absolut vorzeigbar. Deshalb hoffte sie, bei diesem sogenannten Wirtschaftsberater einen guten Eindruck zu hinterlassen, damit er schnellstmöglich wieder nach Chicago verschwand und sie den Betrieb hier wie gewohnt weiterführen konnte. Sie musste bis zum Jahresende noch einiges leisten, um schwarze Zahlen zu schreiben. Aber das war nichts, was sie mit diesem Mann aus Chicago zu diskutieren beabsichtigte. Irgendwie war doch immer alles wieder ins Lot gekommen!

Mit einem tiefen Atemzug wappnete sie sich für die Verhandlungen und überprüfte ihr Spiegelbild in der Scheibe. Sie hatte sich erneut extra viel Mühe mit ihrem Äußeren gegeben. Die blonden Haare umspielten ihr Gesicht und fielen in weichen Wellen über ihre Schultern. Das war einer ganzen Stunde mit dem Lockenstab zu verdanken, aber das Ergebnis konnte sich sehen lassen. Dazu das Augen-Make-up, welches das Grün ihrer Iris unterstrich, und der dezente Lippenstift – sie sah passabel aus. Und um auf Mister Scandrik besonders positiv zu wirken, hatte sie sich trotz ihres schmerzenden Knöchels noch einmal in die hochhackigen Schuhe und den knielangen Rock gezwängt. Sie wollte schließlich nichts dem Zufall überlassen.

Dennoch schlug ihr das Herz jetzt bis zum Hals und sie drehte sich immer wieder nervös um und schaute nach, ob er endlich kam. Es war acht Uhr, und mit jeder Sekunde, die verstrich, ohne, dass sie Schritte vernahm, wurde sie unruhiger. Der Kerl würde es doch hoffentlich nicht wagen, sie erneut zu versetzen?

Die Wut von gestern kam hoch und sie kniff die Lippen zusammen. Sie würde jedenfalls nicht noch mal einen Tag mit Nichtstun vergeuden!

Sie trat an ihren Schreibtisch und trank einen Schluck aus ihrer Teetasse, als sie den eiligen Schritt ihrer Empfangsdame Jessica auf dem Linoleumboden näher kommen hörte. Schnell stellte sie die Tasse ab und nahm eine gerade Haltung an.

Jessica hatte nervöse rote Flecken auf den Wangen, als sie hereinkam und mit einer einladenden Handbewegung den Mann hinter sich hereinbat.

»Miss Bishop …«, sagte sie nervös, »Mister Scandrik von der *Sugar-Tale-Corporation* ist da.« Sie drückte sich an die Tür, um dem Berater nicht im Weg zu stehen.

Mit ausgestrecktem Arm kam Scandrik auf Amy zu. Seine Erscheinung verschlug ihr die Sprache.

Der Typ erfüllte keine ihrer Erwartungen. Statt eines biederen Buchhalters in mittleren Jahren stand ein attraktiver Mann mit kurzem, dunkelbraunem Haar, das seitlich gescheitelt und an der Stirn sportlich nach oben gekämmt war, vor ihr. Er hatte ein markantes Kinn, dazu geheimnisvolle, schmale Lippen, und einen stechenden Blick aus dunklen Augen. Unter dem offensichtlich kostspieligen blaugrauen Nadelstreifen-Anzug steckten breite Schultern. Und sein Oberkörper lief zum glänzenden schwarzen Gürtel hin schlank zu. Der weiße Hemdkragen, der eng geknöpft war, verlieh ihm eine strenge und unnachgiebige Haltung. Bis zu den polierten Schuhspitzen gab es an ihm nicht ein Körnchen Staub. Neben ihm wirkte Amy trotz all der Mühe mit ihrem Äußeren beinahe bemitleidenswert. Der Mann war ein Gewinner! Und Amy sah jede Chance schwinden, es mit ihm aufnehmen zu können.

»Sie!?«

Die verwunderte Frage ihres Gegenübers riss sie aus ihrer staunenden Betrachtung.

»*Sie* sind Miss Bishop?«

Es klang ungläubig, was Amy dazu veranlasste, ihr Spiegelbild noch einmal kurz in der Scheibe zu prüfen.

Was hatte er denn erwartet? Warum dieser fragende Ton?

»Äh … ja, richtig. Ich bin Amy Bishop. Warum überrascht Sie das so?«

»Sind Sie nicht die Lebensmüde, die sich mir gestern vor den Wagen geworfen hat?«

Sein Ton war eindeutig anklagend, und er sah sie an, als zweifelte er an ihrem Verstand.

»Vor den Wagen geworfen?«, fragte Amy überrascht. Wollte Scandrik damit etwa sagen, dass er … Sie versuchte sich zu erinnern, aber es war zu dunkel gewesen, um den Fahrer des Mercedes' genau zu erkennen.

»Sie waren das? Sie hätten mich beinahe umgebracht!«

Er neigte leicht den Kopf zur Seite. So leicht, dass Amy glaubte, es sich einzubilden, aber doch veränderte er damit seine Körpersprache vollkommen. Er nahm sie nicht ernst.

»Hören Sie, Miss Bishop.« Seine Hand griff beiläufig an den perfekt sitzenden Knoten seiner breiten, pfauenblau glänzenden Krawatte. »Sie sind ohne auf den Verkehr zu achten auf die Fahrbahn gestürmt. Sagen Sie mir doch bitte, wie das mein Verschulden hätte sein können, ehe Sie mich mit unbegründeten Vorwürfen überhäufen.«

Die Arroganz dieses Kerls machte Amy sprachlos.

Sie drückte die Brust raus und streckte den Rücken gerade.

»Ich überhäufe Sie überhaupt nicht mit Vorwürfen! Sie haben das Thema doch angeschnitten«, verteidigte sie sich. Dieses Treffen war so wichtig! Und doch starteten sie gerade auf dem absolut falschen Fuß.

Scandrik runzelte spöttisch die Stirn. »Als Sie eben sagten, ich hätte Sie beinahe umgebracht, steckte darin also kein Vorwurf?«

»*Sie hätten mich beinahe umgebracht*! Das ist kein Vorwurf, sondern eine nicht zu leugnende Tatsache!«, platzte es aus Amy heraus.

»Eine Tatsache, die Sie mir *vorwerfen*«, beharrte Scandrik entschieden und bedeutete der zur Salzsäule erstarrten Jessica, endlich die Tür zu schließen. Er wandte sich ab und sah durch die Glasscheibe hinab in die Produktionshalle, als wäre das Thema für ihn damit beendet.

Amy widerstand dem Impuls, mit dem Fuß aufzustampfen, und räusperte sich stattdessen, um einen neutralen Tonfall bemüht.

»Wie auch immer …«

»Sie sollten in Zukunft solch fahrlässiges Verhalten besser sein lassen, Miss Bishop, da ich mich sonst fragen muss, ob Sie wissen, was gesund für diese Firma ist – wenn Sie schon nicht zu wissen scheinen, was gesund für Sie ist.«

»Also, das ist doch …« Amy traute ihren Ohren nicht. »Drohen Sie mir etwa, Mister Scandrik?«

Ohne seinen Blick von den Vorgängen in der Produktionshalle abzuwenden, rückte Scandrik sich erneut den Krawattenknoten zurecht.

»Aber nein. Sie missverstehen mich. Ich spreche keine Drohungen aus, Miss Bishop. Ich bin ein Mann der Tat. Sollten Sie mein Missfallen erregen – oder das der *Sugar-Tale-Corporation* –, dann werden Sie das sehr schnell zu spüren bekommen. Und diese Lappalie von gestern … sollten wir von jetzt an nicht mehr zur Sprache bringen – oder was meinen Sie?«

»Also ich war es ja wohl nicht, die diese Lappalie überhaupt zur Sprache gebracht hat! Aber ja … vergessen wir das Ganze und kommen wir zum Geschäft.«

Um Seriosität bemüht, griff Amy nach ihren Unterlagen und trat zu ihm an die Scheibe. Sie schlug die erste Seite auf und räusperte sich, aber er nahm davon keine Notiz.

»Ähm, Mister Scandrik? Wollen wir dann …?«

Ruckartig wandte er sich ihr zu.

»Nein, die Zahlen können warten. Ich will zuerst den Betrieb besichtigen. Kommen Sie.«

Er nahm ihr den Hefter ab und warf ihn achtlos auf den Schreibtisch, wo er das Foto ihres Großvaters umriss.

Amy funkelte ihn böse an. »Sie sind doch wegen der Bücher hier, oder nicht?«

Er blieb unbeeindruckt. »Ich bin hier, um die Rentabilität dieses Unternehmens zu beziffern. Dazu gehört, mir einen Überblick über jeden einzelnen Vorgang zu verschaffen und diesen dann zu bewerten. Mich interessieren die Abläufe – nicht nur die Zahlen.«

»*Archers Original Sweets* war immer rentabel! Zumindest, bis Sie in aller Heimlichkeit angefangen haben, hinter unserem Rücken Firmenanteile aufzukaufen.«

Ryan Scandrik hob die Augenbrauen. »Mit Verlaub, Miss Bishop. Die *Sugar-Tale-Corporation* hat hier bei Weitem kein heimliches Spiel getrieben. Ganz im Gegenteil. Wir haben als Anteilseigner ein großes Interesse daran, Ihrer maroden Fabrik eine Chance zu geben. Ein neues Herz für ein sterbendes Unternehmen, wenn man so will. Doch damit dieses Herz weiterhin für diese Firma schlägt, muss sich einiges ändern. Wir brauchen schwarze Zahlen – und zwar im fünfstelligen Bereich und bis Ende des Jahres. Sonst ziehen wir den Stecker!«

Ryan musste sich ein Schmunzeln verkneifen, als er sah, wie seiner lebensmüden Geschäftspartnerin die Kinnlade nach unten sackte. Er war nicht hier, um sich Freunde zu machen. Am besten sie verstand das gleich, dann blieben ihm später lange Debatten erspart. Bis zum Wochenende würde er hier noch ganz anders durchgreifen.

»Zahlen im fünfstelligen Bereich sind absolut unmöglich! Ihr Konzern hat seine Stimmanteile genutzt, um die Produktion unseres Verkaufsschlagers nach Chicago zu verlegen! Das war ein heimtückisches Vorgehen, Mister Scandrik. Mit der restlichen Produktpalette werden wir diese Gewinne nie erzielen – und das wissen Sie. Oder Sie verstehen weniger von Ihrem Job, als Sie glauben.«

Sie trug ihre Argumente leidenschaftlich vor. Das missfiel Ryan. In ihren grünen Augen glomm ein unübersehbares Feuer. Und sie wusste, wovon sie sprach, und das wiederum könnte Ärger bedeuten. Ihr Großvater hatte diese Fabrik gegründet, das hatte er den Akten entnommen. Dass diese kleine Miss Bishop mit solchem Herzblut bei der Sache war, würde ihm seine Arbeit unnötig erschweren.

»Es war sinnvoll, die Produktion der Trüffelpralinés zu verlegen. Der Betrieb hier war nicht mehr in der Lage, die steigende Nachfrage zu bedienen. Wir haben ein viel größeres Produktionsvolumen in Illinois, als Sie hier jemals schaffen könnten. Und nun kommen Sie. Wir können das auch klären, während Sie mich herumführen.« Er legte ihr die Hand in den Rücken, um sie zum Gehen zu bewegen.

»Sind Sie sicher, dass Sie zugleich laufen und zuhören können?«, fragte Amy spitz und trat hastig in den Flur. »Fahren und aufpassen gleichzeitig war ja gestern offenbar auch zu viel verlangt.«

Sein Lachen war so anders, als Amy es erwartet hatte. Es war entwaffnend, sodass sie nicht anders konnte, als sich nach ihm umzudrehen. Seine Augen funkelten amüsiert, seine Lippen wirkten weicher.

Eines war klar: Sie sollte es möglichst vermeiden, ihn zum Lachen zu bringen, denn dadurch wurde er noch viel gefährlicher. Amy verbot sich ein Seufzen.

»Seien Sie unbesorgt, Miss Bishop. Ich bin ein Mann mit ungeahnten Fähigkeiten.«

Sie sind ein Großkotz!, dachte Amy und neigte um Frieden bemüht den Kopf. Sollte er doch glauben, sie mit seinen hohlen Worten einzuschüchtern oder zu beeindrucken. Vermutlich war er es bei seinem guten Aussehen gewohnt, dass die Frauen ihm zu Füßen lagen und schmachtend darüber hinwegsahen, dass er ein Arsch war. Und unter anderen Umständen wäre es ihr vielleicht auch so ergangen – aber nicht, wenn er hier war, um seine perfekt manikürten Finger nach ihrer Firma auszustrecken!

Wortlos führte sie ihn durch den Flur, vorbei an Jessicas Empfangstresen bis in die Produktionshalle.

»Die Dame am Empfang. Was ist ihre Aufgabe hier?«, fragte Ryan, als Amy ihm hygienische Schuhüberzieher und einen Einwegmantel reichte.

»Jessica? Sie sitzt am Empfang – oder was meinen Sie?« Amy bückte sich und kämpfte damit, den übergroßen Schuhüberzieher irgendwie an ihren Pumps zu befestigen. Es war bescheuert, dass sie in diesem Aufzug in die Produktion ging. Dafür hätte sie sich nicht in einen kurzen Rock zwängen müssen! Sie hatte gedacht, Scandrik und sie würden bei einer Tasse Kaffee die Bücher durchsehen. Dass er seine Nase so tief in ihre Geschäfte steckte, gefiel ihr nicht. Aber sie hatte ja im Grunde keine Wahl. Bei der letzten Eigentümerversammlung hatte die *Sugar-Tale-Corporation* deutlich gemacht, dass sie nicht vorhatten, länger nur zuzusehen, wie Amy die Firma leitete. Sie wollten mitreden. Und sie konnte absolut nichts dagegen unternehmen.

Noch immer hielt der Überzieher nicht am Fuß, und Amy wurde ungeduldig. Sie spürte Scandriks drängenden Blick.

»Wenn Sie sagen, Jessica sitzt am Empfang – was genau tut sie dann da, wenn ich fragen darf?«

Amy runzelte die Stirn und schielte ihn von unten herauf an. Sein bohrender Blick gefiel ihr gar nicht.

»Nun … sie nimmt Telefonate an, macht die Post, delegiert kleinere Angelegenheiten und begrüßt Geschäftspartner. Wie Sie. Jemand kommt an, sie meldet den Besucher – oder bringt ihn eben dorthin, wo er hinwill.«

»Brauchen Sie vielleicht Hilfe?«

»Jessica? Nein, sie kommt gut zurecht.«

Amy zog den Gummisaum fest und wackelte versuchsweise mit dem Fuß. Endlich! Sie richtete sich auf und strich sich die Locken aus dem Gesicht.

»Ich habe nicht von Jessica gesprochen. Aber offenbar haben Sie meine Hilfe nun ebenfalls nicht mehr nötig.«

»Nein. Danke. Ich bin so weit. Was möchten Sie zuerst sehen?«

Amy wollte das so schnell wie möglich hinter sich bringen, denn sein unergründlicher Gesichtsausdruck machte sie nervös.

»Zeigen Sie mir die Rohstoffe. Und erklären Sie mir, woher Sie sie beziehen.«

Amy nickte. Das war nicht schwierig. Sie war stolz auf ihre Lagerhaltung, die eine reibungslose Produktion ermöglichte. Und auch ihre Lieferanten kannte Amy genau. Seit vielen Jahren schon arbeiteten sie Hand in Hand zusammen. Daran würde dieser aufgemotzte Buchhalter nichts auszusetzen haben.

»Wie Sie wünschen. Kommen Sie. Hier geht es zu den Lagerhallen. Über diese Rohrleitungen«, sie zeigte auf die unter der Decke verlaufenden Leitungssysteme, »werden die Rohstoffe direkt in die Kessel gepumpt.«

»Das sieht alles sehr neu aus«, bemerkte Ryan anerkennend.

»Ist es auch. Und es war unnötig kostspielig, wie ich hinzufügen möchte! Bisher haben die Mitarbeiter in der Wägeküche nach den Rezepten meines Großvaters die Zutaten noch per Hand abgewogen und in die Anlage gefüllt.«

»Und jetzt geht es vollautomatisch?«

»Haben Sie etwa die Eigentümerversammlung verpasst, bei der Ihr Arbeitgeber diese Änderung verlangt hat?«, ätzte Amy, aber Ryan überging ihre Stichelei.

»Sehr modern und effektiv, wie ich finde!«

Dem konnte Amy nichts entgegensetzen. Auf lange Sicht waren die Rohre eine gute Sache, aber anders als Scandrik war sie nicht stolz auf die Neuerung. Die Automatisierung hatte vier langjährige Mitarbeiter den Job gekostet und ihre Jahresbilanz deutlich nach unten geschraubt. Darum nickte sie nur und ging voran in Richtung Rohstofflager.

Ryan blieb ein wenig zurück, um sich in der Halle umzusehen. Der Betrieb schien ihm sauber geführt – und Miss Bishop durchaus in der Lage, ihre Angestellten zu kontrollieren.

»Hey, Amy!«, hörte er jemanden rufen. »Sollte nicht heute dieser komische Typ von *Sugar-Tale* kommen?«

Ryan sah, wie Miss Bishop vor ihm zusammenzuckte und ihm einen erschrockenen Blick zuwarf, ehe sie hinter einem der deckenhohen Kessel verschwand. Er spitzte interessiert die Ohren und folgte ihr.

»Bist du verrückt, Maddie?«, hörte er sie sagen. »Sei bloß leise, ich hab den Kerl schon im Schlepptau!«

»Oh, Shit! Das wusste ich nicht. Ich wollte dir auch nur die hier geben – du hast sie neulich bei mir vergessen.«

Ryan trat zu den beiden Frauen, die recht verlegen wirkten.

»Guten Tag«, grüßte er die Mitarbeiterin in weißem Ganzkörperanzug und Haarhaube. Sie stand mit zwei Stricknadeln in der Hand Amy gegenüber.

»Guten Tag, Sir«, erwiderte sie eilfertig und drückte ihrer Chefin hastig die Nadeln in die Hand, ehe sie zurück an die Schalthebel des Rührkessels trat.

»Stricknadeln, Miss Bishop?«, fragte er amüsiert und verkniff sich ein Schmunzeln, als sich ihre Wangen mit Röte überzogen.

»Ja, ähm … ich bin in einem Strickzirkel. Wir treffen uns einmal die Woche und«, sie hob die Nadeln und zuckte mit den Schultern, »und stricken eben gemeinsam.«

»Sie und Ihre Mitarbeiterinnen?«

»Ich und meine *Freunde*. Einige von ihnen arbeiten hier.«

Ryan nickte. Noch etwas, was die Sache für ihn nicht leichter machen würde.

»Wir sind hier wie eine Familie füreinander«, bestätigte Miss Bishop seine Befürchtungen.

Er seufzte und richtete seinen Krawattenknoten, ehe er sich weiterführen ließ.

***

Später am Tag ließ Amy sich auf ihren Stammplatz am Tresen im *Little Pie* fallen und schlüpfte aus ihren Schuhen.

»Was für ein Tag!«, stöhnte sie, als Kendra ihr wie gewohnt eine große Tasse Tee servierte.

»Du siehst erschöpft aus«, schimpfte die und schob noch ein Stück Apfel-Pie hinterher.

»Erschöpft ist gar kein Ausdruck! Heute ist doch dieser dämliche Wirtschaftsberater da gewesen. Du kannst dir nicht vorstellen, was für ein Arsch das ist! So ein versnobter, selbstgefälliger Bürohengst ohne jeden Humor.«

Kiki grinste. »Na, was hast du denn gedacht? Dass die dir einen Clown schicken?«

»Unsinn, aber mit so einem Kerl kann ich es einfach nicht aufnehmen. Der sucht doch nur nach Schwächen, um uns plattzumachen!«

Kendra strich ihr beruhigend über die Hand.

»Ach, Kindchen. Ich glaube ja, du übertreibst. Archer hat dir viel aufgebürdet, aber wenn du mich fragst, hat der Betrieb keine Schwächen. Und das wirst du diesem Wirtschaftsheini auch klarmachen. Die wollen sich bestimmt nur einen Überblick verschaffen, in was sie sich da eigentlich eingekauft haben.«

Amy schüttelte energisch den Kopf. »Oh nein! Die wissen ganz genau, was für ein Juwel da vor ihnen liegt! Aber die brauchen unsere kleine Produktion nicht, um mit Grandpas Rezepten ein Vermögen zu machen. Das können die auch ganz ohne uns in Chicago. Ich sag dir eines, Kiki: Der Typ sucht nach einem Grund, uns abzuschalten!«

Kiki wurde blass. »Aber … aber, das …« Sie griff nervös nach einem Spüllappen und wischte fahrig damit über den Tresen.

»Keine Sorge, ich gebe nicht auf, egal, wie schlecht unsere Chancen stehen. Aber mir wäre wohler, wenn ich die verbleibenden einundfünfzig Prozent der Firma allein besitzen würde.«

»Lass dich nicht ärgern, Liebes. Du schaffst das schon. Dein Großvater wäre ganz sicher stolz auf dich.« Trotz ihrer aufmunternden Worte spiegelte sich in Kikis Gesicht Trauer wider.

Amy senkte den Blick. Der Kuchen schmeckte köstlich, doch das war heute nicht von Belang. Sie fühlte sich so verloren, wie Kiki plötzlich aussah.

Kapitel 3

Wie alles begann

»Oh, Archer, das schmeckt köstlich!« Kendra leckte sich den Zuckerstaub der Praline von der Fingerspitze und schenkte dem jungen Mann neben sich im Gras ein strahlendes Lächeln. »Du solltest daraus etwas ganz Großes machen!«

Verlegen über das Lob seiner Freundin pflückte Archer einen Grashalm und drehte ihn zwischen den Fingern. Die untergehende Sonne blendete ihn, als er in ihr Gesicht sah. Das goldene Licht verlieh ihrem glänzenden, weizenblonden Haar einen rötlichen Schimmer. Sie sah aus, als stünde sie in Flammen.

»Wie meinst du das?«

Kiki setzte sich auf. Sie zuckte mit den Schultern, fasste nach seiner Hand und verwob ihre Finger mit seinen. Archers Lippen verzogen sich zu einem glücklichen Lächeln. Ein Schmetterling tanzte vor ihrer Nasenspitze und sie pustete das braun gemusterte Insekt zaghaft beiseite.

»Ich meine, dass all diese unvergleichlichen Köstlichkeiten, die du nach Feierabend in der Bäckerei zauberst, dich reich machen könnten. Du solltest sie verkaufen.«

Archer lachte und zog Kiki wieder zurück ins hohe Gras.

»Ich will sie nicht verkaufen. Ich mache diese Pralinen doch nur für dich.« Er sah ihr tief in die Augen. »Merkst du nicht, dass ich dich damit für mich gewinnen will?«

Langsam, um ihr die Chance zu lassen, ihn zurückzuweisen, neigte er sich über sie. Als sie die Augen schloss und ihre Lippen benetzte, nahm er seinen Mut zusammen und küsste sie. Es war ein zaghafter Kuss. Wundervoll, aber zurückhaltend. Archer hatte Mädchen schon anders geküsst, doch die Frau, die er sich als seine Ehefrau vorstellen konnte, wollte er in aller Form umwerben. Er wollte sich Zeit nehmen und alles richtig machen.

»Und merkst *du* nicht, dass dir das längst gelungen ist?«, erwiderte Kendra kichernd. Sie zog ihn noch einmal zu einem scheuen Kuss zu sich heran, ehe sie beide lachend zurück ins Gras sanken.

Archer genoss die wenigen Stunden, die er mit Kiki verbringen konnte. Sie war im vergangenen Jahr als Tänzerin mit einer Gruppe durchs Land gereist, bis eine Verletzung am Sprunggelenk ihre junge Karriere schmerzhaft beendet hatte. Die Truppe war weitergezogen. Kendra nicht. Archer fragte sich manchmal, ob sie seinetwegen geblieben war, denn die Arbeit als Kellnerin im Café an der Hauptstraße konnte nicht der Grund dafür sein. So einen Job hätte sie überall bekommen. Er wagte also zu hoffen.

Obwohl sie nicht mehr tanzte, lag in jeder ihrer Bewegungen eine faszinierende Eleganz. So wie jetzt, als sie sich auf die Seite rollte, den Kopf in die Hand stützte und ihr Bein kess über seine legte. Ihr Rock rutschte dabei bis fast zum Knie nach oben, was sie nicht zu stören schien. Archer war verzaubert. Sie war ein gutes Stück kleiner als er, aber wenn er so neben ihr lag, schien sie wie für ihn gemacht.

»Sag mir, was du mir morgen Feines mitbringst?«, flüsterte Kendra und sah ihn glücklich an. Tiefe Zuneigung sprach aus ihren graublauen Augen.

Nachdenklich runzelte Archer die Stirn.

»Ich könnte etwas mit Karamell überziehen und in Mandelsplittern wälzen. Oder mit Nougat füllen. Was meinst du? Nougat oder Karamell?«

Kiki tat so, als müsse sie darüber nachdenken, dabei war das alles nicht so wichtig. Wichtig war nur, dass sie ihn am nächsten Tag wiedersehen würde.

»Morgen Karamell – und übermorgen etwas mit Nougatfüllung!«, forderte sie lachend.

Auch Archer lachte. Er streichelte ihre Wange und strich ihr mit dem Daumen über die Unterlippe. Seufzend rang er den Impuls nieder, sie erneut zu küssen. Er wollte sie nicht drängen, auch wenn er glaubte, bei ihr eine ähnliche Sehnsucht zu spüren. »Und wie hast du vor, mich für all die Köstlichkeiten zu entlohnen?«, fragte er nicht ohne Hintergedanken.

Kiki zwinkerte und rollte sich vollends auf ihn. So kühn war sie noch nie zuvor gewesen, und ihr Puls flog regelrecht dahin.

»Irgendwann, liebster Archer, werde *ich* dir das köstlichste Geschenk machen, das du dir nur vorstellen kannst«, versprach sie und strich ihm durchs kurze Haar.

Rittlings auf ihm fühlte sie sich stark – und doch verletzlich. Seine Hände auf ihren Hüften ließ ihr Herz rasen und es gab tausend Dinge, die sie gerne getan hätte. Aber die Sonne ging hinter den Bergen unter und sie mussten zurück in die Stadt. Die Arbeit rief, und auch Archer brauchte noch einige Stunden Schlaf, ehe er erneut die Nacht in der Bäckerei verbringen würde.

»Darauf hoffe ich«, erwiderte er.

Kendra hielt den Atem an, als er ihr kühn mit den Händen über die Oberschenkel fuhr. Ihr Rock war unschicklich nach oben gerutscht, und Archer konnte offenbar der Versuchung nicht widerstehen, ihre Haut darunter zu streicheln. »Was immer ich dir Köstliches mitbringe, wird doch nie so süß sein wie du.«

Kendra kicherte und fasste schnell nach seinen Händen, denn die Zärtlichkeit seiner Berührung würde sie sonst ihren Anstand vergessen lassen.

»Du alter Schmeichler!«, schalt sie ihn scherzhaft, und nur widerwillig erhoben sie sich aus ihrem Liebesversteck im wogenden Gras.

»Ich will dir nicht schmeicheln. Ich sage nur die Wahrheit.«

»Und ich sage dir, du solltest dein Können nicht als Bäcker in jemand anderes Backstube vergeuden. Stell dir nur vor, was wir mit deinen Rezepten erreichen könnten!«, schwärmte sie. Sie hob ihren Rocksaum, um leichter durch die kniehohe Wiese gehen zu können. Dabei spürte sie Archers Blick auf sich ruhen. Tausend Blitze durchzuckten ihren Körper, so kribbelte das Wissen, dass er sie begehrte. So wie sie ihn.

»Wir? Du hast *wir* gesagt?«

Kendra blieb stehen und sah ihn ernst an.

»Natürlich, Archer. Oder gibt es kein Wir?«

»Doch. Es gibt ein Wir. Ohne dich gäbe es nicht mal ein Mich. Ich wäre nicht vollständig ohne dich!«

Kapitel 4

Tyrannen

»Haben Sie eigentlich nie genug?«, murrte Amy und rieb sich die pochenden Schläfen.

Seit Stunden saßen sie und Ryan Scandrik über den Bilanzen und debattierten jede einzelne Buchung. War diese Ausgabe wirklich nötig? Gab es noch Einsparpotenzial, waren die Einnahmen tatsächlich schon ausgeschöpft oder würde eine Neukalkulation der Verkaufspreise hier Sinn ergeben?

Seit Tagen ging das schon so. Ihr dröhnte der Kopf und die Zahlen verschwammen vor ihren Augen. Sie war müde und ausgelaugt. Darum ließ sie sich matt im Stuhl nach hinten sinken und streckte die Beine unter dem Tisch aus.

Sie wusste, dass ihr die Erschöpfung anzusehen war. Das ärgerte sie, denn Scandrik neben ihr sah noch so frisch und konzentriert aus wie am Morgen. Ja, er sah geradezu fantastisch aus!

»Wir könnten eine Pause machen«, schlug er dennoch entgegenkommend vor und Amy stöhnte.

Eine Pause?!

Sie wollte Feierabend machen, kurz bei Kiki vorbei und dann ihren Kummer mit einem Glas Rotwein in der Badewanne ertränken! Das konnte sie wohl vergessen!

»Sicher. Eine Pause klingt gut. Haben Sie Hunger?«

Auch wenn sie keine Lust auf ein gemeinsames Essen verspürte, musste sie fragen, denn ihr knurrte der Magen schon seit Stunden. Und wie es aussah, war ein gemütliches Abendessen in ihrer Wohnung noch lange nicht in Sicht.

»Hunger?«

Er tat ja gerade so, als wäre er Superman und über so ein menschliches Bedürfnis erhaben.

»Ja, mir knurrt der Magen, und ich habe mich gefragt, ob wir uns nicht eine Pizza kommen lassen wollen, wenn wir hier schon übernachten müssen.«

Der Vorwurf in ihrer Stimme war nicht zu überhören, doch das war ihr egal. Sie wollte ihn zwar nicht verärgern, aber sein Eifer war wirklich nicht auszuhalten.

»Eine Pizza? Warum nicht.« Ryan sprang auf und war schon zur Tür hinaus, ehe Amy noch etwas sagen konnte.

»Jessica?«, rief er über den Gang. »Jessica, hören Sie mich?«

Entnervt folgte Amy ihm in den dunklen Flur.

»Sie ist nicht mehr hier«, erklärte sie unnötigerweise, denn der Tresen neben dem Haupteingang war verlassen.

Scandrik runzelte die Stirn und sah auf seine Uhr.

»Warum nicht?«

»Sie macht mittwochs immer früher Schluss, weil ihr Exmann da die Kinder nicht nehmen kann. Ben spielt in einer Band und hat mittwochs Bandprobe«, erklärte Amy.

Ryan drehte sich verwundert zu ihr um.

»Hätte ich Jessicas Lebensgeschichte hören wollen, hätte ich danach gefragt. Mich interessiert nur, warum ihr Platz um achtzehn Uhr nicht mehr besetzt ist.«

»Das habe ich Ihnen doch eben erklärt!«

»Nein, Sie haben eine Rechtfertigung geliefert, warum Ihre Empfangsdame keinen Babysitter hat. Aber was hat das mit ihrem Job zu tun? Sie muss sich um Ersatz in der Kinderbetreuung am Mittwochnachmittag kümmern … oder wir kümmern uns um Ersatz für sie.«

»Das werden wir nicht! Jess ist mir eine große Hilfe. Sie hat das Telefon auf mich umgestellt, und wie Sie selbst gehört haben, hat seit Stunden niemand angerufen. Es ist also absolut in Ordnung, dass sie mittwochs früher geht.«

Amy hatte die Hände in die Hüften gestemmt. Sie würde nicht zulassen, dass dieser Kerl sich hier einmischte.

Ryan sah, dass seine Geschäftspartnerin wütend war. Und er verstand das, ja, wirklich. Dennoch, diese nervöse Jessica mochte Amy wichtig sein, aber es gab keinen Grund, dass nicht jemand anderes, jemand, der flexibler war, diesen Job erledigen konnte. Noch dazu, wo Amy ihm gerade unbewusst einen weiteren Angriffspunkt geliefert hatte.

Er rieb sich das Kinn und dachte über ihren letzten Satz nach.

»Ruft denn hier *jemals* nachmittags wer an?«, fragte er unschuldig und schob seinen Krawattenknoten nach oben.

»Nicht so oft. Darum sage ich ja, dass es kein Problem ist, wenn …«

»Gut. Dann werden wir ab nächsten Monat Jessicas Arbeitszeiten neu regeln. Die Stelle am Empfang wird zur Halbtagsstelle erklärt, um Kosten zu sparen. Und haben Sie eine Nummer von einem Italiener? Ich nehme scharfe Salami und extra Käse.«

Vollkommen perplex starrte Amy ihm hinterher, als er lässig zurück in ihr Büro schlenderte. Scandrik schob ihre Topfpflanze beiseite, öffnete das Fenster und atmete die frische Luft ein, als hätte er nicht gerade einer ihrer Mitarbeiterinnen die Existenzgrundlage entzogen.

»Also jetzt mal langsam!«, protestierte sie vehement, ohne auf seinen Pizzawunsch einzugehen. Der Appetit war ihr gründlich vergangen. »Gehen Sie eigentlich immer so vor? Heimtückisch und ohne Rücksicht auf Verluste? Denken Sie wirklich, ich lasse Ihnen das durchgehen?«

»Wovon reden Sie?« Der Mistkerl schien sich keiner Schuld bewusst.

»Von allem! Seit Sie hier mit Ihrer schicken Karre aufgeschlagen sind, glauben Sie, Sie hätten irgendwas zu melden!« Das Temperament ging mit Amy durch. »Sie haben sich hinter meinem Rücken Anteile meiner Firma erschlichen, haben ohne meine Zustimmung eine Versammlung der Anteilseigner einberufen und dort einige meiner Geschäftspartner so verunsichert, dass diese zustimmten, die Produktion unseres wichtigsten Produkts zu verlegen, wo plötzlich nicht mehr ich, sondern die *Sugar-Tale-Corporation* von den Einnahmen profitiert. Und jetzt besitzen Sie auch noch die Frechheit, über meine Mitarbeiter zu verfügen?!«

Sie war laut geworden und es ärgerte sie, dass ihr Gegenüber so aussah, als ließe ihn ihr Ausbruch vollkommen kalt.

»Sie regen sich unnötig auf«, erklärte er schlicht und schloss das Fenster. Sorgsam rückte er ihren Blumenstock zurück in die Mitte der Fensterbank. »Sie – oder Ihr Großvater – haben mehr Firmenanteile abgetreten, als gut für Sie war. Ich verstehe das. Das Unternehmen steckte in Schwierigkeiten und Sie brauchten Geld. Nur hat sich die Fabrik trotz der damit einhergehenden Finanzspritze der Investoren nicht so erholt, dass die an eine Zukunft von *Archers Original Sweets* glauben. Wir mussten niemanden überzeugen, uns die Anteile zu verkaufen. Im Gegenteil. Einige schienen erleichtert, ihre Einlage so schnell wieder zurückzubekommen.«

Amy biss die Zähne zusammen. Was er sagte, konnte durchaus wahr sein. Archer hatte sich übernommen, und um den Betrieb am Laufen zu halten, war er mit seinen Firmenanteilen hausieren gegangen. So hatte er es später immer genannt, wenn er Trübsal blasend weder ein noch aus gewusst hatte.

Scandrik hob mahnend den Finger.

»Und die Verlegung der Trüffelpralinés nach Chicago war eine rein wirtschaftliche Entscheidung, der am Ende sowohl Sie als auch Ihre Miteigner zugestimmt haben.«

Amy schluckte. Genau hier lag das Problem. Die *Sugar-Tale-Corporation* besaß zwar keine fünfzig Prozent, konnte also keine eigenmächtigen Entscheidungen erzwingen, aber sie selbst hielt nur magere vierzig Prozent. Die restlichen elf Prozent verteilten sich auf Mitarbeiter und Investoren. Selbst Kiki hatte einige Anteile. Und nur, wenn sie alle mit Amy einer Meinung waren, konnten sie Entscheidungen der *Corporation* überstimmen.

Und Scandrik war gut darin, sogar langjährige Freunde und Vertraute mit seinen hochtrabenden Worten zu verunsichern oder ihnen höhere Renditen zu versprechen, wenn sie seinen und nicht Amys Vorschlägen zustimmten.

»Wissen Sie, Miss Bishop, im Grunde ziehen wir beide am selben Strang. Wir wollen die Wirtschaftlichkeit Ihres Betriebs optimieren. Gefühle müssen dabei außen vor bleiben. Es geht um nüchterne Zahlen und Fakten. Und Fakt ist: Wenn nachmittags kein Bedarf für eine Empfangsdame herrscht, dann zahlen wir auch nicht dafür!«

»*Wir*?«, schrie Amy zornig. »Es gibt kein *Wir*! Es wird nie ein *Wir* geben!« Sie griff sich ihre Handtasche, riss ihren Mantel vom Kleiderständer und stürmte aus der Tür.

Wenn sie nur noch einen Augenblick länger die Nähe dieses gefühllosen Bürohengstes ertragen musste, würde sie ihm den Locher an die Stirn werfen. Sie rannte beinahe die Treppe hinunter und zum Hinterausgang der Produktion. Sollte Scandrik doch allein weitermachen – er schien auf ihre Meinung ja ohnehin keinen Wert zu legen.

»Miss Bishop!«, rief er ihr hinterher, und sie beschleunigte ihre Schritte. Ihr verletzter Knöchel stach bei jeder Bewegung. »Verdammter Mist!«, murmelte sie und stieß die Tür nach draußen auf.

Eisiger Wind aus den Bergen peitschte ihr entgegen, als wolle er sie zurück in die Halle drängen. Selbst das Wetter schien zu Scandrik zu halten! Jetzt hörte sie ihn dicht hinter sich, darum rannte sie los.

»Was soll denn das?«, rief er, viel näher, als ihr recht war.

Sie hatte ihr Auto fast erreicht.

»Miss Bishop!«

Von wegen Miss Bishop! Sie hatte für heute die Nase gestrichen voll von diesem Mistkerl! Sollte er doch sehen, wo er blieb.

»Autsch!«

Sie war in den Pumps auf dem Schotter des Parkplatzes umgeknickt und wäre gestürzt, hätte Scandrik nicht genau in dem Moment seine Hände nach ihr ausgestreckt. Er fing sie auf und riss sie in seine Arme.

»So eine Scheiße!«, rief Amy und schlug nach ihrem Retter. »Lassen Sie mich los, verdammt!«

»Halten Sie still!« Er schüttelte sie und Amy gab wiederstrebend nach. »Was ist nur mit Ihnen los? Ich will Ihnen doch nur helfen!«, fuhr er sie an und stellte sie vorsichtig auf die Füße.

»Von wegen! Sie wollen mir nicht helfen! Sie sind doch nur hier, um alles kaputtzumachen!«, schrie sie, stieß ihn schroff zurück und floh in ihr Auto. Hektisch startete sie den Motor und brauste mit quietschenden Reifen davon.

Erst als Scandrik im Rückspiegel immer kleiner wurde, ließ sie ihren Tränen freien Lauf. Sie verfluchte dieses Zeichen ihrer Schwäche, so wie sie ihre Hilflosigkeit verfluchte.

Ryan sah den Rücklichtern des roten Fords nach. Es war kalt. Der Wind rauschte laut in den Baumwipfeln und fuhr ihm unangenehm unters Sakko. Trotzdem verspürte er nicht den Wunsch, ins Büro zurückzukehren. Er konnte den Frust seiner Geschäftspartnerin nachvollziehen. Es kam nicht oft vor, dass er Mitgefühl für die Menschen empfand, mit denen er beruflich zu tun hatte. Das war ja auch nichts Persönliches. Er tat seinen Job – und das machte er gut.

Dennoch tat ihm Miss Bishop leid. Er konnte sich vorstellen, wie schwer es für sie sein musste, nach all den Jahren mit ihrem Großvater nun die Geschicke der Firma in fremde Hände zu legen. Und auch wenn er vorhatte, seinen Job hier gut zu machen – so tat er es diesmal nicht wirklich gerne.

Er mochte, wie ihre Augen zornig funkelten, wenn er sich jeden einzelnen Posten der Ausgaben erläutern ließ. Aber ihm würde sicher nicht gefallen, wie sie ihn ansehen würde, wenn er hier fertig war.

Mit einem Schulterzucken wandte er sich um und kehrte in die verlassene Fabrikhalle zurück.

Sein Blick glitt über die stählernen Konstruktionen, über die Laufbänder und Kessel und all die Gerätschaften, deren Funktionen ihm nicht so wirklich klar waren. Er hegte keinen Zweifel daran, dass die starrköpfige Miss Bishop haargenau wusste, wofür welches Teil verwendet wurde. Vermutlich konnte sie sogar jede Maschine bedienen.

Er schmunzelte, als er sich erinnerte, wie sie heute Vormittag einem Mitarbeiter versprochen hatte, sich morgen um das defekte Laufband zu kümmern. Er sah sie direkt vor sich, wie sie mit einem winzigen Schraubenzieher vergeblich versuchen würde, sich dem Problem anzunehmen, ohne dabei die Fingernägel abzubrechen.

Das versprach in jedem Fall, unterhaltsam zu werden.

Er schlenderte zurück in ihr Büro, fuhr den Rechner herunter, schlug die Ordner zu und schaltete das Licht aus.

Beim Hinausgehen stockte sein Schritt am verlassenen Empfangstresen. War er womöglich wirklich zu schroff gewesen? Eigentlich machten ihn theatralische Weiber nur wütend, warum also fühlte er sich so schlecht, weil er Miss Bishop gegenüber so eine Entschlossenheit gezeigt hatte? Mit einem Seufzen beschloss er, dem so bald wie möglich auf den Grund zu gehen.

Als er erneut hinaus in die Dunkelheit trat, setzte unangenehmer Sprühregen ein. Der Wind hatte nochmals aufgefrischt. Sah so aus, als würde es ein ziemlich ungemütlicher Herbst hier in den Rocky Mountains werden. Irgendwie passend für das Ende einer Ära – und das würde es wohl werden.

Kapitel 5

Trost

Amy rannte. Ihr Knöchel schmerzte dumpf, das Blut pumpte ihr durch die Adern und ihre Lunge brannte vor Anstrengung. Das tat so ungemein gut!

Ihre Schritte federten trotz ihrer Verletzung leicht über den erdigen Pfad durch den lichten Nadelwald nahe der Frisco Bay Marina, den sie nahm, wann immer ihre Zeit es zuließ. Sie hätte die Augen schließen können, so gut kannte sie jeden Zentimeter dieser Strecke. Selbst jetzt, wo der Nieselregen den Boden glitschig machte, hielt sie ihr Tempo. Ihr Atem bildete kleine Wölkchen, aber ihr war nicht kalt. Sie lauschte auf ihre Schritte, hörte Ästchen knacken und den Wind in den Wipfeln der Tannen pfeifen. Der Regen benetzte ihr Gesicht, und schließlich blieb sie schwer atmend stehen, stemmte die Hände in die Seiten und schnappte nach Luft.

Der Waldboden verströmte einen nassen, moosigen Duft und Amy knurrte der Magen.

Sie war so zornig gewesen, als sie aus der Fabrik nach Hause gekommen war, dass sie sich sofort ihre Laufsachen angezogen hatte. Jetzt, wo ihre Wut etwas verraucht und ihr Kopf wieder klar war, brauchte sie dringend eine Stärkung. Sie hob erst ihren einen, dann den anderen Fuß nach hinten an den Po und dehnte die Muskeln, ehe sie gemächlich den Rückweg antrat. Sie fühlte dem Pochen in ihren Muskeln nach, genoss, wie sich ihr Puls langsam normalisierte und ihre Atmung ruhiger wurde. Das war das Schönste daran, laufen zu gehen: das Gefühl, wenn die Behaglichkeit wieder in den Körper zurückfloss. Wenn die Anstrengung einer satten Zufriedenheit wich.

Aber erst, als sie frisch geduscht in ihrem Schlafanzug vor dem Fernseher saß und auf ihre Pizza wartete, überkam sie wirkliche Entspannung. Sie hatte Ryan Scandrik aus ihren Gedanken verbannt, Jessicas Arbeitszeitenproblem auf den nächsten Tag verschoben und sich ein Glas Wein eingegossen.

Sie zappte gerade durchs Abendprogramm, als es klingelte.

»Endlich!«, murmelte sie und nahm ihren Geldbeutel aus der Handtasche, um den Pizzaboten bezahlen zu können.

Es war jedoch nicht der Lieferservice, sondern Kendra.

»Hi! Was machst du denn hier?«, fragte sie verwundert und trat zurück, um ihre Freundin hereinzulassen.

Kendra sah besorgt aus.

»Ich will dich nicht stören, aber ich war beunruhigt, weil du die letzten Tage nicht ins Café gekommen bist.«

Amy lächelte beruhigend.

»Ich wollte ja kommen, aber dieser Scandrik findet einfach kein Ende.« Sie half Kiki aus dem Mantel und deutete aufs Sofa. »Wenn es nach ihm ginge, würden wir immer noch über den Akten hocken! Aber mir ist irgendwann echt der Kragen geplatzt. Wenn ich nicht gegangen wäre, hätte ich ihn mit bloßen Händen erwürgen müssen!«

»Du meine Güte! Das klingt ja schrecklich!«

Amy lachte und hob ihr Weinglas.

»Ja, darum bin ich vorhin auch noch laufen gewesen. Jetzt geht es mir besser und der Wein tut sein Übriges. Willst du einen Schluck?«

Kendra schüttelte den Kopf.

»Nein, nein. Ich möchte dir deinen Abend nicht ruinieren. Ich wollte nur sehen, ob alles in Ordnung ist.«

»So ein Unsinn! Als würdest du mir den Abend ruinieren! Ich freue mich, dich zu sehen. Ich habe zwar heute leider keine Praline für dich mitgenommen – dazu war meine Flucht viel zu spontan –, aber ich würde dir ein Stück von meiner Pizza abtreten, sobald sie kommt.«

»Ich bin doch nicht wegen der Praline hier! Aber schön, wenn ich dir nicht zur Last falle, dann bleibe ich ein paar Minuten. Was ist in der Fabrik eigentlich los? Warum regst du dich so über diesen Berater auf?«

Amy zuckte mit den Schultern und ließ sich im Schneidersitz auf die Couch sinken.

»Keine Ahnung, Kiki. Weißt du, dieser Scandrik …«, sie nahm einen Schluck Wein, »das Schlimme ist, dass er eigentlich ganz gut aussieht. Er könnte mir so rein optisch wirklich gefallen, aber sobald er den Mund aufmacht, will ich ihn umbringen.« Amy drehte das Glas zwischen den Fingern. »Ich weiß, dass er nur versucht, seinen Job zu machen, aber er weiß doch gar nicht, was das für uns … oder mich bedeutet!«

Kendra nickte mitfühlend. »Ein Außenstehender wird nie verstehen, was uns diese Fabrik bedeutet.«

»Ach Kiki, ich habe das Gefühl, ich lasse Grandpa im Stich! Mir entgleitet das alles.« Sie ließ den Kopf hängen. »Ich weiß nicht, was ich noch tun soll. Ich bin diesem Kerl einfach nicht gewachsen. Und selbst die Anteilseigner denken, er wüsste besser als ich, was gut für die Firma ist. Ich habe Angst, dass ein weiterer Eigner seine Anteile abgibt und ich vollends die Kontrolle verliere.«

»Das wird nicht passieren!«, versprach Kendra voller Überzeugung. »Jeder, der jetzt noch Firmenanteile hat, wäre deinem Großvater überallhin gefolgt. Sie wissen, wie schwer es im Moment für dich ist, aber sie wissen genau wie ich, dass es nur eine Frage der Zeit ist, bis alles wieder besser läuft.«

»Du kannst nicht von dir auf andere schließen, Kiki.«

»Doch, das kann ich. Genau wie Archer kenne ich diese Leute seit vielen Jahren. Wir sind eine Familie, vereint durch unsere Liebe zu diesen Pralinen. Keiner von uns wird der *Sugar-Tale-Corporation* in die Hände spielen. Ich ... wir haben zu viel dafür geopfert.«

»Wenn du es sagst«, gab Amy kleinlaut bei und war erleichtert, als das Klingeln des Pizzaboten das Gespräch unterbrach. Sie hatte nicht vor, all die schlechten Gefühle, gegen die sie im Regen angelaufen war, wieder hochkommen zu lassen.

Mit der Pizzaschachtel und zwei Tellern balancierte sie zurück ins Wohnzimmer. Ihr Magen knurrte laut, als ihr der Duft von geschmolzenem Käse in die Nase stieg. Sie reichte Kendra einen Teller und schlug den Deckel auf. Käsefäden klebten am Karton und heißes Fett quoll unter den Salamischeiben hervor.

»Salami mit Käse«, stellte Kendra fest, aber Amy schüttelte mit zusammengepressten Lippen den Kopf.

»Nein. Scharfe Salami mit extra Käse – um genau zu sein.« Sie fischte sich ein Stück aus dem Karton und biss hastig die käsetropfende Spitze ab, ehe sie es auf den Teller legte. Sie reichte Kiki ebenfalls ein Stück.

»Weißt du, was das Schlimmste überhaupt ist?«, fragte Amy kauend. »Ich esse immer scharfe Salami mit extra Käse – und vorhin, als Scandrik eine Pizza bestellen wollte, da hätte er sich genau das auch bestellt!« Sie nahm noch einen großen Bissen und leckte sich das heiße Öl von der Lippe. »Es ist echt nicht zu fassen, dass ich mit so einem miesen Typen auch noch was gemeinsam habe, oder?«

Kendra kicherte und hob mit spitzen Fingern die Pizzaecke zum Mund.

»Das ist doch zumindest ein Anfang. Wer weiß, vielleicht solltest du ihm ja bei einer Pizza wie dieser von deinen Ideen erzählen. Womöglich teilt er ja nicht nur deinen Pizzageschmack, sondern auch deine Visionen.«

»Niemals! Er würde mich eine Träumerin nennen. Mir vermutlich vorrechnen, wie unwirtschaftlich mein Vorschlag wäre, oder irgend so was, was mich total demotivieren würde. Nein, nein. Da warte ich lieber, bis er zurück nach Chicago fährt. Dann widme ich mich wieder meinen Plänen.«

Nachdem Kendra ihr Pizzastück gegessen hatte, wischte sie sich die Hände an einer Serviette ab und lehnte sich zurück in die Kissen. Amy spürte den Blick ihrer Freundin auf sich und bot ihr deshalb noch ein Stück an.

»Nein danke, Liebes. Das reicht mir wirklich. Ich habe gerade an deinen Großvater gedacht. Was denkst du, würde er tun?«

Amy zuckte mit den Schultern, schluckte den letzten Bissen ihres zweiten Pizzastücks hinunter und spülte sich den Mund mit einem Schluck Wein aus. Sie wusste, dass sie schlang, aber sie war regelrecht ausgehungert.

»Wie ich Großvater kenne, würde er diesen Heini mit seinem Charme einfach um den Finger wickeln«, überlegte Amy schmunzelnd. Auch Kikis Augen leuchteten amüsiert.

»Ja, da könntest du recht haben. Wenn er einen guten Tag hatte, dann konnte er von jedem alles bekommen.«

Amy lächelte. Die Bewunderung in Kendras Stimme war nicht zu überhören, und wie so oft fragte sie sich, ob da nicht mehr als nur Freundschaft zwischen den beiden gewesen war. Dann wieder schien ihr das unmöglich, denn beide waren verheiratet und hatten Kinder und Enkelkinder. Trotzdem gab es immer wieder diese Momente, wo Kiki vor Zuneigung strahlte, wenn sie von Archer sprachen. Und sein plötzlicher Tod hatte sie hart getroffen. Zu gerne hätte Amy ihre Freundin darauf angesprochen, aber sie wollte ihr nicht noch mehr Schmerz bereiten. Es würde nichts ändern, wenn sie Archer geliebt hätte. Er war nicht mehr hier – und sie mussten damit klarkommen. So schwer es ihnen auch fiel.

Kapitel 6

Visionen

Kendra kassierte den Gast im Café ab und wünschte ihm einen schönen Abend. Dann schlenderte sie zurück an Archers Tisch. Ein paar junge Bahnarbeiter hinter ihr johlten über ihrem Kartenspiel, aber sie hatte nur Augen für den Mann vor sich.

»Du solltest noch etwas bestellen, sonst schimpft mein Boss, weil ich dir so viel Aufmerksamkeit schenke«, flüsterte sie und berührte wie zufällig seine Schulter. »Er scheint fast ein bisschen eifersüchtig auf dich zu sein.« Sie deutete leicht mit dem Kopf in Richtung Tresen, wo Marcus, der Eigentümer des *Little Pie*, stand und über den Rand seiner Zeitung zu ihnen herübersah.

Archer zwinkerte verschwörerisch und zog galant den Stuhl neben sich unter dem Tisch hervor. »Bald kann ich es mir nicht mehr leisten, dir den Hof zu machen, wenn ich dafür alle paar Minuten etwas bestellen muss.«

Kiki kicherte verlegen. Für ihr Lachen würde Archer sich sogar in den Bankrott reiten, daran bestand kein Zweifel.

»Dann trink doch einfach langsamer«, schlug sie gut gelaunt vor und neigte sich näher zu ihm. Unter dem Tisch griff er nach ihrer Hand und streichelte heimlich ihre Finger.

»Wie gerissen du bist«, scherzte er liebevoll. »Klug und schön – etwas Besseres hätte mir ja gar nicht passieren können.«

»Charmeur!«

»Ich sage nur die Wahrheit. Und weil ich dich für so clever halte, habe ich lange über deine Idee nachgedacht.« Seine Augen leuchteten aufgeregt. »Und ich glaube, du hast vielleicht recht. Stell dir doch mal vor, ich könnte mein eigenes Geschäft eröffnen!« Er drückte ihre Hände und seine Freude übertrug sich auf Kendra.

»Das wäre wunderbar, Archer!«, sagte sie leise. Ein Blick über die Schulter zeigte ihr, dass Marcus in seine Zeitung vertieft war. Schnell hauchte sie ihrem Liebsten einen verstohlenen Kuss auf die Wange.

»Das wäre es, Kiki. Ich hab mir da schon einiges überlegt. Für den Anfang bräuchte ich nur einen Raum, in dem ich ungestört arbeiten kann. Und ein kühles Lager für die Zutaten.« Archer sprach schnell, denn die Ideen sprudelten nur so aus ihm heraus. »Ich könnte mit einer kleinen Auswahl feinster Pralinen beginnen und sie in Folie verpacken. Das sähe hübsch aus.«

»Ja, und wenn du oben an das Päckchen eine hübsche Schleife dranmachen würdest, dann … wäre das richtig exklusiv! Ich stell mir vor, wie die Männer ihren Frauen das als liebevolle Aufmerksamkeit mit nach Hause bringen. Oder wie man der Großmutter damit zum Geburtstag eine Freude macht!«

Archer nickte euphorisch.

»Ja, aber wir sollten auch Konfekt oder Toffees anbieten, die nicht so teuer und eher für den Alltag und für zwischendurch sind. Etwas, das auch Kindern schmeckt.«

»Oh, Archer, das ist eine fantastische Idee! Du wärst dein eigener Chef!«

Und wie wichtig gerade das sein konnte, zeigte das Murren von Kikis Chef, der seine Zeitung beiseitegelegt hatte. Archer ließ Kikis Hand los und stieß sie warnend an. Widerwillig schob Kendra den Stuhl zurück an den Tisch und tat so, als notiere sie eine Bestellung.

»Du nimmst doch noch eine Tasse, oder?«

Archer schüttelte bedauernd den Kopf.

»Leider nicht. Du weißt, dass ich gerne noch bleiben würde, aber ich brauche noch eine Mütze Schlaf, ehe ich in die Backstube muss.«

Er nahm seine Geldbörse aus der Jackentasche und nickte Kikis Chef freundlich zu. Einen zahlenden Gast würde der sicher nicht verprellen, darum ließ er sich Zeit bei der Suche nach Kleingeld.

»Sehen wir uns morgen?«, fragte Kendra schüchtern und strich sich das Haar über die Schulter. Archer mochte diese weiche, weibliche Bewegung, und wie so oft wünschte er sich mehr Zeit mit seiner Herzensdame. Aber vielleicht … wenn er sich erst als Chocolatier selbstständig gemacht hätte … würde er Kendra zur Frau nehmen und jede freie Minute mit ihr genießen.

»Natürlich sehen wir uns morgen. Falls die Sonne scheint, könnten wir zum Fluss gehen und unser Glück mit der Angel versuchen.«

»Das klingt gut. Ich habe frei, und wenn uns was ins Netz geht, koche ich den Fisch gleich für uns.«

Er hoffte, dass sie wirklich etwas fangen würden, denn er wollte zu gerne den Abend mit Kiki allein in ihrer Wohnung verbringen. Bisher hatte er sie immer nur ausgeführt. Das würde bedeuten, dass sie das erste Mal überhaupt richtig ungestört wären. Nicht so wie bei ihren Spaziergängen, wo jederzeit jemand vorbeikommen konnte.

Archer sah sie lange und mit einem freudigen Lächeln an.

»Wenn du mich mit deinen Kochkünsten verzauberst, Kiki, dann wirst du mich aber ganz sicher nie wieder los«, scherzte er und legte das Geld für den Kaffee auf den Tisch. Dann stand er auf und schlüpfte in seine Jacke. Sie war aus kariertem Tweed und hatte lederne Aufnäher an den Ellbogen. Sehr sportlich, wie Kiki ihm versichert hatte. Sie spürte wohl, dass er sie gerne küssen wollte. Verlegen strich sie sich über die rote Schürze und steckte die Münzen ein.

»Vielleicht ist das ja mein Plan«, gab sie schüchtern zu und stellte sich dann schnell auf die Zehenspitzen und hauchte einen scheuen Kuss auf seine Lippen.

Archer lachte, sodass Marcus neugierig den Kopf hob.

»Ich sag ja, deine Pläne sind Gold wert, Kiki.«

Kapitel 7

Die Reparatur

Mit der Zange in der Hand und den Haaren zu einem einfachen Zopf geflochten kam sich Amy wieder mehr wie sie selbst vor als in den letzten Tagen. Sie hatte versucht, Scandrik mit ihrem professionellen Geschäftsführerinnen-Look zu beeindrucken, aber er hatte sie dennoch nur wie ein unwissendes Kind behandelt. Darum würde sie sich von nun an die Mühe ersparen, ihm irgendetwas beweisen zu wollen. Sie würde ihre Fabrik auch als sie selbst retten! Wahrscheinlich war das sogar die einzige Art, auf die das gelingen konnte. Und wenn dieser Clown aus Chicago sie deshalb für ein stilloses Landei halten würde, dann war das eben so.

Wo blieb er heute überhaupt?

Amy sah auf die Uhr. Schon nach halb neun. In den letzten Tagen hatte er sie von morgens um acht bis spät in den Abend auf Trab gehalten – und nun kam er selbst zu spät? Vermutlich hatte sie ihn mit ihrem Nervenzusammenbruch gestern in die Flucht geschlagen. Vielleicht war er ja schon wieder auf dem

Weg nach Chicago, wo er seinen Vorgesetzten davon berichten würde, dass eine Irre hier das Zepter schwang.

Sie musste kichern. Ja, sie würde Amok laufen, wenn er es wagen würde, ihr die Macht zu entreißen.

»Mein Schaaatz«, murmelte sie in bester Gollum-Manier und fuchtelte dabei mit der Zange.

Amy erreichte das Fließband, wo Silas und Aaron bereits zugange waren. »Hey, ihr habt ja schon angefangen«, lobte sie die beiden.

»Wir packen gerade erst die Ersatzteile aus. Es wird eine Ewigkeit dauern, das gesamte Band von den Rollen zu nehmen und auszutauschen«, stöhnte Aaron und deutete auf die vielen Walzen, die dazu gelöst werden mussten.

Amy nickte. Nachdenklich schritt sie das meterlange Förderband ab, auf dem die Verpackungsfolie entrollt und in passende Stücke geschnitten wurde, ehe die Düse eines Saugers sie aufnahm und sie auf die auf einem anderen Band laufenden Pralinen legte.

Ein Riss im Förderband hatte die komplette Verpackungsanlage lahmgelegt, und Scandriks Besuch hatte die Reparatur zusätzlich verzögert. Wenn der Austausch jetzt noch den ganzen Tag dauern würde, kämen sie in Lieferverzug.

»Wir werden es nicht tauschen«, murmelte Amy und tippte sich nachdenklich mit der Zange ans Bein.

»Ach nein? Wie wollen Sie das Problem denn sonst beheben?«, fragte Scandrik zweifelnd und musterte ihre legere Aufmachung.

Amy zuckte zusammen. Sie hatte ihn nicht kommen gehört, und ihr gefiel nicht, wie herablassend er sie musterte. Trotzig schob sie das Kinn vor.

»Warum gehen Sie nicht schon mal hoch ins Büro und suchen in den Büchern nach irgendwas, das Sie mir später vorwerfen können?« Sie stieß ihn mit dem Ellbogen beiseite, als sie zurück zu Aaron ging.

Sie wollte ihm nicht zeigen, dass seine Nähe sie verunsicherte. Aber nach dem Vorfall gestern wusste sie nicht, was sie sagen sollte. War er verärgert, weil sie ihn einfach hatte stehen lassen? So sah er eigentlich nicht aus. Im Gegenteil, er wirkte heute beinahe zugänglich. Seine Krawatte schien nicht ganz so streng gebunden wie in den letzten Tagen.

Ryan konnte sich ein Grinsen fast nicht verkneifen. Hätte ihn nicht gerade seine Schwester Linda am Telefon aufgehalten, hätte er diesen Unfug vielleicht noch verhindern können. Genauso eine Aktion hatte er von dieser unvernünftigen und sturen Person nämlich erwartet. Anstatt einen Monteur zu rufen, damit die Anlage schnellstmöglich wieder in Betrieb gehen konnte, stand sie da und schwang selbst den Hammer. Das war an Unwirtschaftlichkeit nicht zu überbieten. Es war kein Wunder, dass die *Sugar-Tale-Corporation* ihn hergeschickt hatte.

»Ich bleibe lieber«, wies er ihren Vorschlag kühl zurück. »Die Wahrscheinlichkeit, dass ich *hier* etwas finde, das ich Ihnen vorwerfen kann, erscheint mir um einiges höher.«

»Sie machen sich doch schon wieder über mich lustig!«, fauchte Amy und schien froh um die Rückendeckung ihrer beiden Mitarbeiter. »Ich weiß aber zufällig, was ich tue! Ein Mechaniker würde ein Vermögen in Rechnung stellen und trotzdem länger brauchen als ich. Das nenne *ich* wirtschaftlich!«

Ryan genoss ihren Auftritt. Sie gefiel ihm heute viel besser als gestern Abend. Sie schien zu ihrer alten Form zurückgefunden zu haben. Er hatte sich insgeheim schon Sorgen um sie gemacht. Wenn ihr Kampfgeist zurück war, dann konnte er auch leichter seinen Job erledigen. Mit weinerlichen Frauen hingegen wollte er nicht arbeiten.

»Dann zeigen Sie mal, was Sie können, Miss Bishop! Ich gebe zu, ich bin gespannt, ob Ihren großen Reden auch Taten folgen.«

Belustigt fing er ihren mörderischen Blick auf und trat vorsichtshalber beiseite, als sie sich nach einem Fäustel im Werkzeugkoffer streckte.

»Von mir aus, schauen Sie ruhig zu, aber stehen Sie mir bloß nicht im Weg rum!«

Sie umrundete die Anlage und zog den Stecker. Mit einer Handbewegung wies sie Aaron an, an ihre Seite zu kommen. Beide bückten sich unter das Band.

»Wir lösen die hinteren drei Walzen, nehmen die Bolzen heraus, sodass wir die zerrissenen Enden des Fließbandes übereinanderlegen können. Dann schmelzen wir mit dem Schweißbrenner die untere Seite des Bandes an und verkleben das heiße Gummi miteinander«, weihte sie ihn in ihr Vorhaben ein.

»Das ist Blödsinn!«, fiel ihr Ryan ins Wort. »Sie können das Band nicht einfach zusammenkleben – selbst wenn das funktionieren würde.« Er zeigte mit den Händen, was er meinte. »Wenn Sie die Bandenden so übereinanderlegen, verkürzt sich die Bandlänge und Sie können die Walzen nicht wieder einbauen.«

Amy richtete sich auf und stemmte die Hände in die Hüften. »Das weiß ich. Ich habe auch nicht vor, *alle* Walzen wieder einzusetzen, sondern nur zwei davon. Dann werden wir das Band so zusammenfügen, dass es stramm über diese beiden Rollen läuft. Und die letzte lassen wir einfach weg.«

Ryan hob an, um erneut Einspruch einzulegen, doch Amy redete unbeirrt weiter.

»Ich weiß, was Sie sagen wollen! Dann ist das Band zu kurz für den nächsten Arbeitsschritt, aber das ist kein Problem, denn am Ende biegen wir den Arm für den Ansaugstutzen ein Stück nach rechts und schon funktioniert alles wieder. Und zwar viel schneller, als wenn wir das gesamte Förderband erneuern.«

Entschlossen ging sie in die Hocke und fing an, mit dem Schraubenschlüssel und der Zange die entsprechenden Bolzen zu lösen. Ryan zögerte. Obwohl er eben noch überzeugt gewesen war, ihre Idee für Blödsinn zu halten, musste er jetzt widerwillig zugeben, dass das klappen könnte. Es war zumindest einen Versuch wert. Das Band auszutauschen würde mehrere Tausend Dollar kosten. Geld, das die *Sugar-Tale-Corporation* nur ungerne in diesen Teil des Unternehmens fließen sehen würde.

»Sie sagen gar nichts?«, hakte Miss Bishop angestrengt schnaufend nach. »Wo bleibt denn Ihr Widerspruch?«

Der schräge Blick, den sie ihm zuwarf, war sowohl amüsiert als auch eine Herausforderung.

Ryan verkniff sich ein Grinsen und vermied es, sich auf ihr Spielchen einzulassen.

»Ich erhebe keinen Einspruch. Im Gegenteil. Ihr Vorgehen zeugt von Kreativität. Ich lasse mich gerne überraschen.«

Er lehnte sich lässig an einen der Stahlträger, die das Hallendach stützten, und beobachtete sie. Silas machte sich eigenständig an der Führung der Saugleitung zu schaffen, während sein Kollege mit Amy an die Arbeit ging. Dabei schien Aaron ihre Gedanken zu erraten, noch ehe sie etwas sagen musste. Die beiden arbeiteten zügig Hand in Hand und scherzten sogar gelegentlich miteinander. Beinahe verspürte Ryan bei diesem Anblick einen Stich Eifersucht. Mit ihm hatte Miss Bishop nie einvernehmlich zusammengearbeitet. Jeder Blick in die Bücher hatte ihren Unwillen hervorgerufen. Warum das so war, wusste Ryan, aber dennoch ärgerte es ihn, dass diese sture Person ihm mit so viel Ablehnung begegnete, wo sie doch offenbar auch anders konnte.

Nachdenklich trat er näher und ging neben Aaron in die Knie.

»Ich kann das gerne übernehmen«, bot er an und rollte seine Hemdsärmel nach oben. »Wenn Ihr Mitarbeiter vielleicht inzwischen den Schweißbrenner heranschaffen würde?«

Amy wollte vehement ablehnen. Das fehlte ihr gerade noch, erneut in die Nähe dieses Mannes zu kommen. Schließlich war sie heute Morgen so froh gewesen, mit der Reparatur des Förderbandes einen guten Grund gefunden zu haben, seiner Gesellschaft zu entkommen. Sie seufzte. Da er aber ohnehin nicht vorhatte, das Feld räumen, konnte er sich genauso gut nützlich machen.

»Na schön«, murrte sie widerwillig. »Aaron, schaff die Sachen her, während ich … wir«, verbesserte sie sich mit Blick auf ihren neuen Handlanger, »während wir hier so weit alles vorbereiten.«

Ryan fing Aarons skeptischen Blick auf und neigte leicht den Kopf. Diese Bewegung genügte, um Aarons unausgesprochenen Einwand im Keim zu ersticken. Er reichte Ryan die Zange und verschwand mit einem sportlichen Satz übers Fließband in den Schatten der Halle.

»Sie wollen sich also wirklich die Hände schmutzig machen?«, stichelte Amy, als er nach dem Werkzeug griff.

Ryan grinste. Beinahe gefiel es ihm, dass sie offenbar noch immer auf Krawall gebürstet war. Sie war ein echter Sturkopf, fast so schlimm wie seine Schwester Linda.

»Es gibt einige *schmutzige* Dinge, die ich sehr gerne mache«, hielt er zweideutig dagegen und lachte herzhaft über ihren schockierten Gesichtsausdruck.

Amy verschlug sein Lachen die Sprache. Hier, im Halbdunkel der Produktionshalle, von allen Blicken abgeschirmt, kam ihr Scandrik vollkommen verändert vor. In seiner maßgeschneiderten Anzughose kniete er am Boden und war bereit, die strahlende Reinheit seines Armani-Hemds zu riskieren, um ihr behilflich zu sein. Dabei hätte sie gewettet, er würde sie bestenfalls auslachen, im schlechtesten Fall sogar versuchen, sie daran zu hindern, das Band selbst zu reparieren.

Offenbar hatte sie ihn falsch eingeschätzt, denn er zögerte nicht und beugte sich zu ihr herüber. Mit der Zange stabilisierte er die Mutter und bedeutete ihr, mit dem Schraubenschlüssel das Gewinde zu lösen.

Ein Hauch seines Rasierwassers stieg Amy in die Nase, und sie ertappte sich, wie sie genießerisch schnuppernd die Augen schloss.

Reiß dich zusammen!, ermahnte sie sich im Geiste und rückte näher an ihn heran. Anders als bei der Walze zuvor zitterten nun ihre Hände. Sie packte entschlossen den Schraubenschlüssel, setzte ihn an und stemmte sich gegen die festgezogene Schraube, während Ryan das Gegenstück fixierte. Ihre Muskeln zitterten vor Anstrengung, aber die Mutter bewegte sich keinen Deut.

»Miststück«, murmelte Amy und Scandrik warf ihr einen amüsierten Blick zu.

»Sitzt sie fest?«

»Noch. Aber so schnell gebe ich nicht auf!« Sie reckte sich über Ryans Arme, um in den Werkzeugkoffer fassen zu können. Dabei streifte sie ihn mit ihren Brüsten, was Hitze und Kälte zugleich durch ihren Körper rieseln ließ. Sie schnappte nach Luft und riss hektisch den Gummihammer aus dem Koffer.

So wie Scandrik grinste, hatte er die unbeabsichtigte Berührung durchaus bemerkt, und Amy schoss das Blut in die Wangen.

»Verzeihung«, murmelte sie kaum hörbar. »Ich wollte Ihnen … nicht zu nahe kommen.«

Sie sah ihm in die Augen und sein Atem strich über ihre Wange. So aus der Nähe sah er sogar noch besser aus. Sie wunderte sich über die kleinen Fältchen in seinen Augenwinkeln.

Die ließen vermuten, dass er oft lachte – was sie sich nach ihrer Erfahrung mit ihm kaum vorstellen konnte. Trotzdem wirkte er im Moment belustigt – auf ihre Kosten.

»Kein Problem«, sagte er großmütig, und Amy ärgerte sich, wie der Klang seiner Stimme ihr eine Gänsehaut bereitete. Diese verflixte Enge hinter der Anlage machte es unmöglich, sich nicht zu berühren. Dennoch versuchte sie es, als sie sich wieder ihrer Aufgabe zuwandte.

So, als wäre das alles gerade nicht passiert, steckte sie den Schraubenschlüssel auf das Gewinde und versuchte die Hebelwirkung durch sanfte Schläge mit dem Hammer auf den Stiel zu verstärken.

Ryan gefiel dieser Tag immer besser. Er hätte nicht gedacht, das zugeben zu müssen, aber diese Frau beeindruckte ihn. Zwar fehlte ihr die Kraft, die festgefressene Schraube zu lösen, doch das war für sie noch lange kein Grund aufzugeben. Sie hatte Biss, und das schätzte er. Außerdem – und das war noch etwas, das er nur widerwillig zugab – war sie zum Anbeißen süß, wie sie so ächzend neben ihm kniete und verbissen dieser wenig femininen Aufgabe nachging. Angestrengt grub sie die Zähne in ihre volle Unterlippe, und es kostete Ryan einige Mühe, seinen Blick davon loszureißen. Ihr Mund war wie geschaffen für heiße Küsse. Nur sollte ihn das eigentlich kaltlassen, denn er vermischte nie die Arbeit mit dem Vergnügen.

Zumindest bis jetzt. Wieder stöhnte sie leise vor Anstrengung. Eine ihrer blonden Locken hatte sich aus dem Zopf gelöst und strich über seinen Hals, als sie sich weiter vorbeugte. Sie duftete nach Vanille, was hervorragend zu den Gerüchen von Schokolade und Zimt passte, welche die Halle schwängerten. Ob sie so süß schmeckte, wie sie roch? Er sandte ein Stoßgebet in den Himmel. Gerade war er wirklich in Versuchung, ihr den Schraubenschlüssel aus der Hand zu reißen und ihr gleich hier hinter dem Fließband zu zeigen, dass er nicht nur von Buchhaltung etwas verstand.

Als sie sich nun auch noch mit der Zungenspitze über die Lippe leckte, war es um seine Selbstbeherrschung geschehen. Keuchend rückte er von ihr und dem zu lösenden Bolzen ab und nahm ihr das Werkzeug weg.

»Geben Sie schon her!«, murrte er und verfluchte die plötzliche Spannung in seiner Lendenregion. »Sonst dauert das hier ja noch bis morgen.« Er wusste, sein Ton war unnötig schroff, aber lieber bekäme er wieder ihren Zorn zu spüren als noch einmal diese verführerische Nähe.

»Dann versuchen Sie doch Ihr Glück!«, maulte Amy zurück und rückte ebenfalls beiseite, um ihm den Vortritt zu lassen. »Bitte, zeigen Sie doch mal, was Sie so draufhaben. Ich wette, Aaron hätte das längst geschafft.«

»Tatsächlich? Und dabei sah mir der Jungspund nicht so aus, als könnte er Ihnen das Wasser reichen!«, gab Ryan zurück. Es ärgerte ihn, dass sie diesem Halbwüchsigen mehr zutraute als ihm.

»Mir kann er vielleicht wirklich nicht das Wasser reichen – Ihnen aber ganz sicher. Zumindest hat er keine Angst, sich schmutzig zu machen!« Amy deutete auf sein gestärktes Hemd und die gepflegten Hände.

»Die habe ich auch nicht!«

Ohne sie weiter zu beachten, setzte er das Werkzeug an und stemmte sich mit seinem ganzen Gewicht dagegen. Er spürte ihr schadenfrohes Grinsen in seinem Nacken, als sich das verfluchte Ding nicht einen Zoll bewegte.

»Und?«, fragte sie kichernd.

Ryan biss die Zähne zusammen, zählte leise bis drei und stemmte sich noch einmal gegen den Schraubenschlüssel. Endlich knirschte die Schraube. Es wäre doch wirklich gelacht, wenn er sich vor seiner unzugänglichen Geschäftspartnerin eine

Blöße geben müsste. Als die Mutter schließlich nachgab und sich quietschend lösen ließ, hämmerte Ryans Puls vor Anstrengung, aber er konnte sich ein jubilierendes Grinsen nicht verkneifen.

»So macht *Mann* das«, erklärte er und ließ die rostige Schraube in Amys Hand fallen.

Die nickte unbeeindruckt, steckte sie zu den anderen in ihre Hosentasche und kniete sich wieder vor die Umlaufwalze.

»Wenn Sie dann Ihr Ego genug gestreichelt haben, würden Sie mir vielleicht dabei helfen, die Walze herauszuziehen? Sonst dauert das ja bis morgen«, äffte sie seinen Vorwurf nach, und Ryan glaubte sie leise kichern zu hören.

»Amüsiert Sie etwas?«

Amy lachte. »Nein, aber endlich zeigen Sie mal eine menschliche Seite. Sie haben einen Rostfleck auf dem Hemd, Ihre Wangen sind rot vor Anstrengung, und Sie sind gar nicht so stark, wie ich dachte. Das macht Sie deutlich sympathischer als diese kühl analysierende Rechenmaschine, die Sie bisher rausgekehrt haben.«

»Das ist ja interessant«, murmelte Ryan, während er sich ihrem Beispiel folgend hinkniete und die Walze unter dem Fließband hervorholte. »Sie finden mich also plötzlich sympathisch. Und haben sich zudem Gedanken darüber gemacht, wie stark ich bin.« Er legte die mit Schmieröl getränkte Walze neben sich und wischte sich die schwarzen Finger an einem Taschentuch ab.

»Das habe ich nicht! Dass Sie mir immer das Wort im Mund herumdrehen müssen!«

Ryan lachte über Amys offensichtliche Bestürzung. Sie rappelte sich auf und funkelte ihn böse an.

»Das ist nicht witzig! Sagen Sie mir doch bitte, wie ich professionell mit Ihnen arbeiten soll, wenn Sie mich kein bisschen ernst nehmen?«

Wieder überkam Ryan der Wunsch, sie in seine Arme zu reißen und ihr den Trotz von den Lippen zu küssen.

»Wissen Sie, Miss Bishop, wenn Sie professionell mit mir arbeiten wollten, dann säßen wir nicht hier unten im Dreck, sondern würden uns oben in Ihrem Büro überlegen, wie wir Ihre Firma rentabel machen können.«

»Meine Firma *ist* rentabel – nur deshalb hat sich die *Sugar-Tale-Corporation* doch überhaupt so viele Anteile gesichert. Und ich habe Ihnen schon vor einer Stunde angeboten, allein ins Büro vorzugehen!«

»Und mir das hier entgehen lassen? Nein, lieber nicht. Aber egal, wie lange das hier noch dauert, wir müssen uns heute noch mit den Personalkosten befassen – auch wenn wir das bei einem gemeinsamen Abendessen tun.«

Ryan war selbst überrascht, dass er dieses Angebot gemacht hatte. Normalerweise nahm er sich keine Arbeit mit nach Hause oder gar in ein Restaurant.

»Ich kann nicht mit Ihnen essen!«, protestierte Amy. »Heute ist Strickabend, und wenn ich vor Weihnachten den Cardigan für meine Mutter noch fertig bekommen will, dann kann ich das nicht ausfallen lassen.«

Ryan nickte enttäuscht und säuberte sich erneut an einem Lappen die Finger.

»Und wenn Sie Ihre Firma nicht vor Weihnachten schließen möchten, sollten Sie Ihre Prioritäten überdenken.«

Damit überließ er seine zornige Geschäftspartnerin dem zurückkehrenden Aaron. Mit mehr Wut im Bauch, als er sich selbst eingestehen wollte, zog er sich ins Büro zurück und vertiefte sich in die Bücher. Aber seine Gedanken schweiften immer wieder ab. Er fühlte sich, als hätte Miss Bishop ihm einen Korb gegeben! Als würde sie nicht mit ihm zum Abschlussball gehen wollen! Das war absurd!

Was war nur an ihr, dass ihn seine professionelle Gleichgültigkeit vergessen ließ? Seit Tagen stand fest, dass er hier mindestens dreißig Mitarbeiter entlassen musste. Aber hatte er diese Mitarbeiter schon ausgewählt? Hatte er schon Gespräche geführt? Oder zusammen mit Miss Bishop die Auflösungsverträge aufgesetzt? Nein!

Das Ärgerliche an der Sache war, dass Ryan nur zu gut wusste, warum er das alles noch nicht in Angriff genommen hatte. Er ließ sich von Mitgefühl für diesen blonden Wildfang leiten. Amy Bishop trat so leidenschaftlich für dieses Unternehmen ein, dass er es nicht übers Herz brachte, ihr Kummer zu bereiten.

Frustriert schob er den Schreibtischstuhl zurück und trat an die Glasscheibe. In der Produktion unter ihm wurde gearbeitet. Es herrschte rege, geordnete Geschäftigkeit, ganz so, wie er es erwartete. Automatisch wanderte sein Blick zum defekten Laufband. Aarons Kopf war hinter dem Band auszumachen, aber von Miss Bishop war nichts zu sehen. Vermutlich schweißte sie gerade das Band zusammen. Es würde ihr ähnlichsehen, dass sie sogar schweißen konnte! Unter anderen Umständen hätte er das sexy gefunden. *Unter anderen Umständen!*

Murrend kehrte er der Produktionshalle den Rücken, setzte sich wieder an seinen Platz und griff nach den Personalakten. Er wurde nun einmal nicht dafür bezahlt, sich Freunde zu machen. Warum musste er sich das in letzter Zeit nur ständig in Erinnerung rufen?

Kapitel 8

Ein Versprechen

Ein Knistern lag in der Luft. Der Duft von gedünstetem Fisch mit Kräutern und Zitrone entstieg dem Bräter im Herd und ließ erahnen, wie köstlich das Essen werden würde. Archer ging Kiki beim Tischdecken zur Hand, und als sie sich vor ihm über die Stuhllehne beugte, um ihnen Weißwein einzugießen, umfasste er von hinten ihre Taille. Der blaue Stoff ihres sommerlichen Kleides fühlte sich weich unter seinen Fingern an und er strich liebevoll darüber.

»Danke für die Einladung«, flüsterte er in ihr Ohr und hauchte ihr einen Kuss in den Nacken. Er zupfte ihre Haare aus dem Knoten, bis sie lose auf die Schultern sanken. Kendra stellte die Weinflasche ab und drehte sich mit glänzenden Augen und leicht geröteten Wangen zu ihm um.

»Ich bin so froh, dass du hier bist«, gestand sie scheu und griff nach seinen Händen. Sie verschränkte ihre Finger mit seinen und lächelte ihn glücklich an. »Du solltest immer hier sein.«

»Sag das lieber nicht, sonst wirst du mich am Ende nie mehr los«, gab Archer gut gelaunt zurück.

»Wenn das so ist: Du solltest immer hier sein«, wiederholte sie kichernd und stellte sich auf Zehenspitzen, um ihm direkt in die Augen sehen zu können. »Hörst du, Archer? Du solltest immer hier sein.«

Er neigte sich zu ihr und küsste sie. Ja, er hatte sie gehört, und sein Herz schlug bei der Vorstellung eines gemeinsamen Lebens schneller. Kendra war die Richtige für ihn. Seine Liebe zu ihr wuchs mit jedem Tag, und er war noch nie so glücklich gewesen.

Ihr Kuss war wie ein süßes Dessert, von dem er nicht genug bekommen konnte. In ihrer Nähe kamen ihm Hunderte neuer Ideen. Als wäre ihre Zukunft eine einzige, auf der Zunge zergehende Köstlichkeit, umhüllt von dunkler, samtiger Schokolade. Er war dort angekommen, wo er immer hatte sein wollen. Er las die Liebe in ihrem Blick und wusste, dass seine Gefühle für sie ebenso leicht zu ergründen waren. Warum sollte er sie auch verstecken? Sie wurden erwidert, und das machte sein Glück perfekt. Behutsam umfasste er ihr Gesicht und vertiefte seinen Kuss. Sie schmiegte sich an ihn. Er konnte kaum glauben, wie gut es das Schicksal mit ihm meinte, als sie mit zitternden Fingern den obersten Knopf seines Hemdes öffnete.

»Was wird aus dem Fisch?«, fragte er, als sie ihre Hände mutig unter sein Hemd schob.

Kiki lachte atemlos vor Aufregung und lehnte sich an seine Brust. Sie sah Archer mit glühenden Augen an, und ihre Anspannung übertrug sich auf ihn. Er fühlte sich unsicher wie ein Schuljunge. Die Stille im Raum war angereichert mit großen Erwartungen, aber auch mit Ängsten und Hoffnungen. Er wusste nicht, was er tun sollte – nur, was er tun wollte.

»Der Fisch ist beschäftigt – wir aber nicht. Und zur Not hab ich auch noch eine Pastete im Haus.«

Kendras Unbekümmertheit gab ihm Mut. Seiner eigenen Sehnsucht nachgebend, legte er seine Hände auf ihre Schultern.

»Du hast Pastete im Haus?«, fragte er gespielt interessiert. »Warum hast du das nicht früher gesagt? Dann hätten wir den Fisch im See gelassen und wären gleich dazu übergegangen, das hier zu tun.«

Er fuhr mit den Händen über ihre Arme nach unten und hob ihre Finger an seine Lippen.

»Jetzt, wo du das so sagst, frage ich mich das auch.« Sie legte ihm die Arme um den Hals und presste sich ermutigend an ihn. »Aber vielleicht ist das, wovon alle hinter vorgehaltener Hand immer reden, ja gar nicht so beeindruckend. Und dann hätten wir den schönen Tag am Strand damit vertan.«

Sie versteckte ihr Kichern an seiner Schulter, doch Archer schob sie grinsend von sich.

»Ich verspreche dir, Kiki, das, wovon alle so heimlich reden …«, er löste das Taillenband ihres kornblumenblauen Kleides und ließ es langsam durch seine Finger gleiten, »ist es durchaus wert, den Tag damit zu vertun.«

»Du wirst mir zugestehen, mir da mein eigenes Urteil zu bilden?«, fragte sie keck und machte sich erneut an den Knöpfen seines Hemdes zu schaffen.

Archer nickte ernst.

»Natürlich, Liebste. Und wenn ich dir dabei behilflich sein kann, zu einem Urteil zu kommen, dann lass es mich wissen.«

Kendra küsste ihn, sodass ihm beinahe die Sinne schwanden.

»Oh, wie freundlich und uneigennützig von dir, mir deine Hilfe anzubieten.«

Kapitel 9

Eine Lösung muss her

Die Stricknadeln klapperten und aus der Stereoanlage drang Popmusik gerade so laut, dass zwar gute Laune aufkam, man sich aber noch problemlos unterhalten konnte.

»Auf jeden Fall hasse ich ihn!«, beendete Amy ihre Schimpftirade über Ryan Scandrik und wickelte sich neue Wolle auf den Finger, ehe sie ihre Freundinnen aus dem Strickzirkel ansah.

»Das ist offensichtlich«, bemerkte Kendra, ohne den Blick von ihren Nadeln zu nehmen.

»Okay, du hasst ihn, trotzdem sieht er rattenscharf aus«, wandte Madison ein und leckte sich die Lippen, als alle kicherten.

Alle außer Amy.

»Du findest ihn scharf?«, fragte sie schroff. Dieses Eingeständnis fühlte sich wie Verrat an. Sie hatte gehofft, ihre Freundinnen würden ihr beistehen und Ryan Scandrik zum Teufel wünschen. Stattdessen waren sie seinen schönen Augen auf den Leim gegangen.

»Er *ist* scharf!«, bestätigte auch Betty, die mit Madison in der Produktion arbeitete.

»Du meine Güte! Hätte ich gewusst, dass ihr so drauf seid, wäre ich zu Hause geblieben.« Amy knüllte verärgert das Strickzeug in ihre Tasche.

»Ach komm schon, Amy« Madison stieß ihr liebevoll in die Seite. »Sei doch nicht sauer. Wir sind auf deiner Seite – aber das bedeutet nicht, dass wir blind sind.« Sie zwinkerte. »Und normalerweise bist du auch nicht blind. Also sag schon ehrlich: Wie findest du ihn?«

»Sie findet ihn toll!«, warf Kendra um des lieben Friedens willen ein. »Entschuldige, Amy, aber du tust gerade so, als könnten attraktive Menschen zu nichts Bösem fähig sein. Dabei ist doch meistens das Gegenteil der Fall.«

Amy musste Kiki murrend zustimmen. Kleinlaut griff sie wieder nach ihrem Strickzeug und warf das Wollknäuel neben sich auf die Couch, damit sich die Wolle abwickeln konnte.

»Na schön! Er sieht super aus! Da habt ihr es! Ich gebe zu, dass der Typ eine Granate ist. Aber eine, die uns in Stücke reißen wird, das sage ich euch. Es wird nicht mehr lange dauern und er wird mich zwingen, Leute zu entlassen.«

»Uhhh, dann sollte ich mich vielleicht besser an ihn ranmachen. Wenn er erst mit mir in der Kiste war, dann wird er mich ganz sicher nicht entlassen wollen«, spekulierte Betty mit einem koketten Augenaufschlag.

»Ha!« Amy hob ihre Stricknadel. «Na, dann viel Erfolg. Der Kerl sieht zwar gut aus, ist aber so kalt wie ein toter Fisch. Mit dem im Bett holt man sich unter Garantie eine Erkältung.«

Madison kicherte. »Du scheinst dir ja schon Gedanken dazu gemacht zu haben«, foppte sie Amy und griff nach der Schöpfkelle für die Bowle. »Oder vielleicht willst du ihn ja auch für dich?«

Die perlende Flüssigkeit mit den fruchtigen Pfirsichstückchen schwappte in ihr Glas und sie hob es, wie um auf Amy zu trinken.

»Haha! Sehr witzig, Maddie. Ich hab weder in meinem Leben noch in meiner Firma oder in meinem Bett Platz für so einen Kerl.«

»Genau, Liebes!«, stimmte Kendra ihr lächelnd zu. »Lass dich nicht von einem Mann für dumm verkaufen. Die meisten sind das Lächeln nicht wert, das wir ihnen schenken.«

»Och, in meinem Bett fände sich schon ein Plätzchen für so einen Schnuckel. Habt ihr seinen Po gesehen? Wie aus Stein gemeißelt!«, widersprach Betty und legte ihre Stricksachen beiseite. Wie Madison goss sie sich einen Drink ein.

»Amy, du warst doch mit ihm hinter dem Fließband – ist an ihm noch etwas aus Stein, von dem wir vielleicht nicht wissen?«

Madison lachte laut über Bettys sexistische Anspielung, aber Amy schüttelte genervt den Kopf.

»Ihr seid doch doof! Sag mal, Kiki, wie viel Alkohol ist denn in deiner Bowle? Die beiden sind ja total voll.«

»Sind wir nicht!«, protestierte Betty und nippte wie zum Beweis gleich noch einmal an ihrem Glas.

Madison zog die Beine auf die Couch und schob die Wolle beiseite. Stricken schien für heute abgehakt.

Resigniert und wenig begeistert über die Wendung ließ auch Amy ihren halb fertigen Cardigan sinken.

»Ich fürchte, ich habe nicht genug Alkohol im Haus, meine Liebe, um die beiden abzufüllen«, erklärte Kendra und schnupperte zur Vorsicht an ihrer eigenen Tasse. Da alles in bester Ordnung damit schien, fischte sie sich ein Pfirsichstück heraus und schob es sich in den Mund.

»Wie klingt denn das?«, regte sich Betty gespielt auf. »Als wären wir Schnapsdrosseln!«

»Genau! Dabei machen wir nur gerne mal einen drauf. Übrigens … da fällt mir ein … Bens Band spielt am Samstag im *Mojito*. Wir sollten hingehen. Und vielleicht kommt ja der Bürohengst mit? Dann kann ich um meinen Job flirten.«

»Ich hoffe doch, dass der am Freitag wieder verschwindet. Noch eine Woche ertrage ich das nicht.«

»Ha! Das ist überhaupt die Idee! Amy muss mit dem Kerl in die Kiste und ihn davon überzeugen, dass er keinen von uns entlässt!« Madison klatschte aufgeregt in die Hände.

»Warum darf immer nur Amy den ganzen Spaß haben?«, beschwerte sich Betty über den Vorschlag.

»Weil es ihre Firma ist!« Madison rollte theatralisch mit den Augen.

»Wenn das so ist: Wo muss ich unterschreiben, damit Betty die Firma leitet?«, scherzte Amy, ertappte sich aber bei der Frage, wie es wohl wäre, mit Ryan …

»Nichts da! Ich will zwar den Spaß, aber von Pralinen versteh ich nicht halb so viel wie du.«

»Das hat sie von ihrem Großvater geerbt«, mischte sich nun auch Kiki wieder ins Gespräch ein. »Sie hat das im Blut.«

Amy schüttelte lächelnd den Kopf. Nicht zum ersten Mal fragte sie sich, was Kendra und ihren Großvater miteinander verbunden hatte. Abgesehen davon, dass Archer ihr jeden Abend eine Praline vorbeigebracht hatte. Warum hatte er das getan? Warum war es ihm so wichtig gewesen, dass er Amy sogar darum gebeten hatte, dies weiterzuführen, als er im Sterben lag?

Unauffällig beobachtete sie ihre Freundin, die trotz ihres Alters von beinahe achtzig Jahren noch immer so viel Vitalität ausstrahlte. Obwohl ihr Gesicht von tiefen Falten durchzogen war, war unschwer zu erkennen, dass Kiki einst eine sehr schöne Frau gewesen war. Ihre Augen sprühten vor Lebenslust und sie konnte sich leicht vorstellen, dass auch verheiratete Männer wie Grandpa Gefallen an ihr gefunden hatten.

Allerdings war auch Kendra verheiratet gewesen und hatte Kinder. Also musste es etwas anderes sein, dessen war sich Amy sicher. Die beiden erschienen ihr nicht wie Ehebrecher. Sie waren die ehrenhaftesten Menschen, die Amy kannte.

Doch konnten sie tatsächlich nur befreundet gewesen sein? Sie selbst glaubte nicht so recht an eine rein platonische Freundschaft zwischen Männern und Frauen, aber vielleicht lag sie da einfach falsch. Es war jedenfalls nicht zu übersehen, dass Kiki tiefe Gefühle für Archer gehegt hatte – und noch immer hegte.

»Es wird ihr aber nichts nützen, Pralinen im Blut zu haben, wenn Mister Buchhaltung ihr weiterhin Steine in den Weg legt.« Maddies Einwurf riss Amy aus ihren Gedanken.

»Es gäbe eine Lösung für mein Problem«, sagte sie langsam. »Ich könnte versuchen, alle Anteile der Firma, die noch nicht in der Hand von *Sugar-Tale* sind, zurückzukaufen. Damit läge die Mehrheit bei mir allein, und ich müsste bei Abstimmungen zu Gehältern, Arbeitsplätzen und Investitionen nicht fürchten, überstimmt zu werden.«

Das ließ Kendra aufhorchen.

»Du willst die Anteile zurückkaufen?«

»Ich habe keine Ahnung, wie ich das finanzieren soll, aber ich halte es für die einzige Möglichkeit. Ansonsten muss ich doch immer Angst haben, dass unter Scandriks Druck einer der Miteigner einknickt und verkauft – und dann hab ich den Salat. Meine Position ist schon jetzt mehr als schlecht.«

Kiki runzelte zweifelnd die Stirn.

»Die Firma ist verschuldet! Du solltest dir gut überlegen, ob es schlau ist, noch mehr Geld hineinzustecken. Irgendwann erdrückt dich die Last und dir bleibt gar nichts mehr. Und selbst wenn du die Mittel hättest, alle Anteile zurückzukaufen, ist nicht gesagt, dass die Eigner sie dir auch überlassen. Ich selbst möchte meine Anteile nicht abgeben, Amy. So leid es mir tut.«

»Warum nicht? Ich glaube nicht, dass die Fabrik in den nächsten Jahren nennenswerte Gewinne erwirtschaften wird. Mit einer hohen Rendite ist also nicht zu rechnen, Kiki.«

Entschieden schüttelte Kendra den Kopf.

»Darum geht es nicht. Das Geld ist mir egal. Ich gebe meine Anteile nicht ab. Sie sind alles, was mir noch bleibt.«

»Wie meinst du das?«

Kendra winkte ab. »Vergiss, was ich gesagt habe, Amy. Aber ich bleibe dabei. Meine Anteile werde ich nicht verkaufen.«

»Aber ohne deine zwei Prozent der Firmenanteile nützen mir auch die anderen nichts! Dann wird es immer noch neunundvierzig zu neunundvierzig stehen. Deine Stimme wäre das Zünglein an der Waage.«

Kendra faltete die Hände wie zum Gebet, und selbst Madison und Betty hatten aufgehört zu kichern.

»Und du weißt, wem meine Stimme gehört …«

Amy schüttelte den Kopf. Das war absurd! Selbst wenn Kiki immer zu ihren Gunsten entscheiden würde, läge die Zukunft der Firma weiterhin im Ungewissen. Was, wenn ihr irgendetwas zustieße? Sie war immerhin nicht mehr die Jüngste. Was, wenn ihr Sohn Jim die Anteile dann an die *Sugar-Tale-Corporation* verkaufen würde? Sie traute ihm das durchaus zu, schließlich suchte er auch nach einem Käufer für das Café seines Vaters. Amy würde ihn kaum daran hindern können, auch das Lebenswerk ihres Großvaters zu verschachern. Aber das konnte sie Kiki natürlich so direkt nicht sagen – nicht ohne sie zu verletzen, indem sie ihr Alter und ihre Sterblichkeit auf den Tisch brachte.

»So kommen wir nicht weiter«, erklärte sie resigniert und stand auf. Dass sie ausgerechnet bei Kendra auf taube Ohren stieß, kam überraschend. Amy hatte angenommen, dass der alten Frau die Fabrik ebenso am Herzen lag wie ihr. Warum half sie ihr also nicht, Archers Fehler auszubügeln? Warum hing sie so sehr an zwei Prozent, die ihr nicht den geringsten Gewinn einbrachten?

»Amy, bitte ... denk doch mal nach. Es macht keinen Unterschied, ob du meine Anteile hast oder nicht. Wir stehen auf derselben Seite.«

Amy sammelte schweigend ihre Stricksachen zusammen und schlüpfte in ihren Mantel. Erst dann drehte sie sich wieder zu ihren Freundinnen um. Die gemütliche Couch, der große Topf mit der Bowle, ihre leicht angetrunkenen Mädels – das alles kam ihr nun nicht mehr entspannend vor.

Sie wollte keinen Streit heraufbeschwören, aber nach dieser Offenbarung einfach weiterstricken, das konnte sie auch nicht. Sie brauchte Zeit zum Nachdenken.

„Entschuldigt, ich ... ich denke, ich gehe besser. Mir brummt der Kopf – und ... und wir stehen eben nicht auf derselben Seite. Ich habe im Grunde nicht mal eine Seite, Kiki. Ich hänge total in der Luft, weil Grandpa so dumm war, sich zu übernehmen."

Statt nach Hause zu gehen, schlug Amy den Weg in den Meadow Drive ein. Die Auseinandersetzung mit Kiki machte sie ruhelos, deshalb fuhr sie in die Fabrik. An Schlaf war jetzt ohnehin nicht zu denken. Als sie ihren Freunden von der Idee mit den Anteilen berichtet hatte, da war dies nur eine Idee gewesen ... eine letzte Chance. Etwas, das sie vermutlich ohne die unwahrscheinliche Hilfe ihrer Mutter sowieso nicht finanzieren könnte. Sie hatte kurzzeitig mit dem Gedanken gespielt, ihre Wohnung als Sicherheit für ein Darlehen zu geben, um die Anteile zurückkaufen zu können. Aber genau da, in der Finanzierung, lag die Schwierigkeit – zumindest hatte sie das angenommen. Dass sich gerade Kendra nun als das wahre Problem herausstellte, kam vollkommen überraschend.

Fast so überraschend, wie Scandriks Wagen zu dieser späten Stunde auf dem Parkplatz der Fabrik stehen zu sehen. Sofort schoss ihr Puls in die Höhe.

»Der schnüffelt hier doch nicht immer noch herum?«, murmelte Amy, kramte in ihrer Tasche nach dem Schlüssel und überlegte sich schon, was sie ihm alles an den Kopf werfen würde.

Wütend umrundete sie den Empfangstresen. Die Flure waren dunkel, aber das störte Amy nicht. Sie fand ihren Weg wie von selbst. Schwungvoll öffnete sie die Tür zu ihrem Büro – und starrte in die Finsternis.

»Was?« Sie sah sich um. Der Monitor auf ihrem Schreibtisch war schwarz, der Rechner heruntergefahren, die Akten fein säuberlich aufgestapelt.

Die Enttäuschung traf sie wie ein Schlag. Er war nicht hier.

Sie ließ ihre Tasche auf den Tisch fallen und sank entmutigt in ihren Bürostuhl. Der leere Raum war in kühles Mondlicht getaucht und nichts hatte mehr eine klare Kontur. Sie fühlte sich haltlos. Irgendwie hatte sie gehofft, Scandrik hier zu treffen. Nicht, als sie beschloss herzukommen, aber seit sie seinen Wagen unten hatte stehen sehen. Nach dem Streit mit Kiki war sie gerade in der rechten Stimmung gewesen, sich mit ihm auch noch anzulegen. Oder war es das etwa gar nicht?

Sie lauschte auf die Enttäuschung in ihrem Herzen. Vielleicht war das nur die halbe Wahrheit. Womöglich hatte sie ja irgendwo tief in ihrem Inneren gehofft … nur einmal ein normales Gespräch mit ihm führen zu können. Wenn sie ihm deutlich machen könnte, was ihr diese Fabrik bedeutete, könnten sie vielleicht endlich zusammenarbeiten. Und nicht länger gegeneinander.

Sie legte den Kopf in den Nacken und schloss die Augen. In Gedanken sah sie ihn vor sich, wie er am Morgen jeden Muskel in seinem Körper angespannt hatte, um den Bolzen des Fließbandes zu lösen. Es war schön gewesen, zusammen etwas zu leisten. Und wie nahe sie sich in der Enge hinter dem Band gewesen waren, wie unerwartet gut sich dieser Hauch von Intimität angefühlt hatte. Wieder schlug ihr Herz verräterisch schnell und sie kaute an ihrer Lippe herum.

Als sie ihn berührt hatte, war es für sie wie ein Stromschlag gewesen. Ob er das auch gefühlt hatte?

Um nicht noch weiter unsinnigen Gedanken nachzuhängen, öffnete sie die Augen. Im schwachen Mondlicht, das durchs Fenster fiel, bemerkte sie eine handgeschriebene Notiz auf einem Stapel mit Personalakten.

Zögernd lehnte sich Amy nach vorne und knipste die Schreibtischlampe an.

»Entlassungen«, las sie ungläubig. Sie drehte den Zettel um, doch mehr hatte Scandrik nicht geschrieben. Aber dieses eine Wort reichte aus, um ihr am ganzen Körper eine Gänsehaut zu verursachen. Mit zitternden Fingern zog sie die Akten zu sich heran und überflog die ihr so vertrauten Namen.

Kapitel 10

Ein Traum aus Schokolade

Mit hängenden Schultern sah sich Archer in der ehemaligen Gärtnerei am Ortsrand von Frisco um. Seine Finger strichen über die geflieste Oberfläche eines Arbeitstisches im hinteren Teil des Raumes, wo die Vorbesitzer Sträuße gebunden hatten. Im vorderen Bereich befanden sich ein tresenartiger Verkaufstisch und einige Regale.

»Die Kühlanlage im Nebenraum, wo die Blumen gelagert wurden, müsste auf alle Fälle gewartet werden. Für die Pflanzen hat es grad noch so gereicht, für Lebensmittel ist es aber sicher nicht ausreichend«, erklärte der Vermieter.

Niedergeschlagen nickte Archer. Das wäre eine Investition, die er unmöglich stemmen konnte – vorausgesetzt, er würde sich die Miete für diese Bruchbude überhaupt leisten können.

Es war nicht das, was er sich erhofft hatte. Zwar würde der Platz vorerst genügen, allerdings waren die Arbeitsflächen im hinteren Teil und im Nebenraum zu klein. Die Lage war gerade für Laufkundschaft alles andere als günstig und die Ausstattung schlicht geschmacklos. Leider war dies inzwischen seine fünfte

Besichtigung, und die Möglichkeiten, die innerhalb seines begrenzten Budgets lagen, erschöpften sich so allmählich.

»Hm, ja, das … das ist ein Problem«, gab Archer gedankenverloren zurück.

»Ich als Vermieter kann unmöglich für diese Kosten aufkommen – am Ende will jemand hier ein Spielwarengeschäft eröffnen und braucht gar keinen Kühlraum. Sie sehen … das ist also tatsächlich Ihr Problem.«

»Sicher, ich verstehe.«

Archer atmete tief durch und ließ noch einmal seinen Blick über die Einrichtung schweifen. Schweren Herzens musste er einsehen, dass er auch hier keine Zukunft haben würde.

»Danke, dass Sie sich die Zeit genommen haben, Sir. Aber ich fürchte, so ganz entspricht das nicht meinen Vorstellungen.«

»Sie werden im Umland von Frisco kein Objekt wie dieses finden, Mister Bishop. Ladenflächen sind rar – und manchmal muss man einen Kompromiss eingehen. Gerade am Anfang«, versuchte der Vermieter es dennoch.

»Da haben Sie bestimmt recht, aber die Kosten, hieraus eine Pralinenmanufaktur zu machen, übersteigen einfach mein Limit.«

»Bedauerlich. Höchst bedauerlich.« Der Mann wies Archer die Tür und schüttelte ihm kurz angebunden die Hand. »Dann weiterhin viel Erfolg, Mister Bishop.«

Als sich die Ladentür klimpernd hinter Archer schloss, fühlte er sich leer und ausgebrannt. Er hatte noch nicht eine Praline hergestellt und war doch schon entmutigt. Es war naiv gewesen, von einer Zukunft zu träumen, in der er sein eigener Chef sein würde. In der er unabhängig wäre.

Mit schweren Schritten machte er sich wieder auf den Weg zurück in die Stadt. Der kurze Marsch tat ihm gut, denn so niedergeschlagen, wie er war, brauchte er etwas Zeit, um sich zu fassen. Es war merkwürdig, wie wichtig ihm diese Träumerei mit einem Mal war. Es schien ihm beinahe, als hätte Kiki diesen Wunsch tief in seiner Seele aufgelesen und an die Oberfläche gebracht. Als hätte sie eine Sehnsucht in ihm geweckt, die nun unbedingt gestillt werden musste. Nicht um ihretwillen, sondern um seinetwillen.

Und dennoch wollte er auch Kendra nicht enttäuschen. Er wünschte sich, dass sie stolz auf ihn war. Dass sie ihn für einen guten Mann hielt.

Der Vermieter brauste in seinem Auto an ihm vorbei und hupte zum Abschied. Wie von selbst hob Archer die Hand zum Gruß und sah dem Wagen nach.

Was sollte er Kiki nur sagen? Sie war so euphorisch gewesen. So glücklich und voller Vorfreude.

Müde blieb er stehen, dabei sollte er zusehen, dass er vor seiner Schicht in der Bäckerei noch eine Mütze Schlaf bekam. Sonst würde die Nacht lang und hart werden. Sein Blick glitt über die Häuser vor ihm, die sich in das sanfte Tal der Rockys schmiegten. Lag hier seine Zukunft? Oder sollte er mit Kiki woanders hingehen? Gab es vielleicht irgendwo einen Ort, der nur auf ihn und seinen Traum wartete?

Wenn er Frisco nicht verlassen wollte, dann musste er einen anderen Weg finden. Es musste einfach einen Weg geben!

Kapitel 11

Entlassungen

»Sie sehen schlecht aus«, stellte Ryan nüchtern fest, als er am Morgen ins Büro kam. »Ist etwas passiert?«

»Sie sind passiert. Reicht das nicht?«, maulte Amy und fuhr sich ruhelos durch die Haare. Sie hatte die ganze Nacht über den Personalakten verbracht und nach einer Lösung gesucht. Das Wort *Entlassungen* hämmerte ihr wie ein Schlagbohrer hinter den Schläfen. Sie wusste, wenn sie anfangen würde, Mitarbeiter zu entlassen, verlöre sie sehr schnell das Vertrauen ihrer Leute – und damit jede Unterstützung in der nächsten Versammlung der Anteilseigner.

Natürlich war sie sich ihrer fragwürdigen Erscheinung bewusst. Besonders, da Ryan mal wieder aussah wie frisch aus dem Ei gepellt. Wie konnte ein Mensch nur permanent so gut aussehen? Das war bestimmt ein Trick des Teufels!

»Haben Sie hier übernachtet?«, fragte er skeptisch, als sein Blick auf Amys Zahnbürste fiel, die noch feucht auf ihrem Schreibtisch lag.

Amy fühlte sich ertappt und räumte das Beweisstück verlegen in eine Schublade.

»Und wenn schon? Was geht Sie das an?«

Ryan hob beschwichtigend die Hände.

»Ich habe nicht vor, mich in Ihre Privatangelegenheiten einzumischen«, versicherte er ihr und rückte sich den Krawattenknoten zurecht. »Dennoch schlage ich vor, dass ich Sie nach Hause fahre, Sie sich auf die Schnelle etwas zurechtmachen und wir dann bei einem Frühstück über das hier sprechen.« Er deutete auf die Personalakten, die vor Amy ausgebreitet lagen.

Er sah, wie es in ihr arbeitete. Resignation rang mit Niedergeschlagenheit und Trotz. Beinahe hätte Ryan das putzig gefunden. Weil jedoch viel von den Entscheidungen des heutigen Tages abhing, konnte er es sich nicht leisten, wenn ihre Sturheit siegte. Darum lächelte er und hielt ihr charmant die Tür auf.

»Kommen Sie, Miss Bishop. Geben Sie sich einen Ruck und tun Sie nur einmal so, als wollten Sie mit mir zusammenarbeiten.«

Amy knirschte mit den Zähnen, nickte aber.

»Na schön. Aber ich werde nicht zugänglicher sein, was die Entlassung meiner Mitarbeiter angeht, nur weil Sie einen Kaffee ausgeben!«

Ryan musste lachen. »Wer hat denn gesagt, dass ich bezahle? Das ist ein Geschäftsessen!«

»Das können Sie vergessen! Wenn Sie meinen, mein Betrieb kommt für Ihr Frühstück auf, dann …«

»Na schön! Ich gebe mich geschlagen, Miss Bishop.« Er zwinkerte ihr verschwörerisch zu. »Ich lasse unsere Zeche einfach auf die *Sugar-Tale-Corporation* gehen. Wie klingt das?« Er hoffte, sie würde sein Friedensangebot auch als solches erkennen.

»Das ist ja wohl das Mindeste!«, schnappte sie noch immer unversöhnlich. »Schließlich bereichert sich die *Corporation* an unserem Verkaufsschlager! Da kann sie ruhig ein Frühstück springen lassen.«

Sie griff sich ihre Handtasche und rauschte an ihm vorbei aus dem Büro.

Mit einem amüsierten Grinsen auf den Lippen und gemessenen Schrittes folgte Ryan ihr. Sollte sie ruhig davoneilen. Vielleicht würde das ihr Temperament etwas zügeln. Er brauchte jedenfalls einen klaren Kopf, wenn er heute Abend seinem Auftraggeber Erfolge präsentieren wollte.

Als er am Empfangstresen vorbeikam, bemerkte er, dass Jessica tränenreich in ihr Taschentuch schniefte. Kurz überlegte er, sie anzusprechen, entschied sich aber dagegen. Er würde einfach Miss Bishop fragen, wo der Schuh drückte. Schließlich wollte er verhindern, dass sich die Mitarbeiterin noch mehr hineinsteigerte. Wie sollte sie da vernünftig arbeiten können?

Darum beeilte er sich nun doch, seiner sturen Geschäftspartnerin auf den Parkplatz zu folgen. Sie lehnte mit vor der Brust verschränkten Armen an der Beifahrertür des Mercedes und sah ihm mordlustig entgegen.

»Was ist denn mit Jessica los?«, beendete er das drückende Schweigen, als er den Wagen nach einer schweigsam verlaufenen Fahrt vor ihrer Wohnung in eine Parklücke steuerte.

Amy schnaubte und fuhr sich durchs Haar.

»Das wollen Sie nicht wissen!«, gab sie knapp zurück und stieg aus.

»Doch. Das will ich«, widersprach er, als er sie vor ihrer Haustür einholte. »Ist sie krank? Oder jemand gestorben?«

Sie rammte den Schlüssel mit mehr Kraft als nötig ins Schloss.

»Nein.«

Ryan rieb sich das Kinn. »Haben Sie ihr von der Arbeitszeitverkürzung berichtet?«

Aus Amys Augen schossen Blitze.

»Nein. Diese Kürzung ist vollkommen absurd und wird es daher auch nicht geben. Ich brauche Jessica ganztags. Und darüber verhandle ich nicht!«

»Ich dachte, das hätten wir geklärt?«

Sie hielt ihm die Tür auf und erwartete fast einen beleidigenden Kommentar zu der Unordnung in ihrer Wohnung. Sie war in den letzten Tagen einfach nicht zum Aufräumen gekommen. Und das war Scandriks Schuld!

»Hier … wohnen Sie also.«

Es war keine Frage, sondern eine Feststellung.

»Sieht so aus.« Sie räumte ihren Wollkorb vom Sessel und bot ihm einen Platz an. »Warten Sie hier. Ich bin sofort zurück.«

Als Ryan sich setzte, verschwand sie ins Bad und überließ es ihm, sich ein Bild von ihrem Leben zu machen. Der leere Pizzakarton lag immer noch auf dem Couchtisch und verströmte einen nicht mehr ganz so köstlichen Geruch. In der herumliegenden Programmzeitschrift war für den Abend eine Liebesschnulze mit dem Kugelschreiber markiert und auf dem Fußboden stand die beinahe leere Rotweinflasche.

Ryan schmunzelte. Miss Bishop erinnerte ihn einmal mehr an seine Schwester. Bei der sah es, abgesehen vom Kinderspielzeug, das bei ihr zudem überall herumflog, recht ähnlich aus.

Das Plätschern des Wassers aus der Dusche riss Scandrik aus seinen Gedanken.

»Na toll!«, murmelte er. »Das dauert sicher ewig!« Genervt warf er einen Blick auf seine Armbanduhr. Der Zeiger tickte unaufhörlich weiter, und er saß untätig herum. Er hatte genug Beziehungen geführt, um zu wissen, dass, je nach Frau, bis zu einer Stunde verging, bis sie wieder aus dem Bad kam. Dafür fehlte ihm die Zeit. Genau genommen hatte er sich die ganze Woche viel zu viel Zeit gelassen. Er hatte kaum Ergebnisse vorzuweisen. Eigentlich hatte er vorgehabt, heute seinen Einsatz hier in Frisco abzuschließen. Stattdessen hatte er noch nicht einmal richtig angefangen.

Er erhob sich und trat ans Fenster, das hinaus auf die Straße ging. In einem Blumenkasten auf dem Fensterbrett hielten bunte Sommerblumen ihre letzten Blüten wacker in den herbstlichen Himmel. In der Ferne konnte er hinter den hohen Tannen die schillernde Wasseroberfläche der Frisco Bay gerade noch so erkennen.

Nachdenklich betrachtete er sein Spiegelbild in der Scheibe. Was war nur los mit ihm? Hatte er etwa einen Durchhänger? Wo war sein Biss geblieben, der ihn zu einem der Besten auf seinem Gebiet machte?

»Fertig!«

Überrascht fuhr Ryan herum.

»Das ging ja schnell«, lobte er und bewunderte den Anblick, der sich ihm bot. Miss Bishops Haar schimmerte noch feucht und war lässig zu einem lockeren Dutt im Nacken geschlungen. Die gemusterte Bluse betonte ihre Figur und war sportlich in den Bund der Jeans gesteckt. Sie sah schick aus, ohne überzogen zu wirken, und plötzlich kam ihm selbst seine Krawatte zu eng vor. Unbewusst zog er den Knoten etwas locker.

»Habe ich Sie beim Herumschnüffeln gestört?«, fragte sie und machte eine Bewegung, die ihre Wohnung einschloss.

Ryan lachte und schüttelte den Kopf.

»Nein, nein. Keine Sorge, Miss Bishop, ich hatte genug Zeit, all Ihre Geheimnisse zu ergründen. Jetzt müsste ich eigentlich nur noch herausfinden, was mit Ihrer Empfangsdame los ist, dann wäre ich allwissend.«

»Warum wollen Sie das überhaupt wissen? Ich hatte bisher nicht den Eindruck, dass das Privatleben meiner Mitarbeiter Sie auch nur im Geringsten interessiert. Ihr Interesse gilt doch nur der Wirtschaftlichkeit.«

Möglichst unauffällig räumte Amy ihre Wollsocken vom Sofa und legte wie nebenbei die Kuscheldecke zusammen, die sie neulich Abend achtlos liegen gelassen hatte. Dabei musterte sie ihren Gast genau. Es war merkwürdig, wie gut er trotz seines teuren Anzugs in ihre Wohnung passte. Sie hatte angenommen, er würde wie ein Fremdkörper zwischen ihren Möbeln wirken, aber ganz das Gegenteil war der Fall.

»Sie halten nicht viel von mir, richtig?«, fragte er und schien darüber nicht einmal zerknirscht.

Amy wusste nicht, was sie sagen sollte. Es stimmte nicht, was er sagte. Sie hatte nichts gegen ihn. Sie mochte nur einfach nicht, weshalb er hergekommen war.

»Ich mag halt Männer nicht, die zerstören wollen, wofür ich lebe.«

Scandrik neigte verständnisvoll den Kopf.

»Sicher haben Sie noch mehr, für das es sich zu leben lohnt.«

Amy verzog das Gesicht. Er hatte ja keine Ahnung.

»So viel mehr ist da leider nicht«, gestand sie deprimiert. »Irgendwie ist alles andere neben der Arbeit auf der Strecke geblieben.«

»Das kenne ich. Meine zweite Ehe ist genau daran zugrunde gegangen.«

Amy schnappte bei diesem unerwarteten Zuspruch überrascht nach Luft.

»Bitte? Ihre *zweite* Ehe? Das ist doch ein Scherz?«

Verlegen zuckte Scandrik mit den Schultern.

»Was finden Sie denn so lustig? Dass es tatsächlich schon zwei Frauen gab, die sich in eine Bestie wie mich verliebt haben? Oder dass es keine von beiden mit mir ausgehalten hat?«

Amy grinste frech und griff nach ihrer Jacke.

»Na, dass es keine mit Ihnen ausgehalten hat, ist nicht so verwunderlich, wenn Sie mich fragen.« Sie konnte sich bis hinunter zum Auto das Grinsen nicht verkneifen.

Als Scandrik ihr die Autotür aufhielt, zögerte sie einzusteigen. Dieser Vormittag war anders als die letzten Tage mit ihm. Sie hatte ihn nie zugänglicher erlebt. Vielleicht war dies eine Chance – die einzige Chance, die ihr blieb: ihm klarzumachen, was sie vorhatte. Doch wie würde er reagieren? Würde er sie für verrückt erklären?

»Was ist?«, fragte er, als sie noch immer nicht einstieg.

Sie wandte sich um und lächelte scheu. Zaghaft wischte sie ihm ein rotes Ahornblatt vom Jackett, ehe sie ihm in die Augen sah.

»Könnten wir … könnten wir den Ort für das Frühstück vielleicht verlegen?«

Kapitel 12

Eine süsse Entdeckungsreise

»Wo genau sind wir hier?«, fragte Ryan und sah sich das kleine Nebengebäude der Fabrik interessiert an. Beim gemeinsamen Rundgang an seinem ersten Tag hatten sie dieses Gebäude ausgelassen. Es stand abseits des umzäunten Firmengeländes, war weiß gestrichen, und die Fenster waren mit grünen Fensterläden verschlossen. Das flache Dach verstärkte den Eindruck eines Schuhkartons.

Amy grinste verlegen.

»Das ist die ehemalige Rezeptküche meines Großvaters. Sein Geheimlabor, wenn Sie so wollen.« Sie zwinkerte und öffnete die quietschende Tür. »Keine Sorge. Drinnen ist es moderner – zumindest etwas.«

Sie hielt ihm die Tür auf und trat sogleich an die Fenster, um die Läden zu öffnen.

Die milchig trüben Scheiben ließen genug Tageslicht herein, um den großen Arbeitstisch in der Mitte und die vielen Schraubgläser mit Nüssen, Pistazien, Mandeln und Kakao in ein warmes Licht zu tauchen.

»Kommen Sie! Oder haben Sie Angst, mit mir allein zu sein?«, stichelte sie.

»Sollte ich denn Angst vor Ihnen haben, Miss Bishop?«

Amy kicherte. »Wenn ich ehrlich bin, verspüre ich gelegentlich den Drang, Ihnen an die Gurgel zu gehen, aber ich verspreche, dem zumindest im Moment nicht nachzugeben. Was halten Sie davon?«

»Sehr ehrenhaft, Miss Bishop.«

Scandrik sah sich in ihrem Heiligtum um. Er schritt bedächtig die Reihen mit dunklen Fläschchen ab, in denen sich Weinbrand, Schnaps, etliche verschiedene Liköre und Aromen befanden. Er schraubte einen Verschluss ab und roch am Inhalt, ehe er die Flasche wieder zurückstellte. Amy betete, dass ihr Gefühl, was den heutigen Tag anging, sie nicht im Stich lassen würde. Sie musste den Kerl einfach überzeugen.

»Da Sie also nicht vorhaben, mich in aller Heimlichkeit aus dem Weg zu schaffen und meinen Leichnam irgendwo in den Bergen zu verscharren … würde mich doch interessieren, was wir hier eigentlich machen.«

Amy steckte sich die Hände in die hinteren Hosentaschen und reckte die Brust raus.

»Dies ist wie gesagt die Rezeptküche. Mein Großvater hat hier jede einzelne Praline entwickelt. Oft saß ich neben ihm und habe dabei zugesehen. Er hat mich kosten lassen, meine Meinung eingeholt und manchmal sogar ein Rezept geändert, weil ich seine Idee zu süß oder zu herb fand.« Amy strich beinahe zärtlich über die Tischplatte. »Zu Beginn hat er die Rezepte nur nach dem Geschmack entwickelt. Er wollte etwas Neues, Besonderes kreieren. In seinen Rezeptbüchern sieht man das ganz deutlich. Es ging nicht darum, wie leicht sich die Köstlichkeiten maschinell herstellen lassen würden oder welche Zutaten eine möglichst hohe Gewinnspanne abwerfen würden. Es ging einzig und allein um den Genuss.«

»Es muss schön gewesen sein, so zu arbeiten«, stimmte Scandrik zu, knöpfte sein Jackett auf und lehnte sich entspannt an die Tischkante.

Amy war in ihren Erinnerungen versunken.

»Ja. Das war es, was ihn glücklich gemacht hat.« Sie nahm einige der Schraubgläser vom Regal und trug sie zum Tisch. Sie lächelte, als sie schweigend die Metalltür des Kühlraumes öffnete und eine kalte Dunstwolke herausdrang. »Zaubernebel«, flüsterte sie. »Als Kind habe ich immer gedacht, das wäre Zaubernebel.«

Scandrik lachte. »Ja, ja, das romantische Gemüt der Frauen.«

Sie kam mit Butter und einem großen Becher Sahne zurück an den Arbeitstisch.

»Es ist die Magie der Schokolade, Mister Scandrik. Sie werden schon sehen, was passiert, wenn wir gleich anfangen zu zaubern.«

»Was haben Sie vor?« Er kam zu ihr um den Tisch und studierte die Zutaten.

Amy nahm Honig zur Hand und öffnete das Glas mit den Kuvertüresplittern. Sie nahm ein paar davon heraus, streute ihrem Gegenüber einige auf die Handfläche, der Rest wanderte in ihren Mund. Sie bedeutete ihm mit einem Nicken, es ihr nachzutun. Obwohl er leicht ungeduldig wirkte, nahm sie sich den Moment, die bittere Süße auf ihrer Zunge zu genießen.

»Ich möchte Ihnen zeigen, wo die Wurzeln dieses Unternehmens liegen. Ich will, dass Sie verstehen, was *Archers Original Sweets* ausmacht, und vor allem, was es mir bedeutet.« Sie sah ihn an und fragte sich, ob es ihr je gelingen würde, den Menschen hinter dem nüchternen Wirtschaftsberater zu erreichen. Wenn ihr das gelang, gab es noch Hoffnung. »Und ich möchte Ihnen eine Vision der Zukunft des Betriebs zeigen … eine Zukunft, die ich mir wünsche«, fügte sie leise hinzu.

»Und dazu werden wir backen?«

Amy rollte mit den Augen. »Pralinen werden nicht gebacken, Mister Scandrik. Pralinen werden … gezaubert.«

Sie schlüpfte in eine mit Rosenblüten gemusterte Schürze und band diese mit einer breiten Schleife um ihre Taille fest. Scandriks Blick folgte jeder ihrer Bewegungen, aber zumindest legte er keinen Widerspruch ein. Auch dann nicht, als sie hinter ihn trat und ihm aus dem Jackett half. Mit einem Lächeln band sie auch ihm eine bunt getupfte Schürze um.

Skeptisch beäugte Ryan seine Aufmachung.

»Sind Sie sicher, dass das nötig ist?«, fragte er und zupfte an der Schleife.

»Sie wollen doch keine Kakaopulverflecken auf Ihrem Hemd, oder?«

»Und wie lange wird das hier ungefähr dauern?« Er warf einen Blick auf die Uhr und presste die Lippen zusammen.

Amy zuckte mit den Schultern. »So lange es eben dauert«, erklärte sie leichthin und holte eine Edelstahlschüssel unter dem Tisch hervor. »Je eher wir anfangen, desto früher sind wir fertig.« Sie schob ihm die Schüssel hin und wartete auf eine Reaktion.

Ryan zögerte. Eigentlich musste er dringend Mitarbeitergespräche führen und … Entlassungen in die Wege leiten. Eigentlich musste er einen vorübergehenden Bericht an die *Sugar-Tale-Corporation* schicken. Aber der Blick in Miss Bishops hoffnungsvoll funkelnde Augen berührte etwas in ihm, das es ihm schwer machte, ihr den Ausflug in die Rezeptküche zu verderben. Seufzend öffnete er die Schleife der Schürze wieder.

»Bitte, Mister Scandrik«, flehte Amy und fasste nach seinen Händen.

»Das geht so nicht, Miss Bishop«, erklärte er streng und löste sich aus ihrem Griff. Dann zog er sich die Schürze über den Kopf und legte sie ihr über den Arm.

»Aber …«

Er sah ihr in die Augen. »Miss Bishop … wenn das hier länger dauert, dann müssen Sie mir erlauben, zuerst die Krawatte abzulegen.« Zwinkernd zog er sich den blauen, hervorragend zu seinen Augen passenden Schlips ab und rollte die Hemdärmel bis zu den Ellbogen nach oben.

»Ich dachte, Sie wollten gehen!« Amy schnappte erleichtert nach Luft, was Ryan ein Schmunzeln entlockte.

»Das sollte ich auch!«, bestätigte er, legte aber brav wieder die Schürze an. Er rieb die Handflächen aneinander und sah seine Küchenchefin dienstbereit an.

»Also? Was nun? Was wird das, wenn's fertig ist?«

Er musste lachen, als Amy jubelnd in die Hände klatschte.

»Sie bleiben wirklich?! Das ist fantastisch! Sie werden es nicht bereuen, das verspreche ich!«

»Ich bereue es jetzt schon«, gab er zerknirscht zurück. Aber ihre Begeisterung war ansteckend und es kribbelte ihm in der Magengrube.

Das Licht, das durch die Scheibe fiel, ließ die Löckchen in ihrem Nacken glänzen und zauberte ihr eine hübsche Röte auf die Wangen. Sie schien beinahe euphorisch, als sie die Sahne in einen Topf schüttete.

»Wenn Sie die erste selbst gemachte Zartbitter-Trüffel-Praline probieren, dann bereuen Sie garantiert nichts mehr.«

Sie sah so glücklich aus, dass er ihr fast glaubte.

»Na schön, dann lassen Sie uns anfangen. Was soll ich tun?«

»Wählen Sie einen Honig aus. Je nachdem, welchen Sie nehmen, wird es den Geschmack der Pralinen beeinflussen.«

»Sind die Unterschiede da wirklich so groß?«

Kopfschüttelnd kam sie auf ihn zu und öffnete eine breite Schublade. Mehrere Dutzend Schraubgläser gefüllt mit goldglänzendem Honig kamen zum Vorschein. Jedes Glas trug ein anderes Etikett.

»Das hier ist gewöhnlicher Blütenhonig. Besonders Kinder mögen seine ungetrübte Süße«, erklärte sie und reichte ihm ein kleines Holzstäbchen zum Kosten.

Er steckte es in den Mund. Honig. So wie er ihn kannte. Genau genommen vermutete er, dass sein Gaumen keinen Unterschied zwischen all den Sorten herausschmecken würde. Es war nur Honig. Da Miss Bishop ihn aber erwartungsvoll ansah, nickte er lächelnd.

»Sehr lecker.«

Sie kicherte und griff nach dem nächsten Glas.

»Unsinn! Probieren Sie diesen hier. Das ist Lavendelhonig aus Frankreich.«

Ein neues Stäbchen wurde mit dem goldenen Sirup getränkt.

Ryan probierte gehorsam auch diesen, und wie er erwartet hatte, konnte er kaum einen Unterschied zu dem vorangegangenen Honig herausschmecken.

»Auch gut«, gab er deshalb zu.

»*Auch gut*?« Amy schien erschüttert. »Zwischen den Sorten liegen geschmackliche Welten!« Sie runzelte die Stirn, als fürchtete sie, er könne ernsthaft krank sein. »Warten Sie. Das geht so nicht. Wir müssen Ihre Sinne schärfen, sonst wird das nichts.«

Ryan sah ihr zu, wie sie die Fensterläden schloss. Nur noch ein dünner Lichtstreifen spiegelt sich nun in den Bodenfliesen und tauchte die Küche in ein gespenstisches Zwielicht. Ihre dunkle Silhouette huschte umher, und er hörte, wie sie Gläser bewegte und Schubladen öffnete.

»Was tun Sie?«, fragte er und versuchte, nur durch die Geräusche, die sie verursachte, zu ergründen, was sie tat.

»Ich hab's gleich«, beschwichtigte sie ihn und kam zu ihm zurück an den Tisch. Sie tastete nach seiner Hand. »Wenn wir uns nicht auf unser Augenlicht verlassen können, schärfen sich schon nach wenigen Sekunden all unsere anderen Sinne.« Sie legte ihm etwas in die Hand und schloss seine Finger darum. Die Wärme ihrer Haut sandte Ryan ein Kribbeln in die Fingerspitzen.

»Was fühlen Sie?«

Er ertastete den Gegenstand konzentriert. »Ich weiß nicht. Es fühlt sich holzig an, ist aber zu … gleichmäßig für ein Holzstück. Die mehrzackige Form ist ungewohnt.«

Ihr leises Lachen klang in der Dunkelheit heller.

»Nutzen Sie andere Sinne. Riechen Sie daran. Wenn Sie möchten, können Sie es auch kosten … es ist nicht giftig.«

Ein süßer Duft stieg ihm in die Nase, als er ihrer Anweisung folgte. Nelkig, ohne so durchdringend zu sein … und süßer. Der Duft war ihm vertraut … und doch fremd.

»Es ist eine getrocknete Sternanis-Frucht«, löste Amy auf und berührte sacht seinen Arm, um seine Hand zu finden. Sie reichte ihm etwas anderes. »Dieses hier sollte leichter sein.«

Erneut befühlte er einen Gegenstand. »Schon wieder ein Holz?«

»Fast. Genau genommen eine Rinde.«

Ryan hielt sich die Rinde unter die Nase.

»Zimt?«

»Richtig! Das ist eine Zimtstange.«

Er konnte an ihrer Stimmfarbe hören, dass sie sich über seinen Erfolg freute.

»Und nun … zum Honig.«

Er hörte, wie sie einige Gläser aufschraubte.

»Ich hoffe, das wird im Dunkeln was«, gestand sie unsicher und tastete wieder nach seiner Hand. Kurz drückte er ihre Finger, um ihr zu zeigen, dass alles gut war.

»Wenigstens sehen wir die Kleckerei nicht, die Sie hier veranstalten«, scherzte er und erntete dafür prompt einen Stoß mit dem Ellbogen.

»Hoppla, Verzeihung«, sagte Miss Bishop reumütig, aber Ryan wusste, dass sie es absichtlich getan hatte. Er unterdrückte ein Lachen. Mit ihr hier in der Dunkelheit, das hatte was …

»So, hier kommt der erste Löffel«, warnte sie ihn genau in dem Moment, als ein zäher Tropfen Honig über seinen Finger lief.

»Sie kleckern«, erklärte er und führte schnell ihre Hand mit dem Löffel an seine Lippen.

Amy hielt gespannt die Luft an. Ryans Atem strich über ihren Arm und seine Finger hielten ihre fest umschlossen. Offenbar waren auch ihre Sinne geschärft, denn sie spürte die Wärme seines Körpers neben sich, und der herbe Duft seines Aftershaves umspielte ihre Nase. Sie konnte sich vorstellen, wie der samtige Honig auf seiner Zunge zerfloss …

Verlegen entwand sie sich seiner Berührung und schraubte energisch das Honigglas zu.

»Und? Schmecken Sie jetzt die Feinheiten?«, fragte sie und trat einen Schritt zurück, um seiner honigsüßen Nähe zu entkommen. Sie musste etwas sagen, um die plötzlich in der Luft liegende Spannung zu lösen.

Himmel, sie glaubte ja sogar zu hören, wie seine Zungenspitze über seine Lippe glitt!

Entschlossen trat sie ans Fenster und stieß die Läden auf.

Ryan blinzelte. Er räusperte sich, um sich selbst zu ermahnen, nicht Miss Bishops Zauber zu erliegen. Er schmeckte den Lavendel des Honigs so deutlich auf seiner Zunge, als wandere er mit ausgestreckten Armen durch ein Blütenfeld. Und das, obwohl er zuvor nur die überlagernde Süße wahrgenommen hatte. Amy Bishop hatte ihn wirklich überrascht. Sie hatte zwar wieder ihre übliche Verteidigungshaltung angenommen, aber eine leichte Röte überzog ihre Wangen. Ob sie auch diesen kurzen Moment gespürt hatte, als der Honig …

»Miss Bishop«, sagte er betont sachlich, »ich verstehe nun, worauf Sie hinauswollen. Nur nicht, warum Sie das alles tun.«

Sie nickte geschäftstüchtig und kam zögernd zurück an den Tisch. Ihr Haar war inzwischen getrocknet und einige Strähnen hatten sich aus dem Knoten in ihrem Nacken gelöst.

»Die Pralinen. Es geht um das, was ich vorhabe. Bitte, Mister Scandrik, bringen Sie noch etwas Geduld auf. Dann verstehen Sie mich.«

Er atmete tief durch und nickte schließlich.

»Schön. Dann legen Sie los.«

Amy war erleichtert, dass ihrem Gegenüber nicht auffiel, wie sehr seine Nähe sie verunsichert hatte. Um Professionalität bemüht, gab sie einige Esslöffel Honig in die Sahne und stellte den Topf auf die Herdplatte.

»Das wird die Trüffelmasse. Das muss kurz aufkochen«, erklärte Amy und drückte Ryan ein Messer in die Hand. »In der Zwischenzeit könnten Sie die Zartbitterkuvertüre klein hacken und hier in die Schüssel geben. Das wird anschließend mit der Honigsahne verrührt.«

Ryan konnte nicht umhin zu bewundern, wie selbstverständlich sie sich zwischen all den süßen Zutaten bewegte. Bisher hatte sie ihn nur den Honig kosten lassen, doch wenn er ehrlich war, verspürte er den Drang, auch sie zu kosten.

Kapitel 13

Der Investor

Die Sonne kam schon über die Dächer der Nachbarhäuser und tauchte das Schlafzimmer in ein rosafarbenes Morgenlicht. Archer umfasste Kendras Taille und zog die Bettdecke über ihre nackte Schulter, um die morgendliche Kühle fernzuhalten. Ihre weizenblonden Haare flossen in weichen Kaskaden übers Kopfkissen und kitzelten seine Brust.

»Es sollte viel öfter Sonntag sein«, schnurrte Kendra, als er liebkosend seine Finger über ihre vom Schlaf noch ganz empfindliche Haut gleiten ließ. Sie rollte sich auf den Rücken und lächelte ihn verliebt an. »Und du solltest viel öfter hier sein.«

Er lachte, als sie die Decke anhob und seinen Hals bis hinunter zur Brust mit sanften Küssen bedeckte.

»Du kannst wohl nie genug bekommen«, scherzte er, als sie ihn spielerisch biss. Mit einem breiten Grinsen kam sie wieder unter der Decke hervor und blinzelte gegen die einfallenden Sonnenstrahlen.

»Von dir nicht«, gab sie gut gelaunt zu und schmiegte sich in seine Armbeuge. Archer küsste ihren Scheitel und atmete glücklich ihren verschlafenen Duft ein, der ihm in ihrer kurzen gemeinsamen Zeit schon so vertraut war wie sein eigener. Kiki war gerade erst aufgewacht und doch in ihrer Natürlichkeit um so viel schöner als manche Frau direkt nach einem Frisörbesuch. Sie brauchte nur zu lächeln und sein Herz gehörte ihr.

»Was wollen wir denn mit dem Tag anfangen, Archer?«, fragte Kiki und drängte sich näher an ihn.

»Wir werden nicht aus dem Bett kommen, wenn du dich weiterhin so ankuschelst«, gab er zu bedenken und streichelte ihren Arm.

»Von mir aus müssen wir das Bett nicht verlassen«, gab sie zurück und küsste ihn glücklich. »Außer vielleicht, um etwas zu essen.«

»Es tut mir leid, dich da enttäuschen zu müssen, aber ich muss später kurz weg, so schwer es mir auch fallen wird.« Er küsste sie auf die Nasenspitze und grinste. Kiki sah ihn fragend an.

»Ich habe einen Termin mit einem möglichen Investor in Denver«, sagte er stolz.

Interessiert setzte sie sich auf und hielt sich die Decke vor die Brust. »Was für ein Investor?«

Archer rückte im Bett nach oben und lehnte sich mit dem Rücken gegen das Kopfteil.

»Unsere Träumerei von einer eigenen Pralinenfabrik lässt mich nicht mehr los, Kiki. Es ist, als hättest du da etwas in mir aufgedeckt. Etwas, das ich mir zwar gewünscht habe, von dem ich aber selbst nichts wusste. Es ist, als hätte ich schon immer davon geträumt.« Er zuckte mit den Schultern und lächelte verlegen. »Ich weiß, das klingt verrückt, aber plötzlich scheint es mir das Wichtigste auf der Welt zu sein, meine Pralinen herzustellen. Ich habe mir sogar schon einige Läden deswegen angesehen, aber alles was ich mir leisten könnte, ist vollkommen ungeeignet. Darum dachte ich, ich suche mir einen Geldgeber. Drück mir die Daumen, dass das klappt.«

Kiki kicherte voll Vorfreude. »Ich wusste es, Archer! Ich wusste es! Du wirst die köstlichsten Pralinen der Welt kreieren … die Leute werden nichts anderes mehr essen wollen!«

»Nicht so voreilig.« Er wollte ihre Freude nicht dämpfen, aber er war auch zu realistisch, um jetzt schon zu feiern. Er drückte ihr einen Kuss auf die Lippen. »Es wird nicht so einfach sein, ein Unternehmen zu gründen. Selbst wenn ich den Investor heute überzeugen kann, mir und meinen Ideen zu vertrauen.« Er rieb sich nachdenklich das Kinn. »Wir werden viel arbeiten müssen und wenig Zeit für uns finden, fürchte ich.«

Kendra nickte. »Ich weiß. Es wird uns viel kosten, aber überleg doch nur, was du gewinnen wirst. Ein Leben in Unabhängigkeit. Kein Chef, der dich herumkommandiert, keine Nachtschichten …«

Archer lachte. »Die Nachtschichten dürften das kleinste Problem sein, Kiki. Wir werden zu Beginn vermutlich rund um die Uhr arbeiten müssen, um einen Einstieg ins Geschäft zu schaffen. So ein Investor will ja schließlich was sehen für sein Geld«, überlegte er.

»Das ist egal, Archer. Wir werden das schaffen. Ich glaube an dich!« Sie warf sich ihm in die Arme und küsste ihn stürmisch. »Und wenn wir also nach dem Gespräch mit dem Geldgeber nur noch arbeiten müssen, sollten wir den letzten Rest Freizeit dann nicht sinnvoll nutzen?« Sie fuhr ihm mit den Fingernägeln über die Brust und sah ihn verführerisch an.

Mehr bedurfte es nicht, um Archer von ihrem Angebot zu überzeugen. Er hob sie auf seinen Schoß und umfasste ihr Gesicht mit den Händen.

»Du hast doch wirklich immer die besten Ideen«, flüsterte er, ehe er seine Lippen auf ihre drückte.

Archer klappte die Taschenuhr zu, die an einer silbernen Kette befestigt war. Er war überpünktlich. Nervös steckte er das Erbstück wieder in die graue Weste seines Anzugs und strich sich übers Revers. Er wollte unbedingt einen guten Eindruck machen. Er rieb seine Handflächen aneinander und sah unsicher an der hohen Fassade des Bürogebäudes hinauf. In Frisco suchte man solch moderne Gebäude vergebens, und er kam sich zwischen all den Hochhäusern hier in Denver doch recht verloren vor. Noch einmal vergewisserte er sich, dass seine Schuhspitzen glänzten, denn am Bahnhof war ihm eine Frau mit ihrem Kinderwagen rücksichtslos über den Fuß gefahren.

Mit einem tiefen Atemzug schritt Archer durch die Glasdrehtür in die Vorhalle des Gebäudes. Ein Fahrstuhl am Ende der Halle brachte Besucher und Mitarbeiter in die entsprechenden Etagen. An einem Tresen in der Mitte saß eine Dame mit voluminöser Fönfrisur und leuchtend roter Bluse, deren Farbton genau dem ihres Lippenstiftes entsprach. Die Bügel ihrer Brille waren aus grellrotem Kunststoff, was ihr einen exotischen Touch verlieh. Auch so was gab es in Frisco nicht!

»Kann ich helfen?«, flötete sie und musterte Archer kritisch. Plötzlich schien ihm der Anzug, den er zur Beerdigung seines Vaters gekauft hatte, nicht mehr modisch genug. Er sah aus wie ein Bittsteller – was er ja auch war.

»Ich … ich bin Archer Bishop. Ich habe einen Termin bei Mister Catrall«, erklärte er und trat näher an den marmornen Tresen.

»Stock 5. Den Gang entlang. Dritte Tür rechts«, ratterte sie auswendig herunter und deutete auf den Aufzug. »Ich gebe Bescheid, dass Sie hier sind, Mister Bishop.«

Dann senkte sie den Blick zurück auf irgendwelche Papiere und entließ Archer damit aus dem Gespräch. Irritiert trat er in den Fahrstuhl und war erleichtert, als sich die Türen schlossen. Bestimmt hielt ihn die Empfangsdame für eine Landpomeranze. Wieder sah er an sich hinunter und musterte skeptisch seinen Anzug. Etwas Besseres hatte er nicht vorzuweisen.

Im fünften Stockwerk angekommen folgte er den Anweisungen der Dame und klopfte an die dritte Tür. Sofort wurde ihm von einer weiteren Vorzimmerdame geöffnet.

»Mister Bishop. Kommen Sie doch herein. Mister Catrall ist gleich für Sie zu sprechen. Sie hielt ihm höflich die Tür auf und bot ihm einen Stuhl direkt daneben an, ehe sie mit wiegenden Hüften zurück zu ihrem Arbeitsplatz am Fenster ging. Sie trug ein marineblaues Kleid, das ihre weiblichen Vorzüge unterstrich. Ein weißes Halstuch war seitlich geknotet und betonte ihren schlanken Hals. Die hellbraune Kurzhaarfrisur passte perfekt zu diesem maritimen Look und Archer fühlte sich mehr denn je fehl am Platz. Selbst Catralls Sekretärin war schicker gekleidet als er. Nervös trommelte er mit den Fingern auf seinen Knien und versuchte, die plötzliche Trockenheit im Hals durch unauffälliges Räuspern zu lindern.

»Möchten Sie einen Schluck Wasser?«, fragte die Dame höflich, aber Archer schüttelte den Kopf.

»Nein danke, Miss …«

»Agnes. Mein Name ist Agnes.« Sie lächelte ihn ermutigend an.

»Dann … danke, Agnes, das vergeht gleich wieder. Das ist nur die Nervosität.«

»Sie sind nervös?« Sie legte ihren Stift beiseite und wandte sich ihm zu. »Warum denn? Haben Sie etwas ausgefressen?«

»Was? Nein. Nein, nein … ich … ich bin wegen eines Investments hier. Ein Kollege in der Bäckerei in Frisco hat mir den Termin mit Mister Catrall vermittelt«, erklärte er unsicher.

Agnes lachte. »Und weil dieser Kollege Ihnen berichtet hat, was für ein Ungeheuer Catrall ist, sind Sie so nervös?«

»Was? Nein, ganz und gar nicht. Er … er hat in keiner Weise schlecht über Mister Catrall gesprochen, das kann ich Ihnen versichern, Miss Agnes.«

Agnes kicherte und betupfte sich die mit Mascara dunkel umrahmten Augen mit einem Taschentuch.

»Das war nur ein Scherz, Mister Bishop. Ich wollte Sie nur etwas aufheitern. Es gibt keinen Grund, sich zu beunruhigen. Soweit ich weiß, hat er noch niemandem den Kopf abgerissen, also wird er kaum bei Ihnen damit anfangen.«

Ihre Augen glänzten amüsiert und Archer atmete erleichtert auf. Tatsächlich war er nun nicht mehr ganz so nervös.

»Nun, ich habe ja auch keinen Moment angenommen, dass Ihr Arbeitgeber derart veranlagt wäre.« Er zwang sich zu einem Lächeln.

»Warum sind Sie dann so angespannt?« Sie nahm den Bleistift zwischen die Lippen und warf Archer einen herausfordernden Blick zu, der ihn verwirrte.

»Alle sind hier so schick«, gestand er schulterzuckend. »Ich komme mir schäbig vor, wie ich hier sitze und auch noch um Geld bitten muss.«

»Oh!« Agnes bekam große Augen. Sie sprang auf und kam streng auf ihn zu. »Also wirklich, Mister Bishop! Ich kann nicht glauben, was Sie da für einen Unsinn reden.« Sie zog ihn auf die Beine und strich ihm übers Revers. »Wer nicht sieht, dass in diesem Anzug ein ehrenwerter Mann steckt, muss blind sein. Fleißig sehen Sie aus. Und rechtschaffen.« Sie trat zurück und verknotete schüchtern die Hände hinter ihrem Rücken. »Und sehr nett noch dazu«, flüsterte sie scheu und klimperte kokett mit den Wimpern.

Archer wusste nicht, was er hätte sagen sollen, als die Tür zu Catralls Büro aufging und ein wahrer Hüne den Türrahmen füllte.

»Agnes? Ist mein Drei-Uhr-Termin …« Catrall wandte sich Archer zu und kam ihm mit ausgestrecktem Arm entgegen. »Ah! Sie sind ja schon da. Wunderbar! Chris Catrall, es ist mir ein Vergnügen!«

Sein Händedruck war fest und entschlossen, und Archer gab sich Mühe, diesen ebenso zu erwidern. »Guten Tag, Sir«, presste er heraus. »Mein Name ist Archer Bishop. Vielen Dank, dass Sie mich empfangen.«

Archer, der selbst nicht gerade klein war, musste den Kopf in den Nacken legen, um Catrall in die Augen sehen zu können. Buschige Brauen, eine breite Stirn und eine große Nase verliehen seinem Gegenüber eine einschüchternde Wirkung – und das, obwohl der Mann gut gelaunt zu sein schien.

»Natürlich, natürlich. Ich bin sehr gespannt, was Sie vorhaben.«

»Was immer es ist, Vater«, sagte Agnes, trat näher heran und zwinkerte Archer verschwörerisch zu, »ich bin überzeugt, dass wir Mister Bishop helfen können.«

Catrall runzelte die Stirn. Sein Blick wurde sanft. »Wirklich? Bist du das? Na, das hört sich doch schon mal vielversprechend an, nicht wahr, Mister Bishop? Denken Sie, ich sollte dem Urteil meiner Tochter vertrauen?«

Archers Herz hämmerte vor Aufregung hart in seiner Brust, und seine Knie waren ungewohnt weich. Sie war die Tochter seines potenziellen Investors? War das möglich? Catrall war ein Berg von einem Mann und Agnes beinahe zierlich. Hätte er das gewusst, hätte er sich ihr gegenüber keine Schwäche anmerken lassen. Er fühlte sich verraten, auch wenn sie offenbar glaubte, ihm gerade einen Gefallen zu tun.

»Sir, Ihre Tochter«, er warf ihr einen gespielt dankbaren Blick zu, »scheint über ein gutes Urteilsvermögen zu verfügen – wenn ich das so sagen darf«, antwortete er höflich und hoffte, damit beide zufriedenzustellen.

Catralls lautes Lachen zeigte, dass ihm das zumindest bei ihm gelungen war.

»Ist er nicht herrlich, Vater?«, kicherte Agnes und legte Archer vertraut die Hand auf die Schulter. »Viel Glück, Mister Bishop«, wandte sie sich an ihn. »Ich hoffe, wir sehen uns bald wieder.«

Kapitel 14

Der Pralinentag

Amy puderte Kakaopulver aus einem Sieb über die fertigen Trüffelpralinés. Der samtige Puder war das I-Tüpfelchen ihrer Kreation, und sie konnte es kaum abwarten, eine zu kosten. Anders als befürchtet, hatte es wirklich Spaß gemacht, mit Scandrik zusammenzuarbeiten. Er hatte ein gutes Gespür für Pralinen, auch wenn er selbst das nicht erkannte. Er hatte die Ganache angerührt und ihr beim Ausformen der Pralinenhohlkörper geholfen. Es war ihr vorgekommen, als hätten sie das schon viel öfter getan.

»Wir sind fertig«, flüsterte sie ehrfürchtig und legte das Sieb beiseite. Stolz betrachtete sie die schokoladenen Köstlichkeiten und war gespannt auf sein Urteil. »Bitte, probieren Sie eine.«

Er sah ihr in die Augen, ohne sich zu rühren. Es war ein merkwürdiger Blick, dem Amy nicht standhalten konnte. Um etwas zu tun, nahm sie eine Praline und hielt sie ihm hin. Ihre Finger zitterten. Was zur Hölle war nur mit ihr los? Warum diese plötzliche Nervosität?

Scandrik legte den Kopf schief und musterte sie. Amy hätte gerne gewusst, was in ihm vorging, als er näher kam und ihre Hand an seinen Mund führte. Behutsam nahm er ihr mit den Zähnen die Praline ab und streifte dabei ihre Fingerspitzen mit seinen Lippen. Wie ein Stromschlag durchzuckte dieser Hauch einer Berührung ihren Körper und sie schnappte nach Luft. Hektisch wollte sie Scandrik ihre Hand entziehen, aber der gab sie nicht frei. Noch immer sah er ihr in die Augen. Amys Puls raste und sie fühlte sich unerklärlich schwach.

Seine Hände, die ihre so sanft umfassten, der Kakao an Scandriks Mund, der unergründliche Blick, der ihr den Atem nahm, und der leichte Alkoholdunst, der den Pralinen entstieg, benebelten ihre Sinne. Der Moment schien ihr so intim wie ein Kuss.

Scandrik konnte seinen Blick nicht von der Frau vor sich lösen. Er kam sich vor wie ein Käfer im Netz einer geschickten Spinne. Er klebte fest wie eine Fliege in glänzendem Sirup. Die Praline auf seiner Zunge war eine Geschmacksexplosion aus süß-erdigen Aromen und der fruchtigen Schärfe des Chili-Likörs, den sie dezent unter die Füllung geträufelt hatten. Dieser Genuss ließ ihn vergessen, weshalb er hier war. Es gab nur eines, was er wusste: Er wollte Amy Bishop küssen. Ihre Hände waren bestäubt vom Kakaopulver und ihre Wange zierte ein Hauch Puderzucker. Er musste wissen, ob sie so süß schmeckte, wie sie aussah.

Langsam schloss er die Augen und näherte sich ihr, wohl wissend, dass er einen Fehler machte.

Amy stockte der Atem. Scandrik gab ihre Hände frei und berührte zärtlich ihr Gesicht. Sein Daumen fuhr über ihre Wange und sein Atem kitzelte ihre Lippen. Amy erstarrte. Er wollte sie küssen!

»Wie schmecken sie?«, presste sie mit zitternder Stimme hervor, wobei sie durchaus bemerkte, wie sie sich näher an ihn lehnte. Ihr Herz schlug an seiner Brust, als er innehielt. Am liebsten hätte sie ihm ihre Arme um den Hals geschlungen und sich seinen Lippen entgegengereckt, doch sie durfte sich schwache Momente nicht leisten.

Scandrik seufzte und öffnete widerwillig die Augen, ohne von ihr abzurücken. Es war unfassbar, aber er hatte die Kontrolle verloren! Das war ihm noch nie passiert, und es war erschreckend, wie wenig es ihm ausmachte. Er genoss es, ihren Körper mit leichtem Druck gegen die Tischkante zu drängen, sodass sie ihm nicht ausweichen konnte.

»Ich muss gestehen, Miss Bishop«, flüsterte er heiser, »Sie sind eine Sünde wert.«

Einen Kuss! Nur einen Kuss, er musste ihn sich nur erlauben. Ihr erwartungsvoller Blick war wie eine Einladung, er beugte sich erneut über sie, und …

Das Klingeln und Vibrieren seines Handys durchschnitt das Knistern, das in der Luft lag. Scandrik stöhnte resigniert und Amy atmete hörbar erleichtert aus. Eilig trat sie beiseite und strich sich die Schürze glatt, während Ryan das Gespräch annahm.

»Es passt gerade gar nicht, Linda!«, murrte er ins Telefon und strich sich dabei fahrig durchs Haar. Er legte die Hand aufs Display und wandte sich an Amy. »Entschuldigen Sie, Familienangelegenheiten …« Er verließ den Raum.

Amy sah ihm nach und presste sich die Finger auf die Lippen, die noch immer in Erwartung seines Kusses kribbelten. Um sich abzulenken und seiner Nähe zu entkommen, begann sie, die Zutaten zurück in den Kühlraum zu schaffen. Ihr war zum Heulen zumute und sie wusste nicht einmal, warum. Ihr hämmernder Herzschlag fühlte sich hohl an in der Brust und das Zittern ihrer Knie machte sie wütend. Sie hätte sich wirklich beinahe küssen lassen! Wie konnte sie nur? Und noch dazu von Ryan Scandrik! Vom arrogantesten Typen, der ihr seit Langem untergekommen war! Von dem Kerl, der noch heute einige ihrer Mitarbeiter auf die Straße setzen wollte!

Sie presste ihre Stirn gegen das kalte Regal und hoffte, dass dies ihre überkochenden Emotionen abkühlen würde.

Wenn sie doch so erschüttert über den Vorfall war, warum verfluchte sie dann insgeheim den Anrufer, der den Moment gestört hatte? Wer war diese Linda? Eine seiner Exfrauen? Und warum wollte sie das überhaupt wissen? Warum war sie nicht einfach erleichtert, noch einmal so glimpflich davongekommen zu sein?

»Miss Bishop? Ist …« Ryan stand etwas unschlüssig in der Tür und hielt ihr die Schürze entgegen. Er hatte sich offenbar wieder zurück in den Zahlenverdreher verwandelt. »Ist alles in Ordnung? Vielleicht sollten wir … vielleicht sollten wir für heute Schluss machen?«, schlug er vor und legte die Schürze schließlich einfach ins Regal, da Amy keinerlei Anstalten machte, sie ihm abzunehmen. Es hätte einen Bulldozer gebraucht, um sie auch nur einen Schritt in seine verführerische Nähe zu bewegen.

»Das ist eine gute Idee. Gehen Sie ruhig schon vor, ich sorge hier nur noch für Ordnung, dann … gehe ich auch.« Sie sah ihn nicht an, sondern ordnete einige Zutaten neu ein. Ihr schwammen Tränen in den Augen, auch wenn sie nicht wusste, warum. Doch sie würde sie Scandrik auf keinen Fall zeigen.

»Dann bis Montag, Miss Bishop.«

Sie hielt den Atem an, bis sich seine Schritte entfernten. Erst dann erlaubte sie sich, die Tränen fortzuwischen und sich zu der verlassenen Rezeptküche umzudrehen.

Vor wenigen Stunden hatte sie noch gehofft, hier Scandrik von ihren Plänen zu berichten. Und jetzt dieses Schlamassel! Sie hatte noch nicht einmal angefangen, von ihrer Idee zu reden. Ganz abgesehen davon, dass sie ihn überzeugt hätte, ihr zu vertrauen. Stattdessen hätten sie beinahe herumgeknutscht wie hormongesteuerte Teenager.

»So eine Scheiße!«, fluchte Amy und schlug die Kühlraumtür hinter sich zu. »Was denkt der sich eigentlich?«

Zum Trost nahm sie eine Praline von der Arbeitsplatte und steckte sie sich in den Mund. Wirklich köstlich! Sie hatten das richtig gut hinbekommen – und das, obwohl sie es Scandrik überlassen hatte, den passenden Likör auszuwählen. Chili gab der Komposition genau den nötigen Hauch Leidenschaft.

»Pah! Leidenschaft!«, ermahnte sie sich selbst und aß eine weitere Praline. »Ist ja kein Wunder, dass alles den Bach runtergeht, wenn ich schon anfange, so einen Unsinn zu denken. Es hat sich auf jeden Fall *ausgeleidenschaftet*, das steht fest!«

Amy legte die übrigen Pralinen in eine Schüssel und wischte das Kakaopulver von der Tischplatte. Sie wollte gerade gehen, als ihr ein Gedanke kam. Mit einem Seufzen nahm sie etwas Folie aus dem Regal und wickelte eine ihrer Kompositionen darin ein. Sie hatte einen Abstecher zu Kendra ins Café jetzt dringend nötig.

***

»Ich bin so eine Idiotin!«, jammerte Amy und ließ ihren Kopf auf den Tresen sinken. Obwohl ihr die Auseinandersetzung wegen Kendras Firmenanteilen noch im Hinterkopf herumschwirrte, war sie froh über den Trost, den sie ihr spendete.

Da sie ohnehin keine Ahnung hatte, wie sie die Idee mit den Anteilen überhaupt finanzieren sollte, brauchten sie sich deswegen auch nicht zu streiten. Im Moment hatte sie ganz andere Sorgen.

»Ach, meine Liebe, du darfst dir das nicht so zu Herzen nehmen.« Kendra hatte ein verklärtes Lächeln auf den Lippen und schien in Gedanken versunken. »Ich weiß nur zu gut, wie einem diese süßen Zutaten den Kopf verdrehen. So eine Praline ist eben nicht nur ein Stück Schokolade. Da geschieht immer etwas Magisches«, erklärte sie träumerisch. Nicht zum ersten Mal fragte sich Amy, was Kendra eigentlich mit ihrem Großvater verbunden haben mochte. Sie klang ja beinahe so, als spräche sie aus eigener Erfahrung.

»So muss es wohl sein, denn sonst hätte ich diesem Blödmann doch nie erlaubt … mir überhaupt so nahe zu kommen!«

Amy trank ihren Tee aus und starrte in die leere Tasse. »Was soll ich jetzt nur tun?«, murmelte sie und ließ die Schultern hängen.

Kendra schüttelte den Kopf. »Na komm! So schlimm ist das nicht. Im Grunde ist doch nichts passiert. Er hat versucht dich zu küssen … offenbar steht er ein bisschen auf dich – vielleicht kannst du dir das ja sogar zunutze machen.«

»Oh nein, mit Gefühlen spielt man nicht! Ich würde zwar alles für die Fabrik tun, aber mich dafür auf einen Kerl einlassen, der nicht mehr zu bieten hat, als ein Paar schöne dunkle Augen – das geht zu weit. Außerdem beherrsche ich dieses Spiel nicht. In seiner Nähe fühle ich mich ganz furchtbar überfordert.«

»Weibliche Schwäche im Angesicht eines starken Mannes?«, schlug Kiki kichernd vor, und selbst Amy konnte sich ein Grinsen nicht verkneifen.

»Sehr witzig! Ich glaube, ich muss jetzt los. Meine Couch wartet darauf, dass ich mich zum Sterben auf sie lege«, gab Amy trocken zurück und griff nach ihrer Geldbörse, aber Kiki hob wie immer abwehrend die Hand.

»Das geht auf mich, wenn du mir versprichst, dass du dich zu Hause nicht deprimiert eingräbst. Geh aus. Genieße deine Jugend. Wenn du erst so alt bist wie ich, wirst du feststellen, dass dies deine besten Jahre waren.« Sie klang plötzlich traurig. Das Leuchten in ihren Augen war erloschen und sie atmete schwer, als drücke eine Last auf ihre Schultern.

Amy wagte nicht zu fragen, was ihre Freundin so bedrückte. Es geschah nicht oft, doch wann immer bei Kiki diese Schwermut durchblitzte, fühlte sie sich so hilflos, dass sie nichts zu sagen wusste. Darum griff sie nur nach der Hand der alten Frau und legte die in Folie verpackte Praline hinein.

»Ich verspreche es, Kiki.« Sie lächelte Kendra an und drückte ihre faltigen Finger. »Du hast recht. Vielleicht gehe ich sogar noch aus. Jessica hat mich gebeten, ihr heute Abend im Club Gesellschaft zu leisten. Womöglich ist ein Drink genau das Richtige für meine überreizten Nerven.«

Kendra schloss dankbar ihre Hand um die Praline.

»Tu das, meine Liebe.« Sie blinzelte gerührt. »Und danke, dass du mir jeden Tag diese Freude machst.« Sie hob die Praline. Amy wusste, dass Kiki mehr meinte als bloß ein Stück Schokolade, sie hatte es vorhin selbst gesagt, und plötzlich kam die Frage, die sie nicht zu stellen gewagt hatte, einfach aus ihr heraus: »Kiki, was war das zwischen dir und Großvater?«

Sie versuchte, in Kikis Gesicht die Antwort zu lesen. Es waren wechselnde Gefühle, die sich darauf abzeichneten. Liebe? Trauer? Verzweiflung? Am Ende war Kikis Miene verschlossen. Nur ein müdes Lächeln, das kaum ihre Augen erreichte.

»Er wusste einfach, wie gerne ich Süßes mochte«, erklärte sie gleichmütig.

Amy ahnte, dass dies nicht die ganze Wahrheit sein konnte. Sonst hätte Archer sie nicht gebeten, Kiki auch nach seinem Tod noch Pralinen zu bringen. Da musste mehr dahinterstecken …

Kapitel 15

Dinge ändern sich

»Vielleicht wollen Sie ja am Wochenende mit mir zu einem Baseballspiel gehen?«, fragte Marcus Harris und faltete seine Zeitung in der Mitte zusammen.

Kendra, die gerade ihr Trinkgeld aus dem Portemonnaie herauszählte und vor sich auf den Tresen legte, hielt in der Bewegung inne. Über mehr als das Wetter hatte sie mit ihrem Chef bisher nicht gesprochen. Natürlich war ihr sein Interesse aufgefallen. Manchmal, wenn Archer ins Café kam, schien er geradezu eifersüchtig. Trotzdem überraschte sie seine Frage.

Sie polierte einen Penny an ihrer Schürze und sah Marcus zögernd an. Dem Chef einen Korb zu geben, war schwierig.

»Ich habe zufällig zwei Karten und … und da dachte ich«, erklärte er sichtlich nervös, »vielleicht hätten Sie ja Lust.« Er sah sie erwartungsvoll an und strich immer wieder über die vor ihm liegende Tageszeitung.

Kendra musste schmunzeln. Der Cafébesitzer war bestimmt fünf Jahre älter als sie. Trotzdem machte er einen unerfahrenen Eindruck. Irgendwie war das putzig.

»Danke für die Einladung, Mister Harris. Das ist sehr freundlich von Ihnen.« Sie nahm ihren Mut zusammen und sah ihn direkt an. »Aber ich bin am Wochenende schon verabredet.«

Ein Schatten huschte über sein Gesicht und er trat einen Schritt zurück. »Das hatte ich befürchtet«, entgegnete er niedergeschlagen.

Mitgefühl wallte in Kendra auf. Er tat nicht einmal so, als wäre es ihm egal, er schien wirklich enttäuscht. Mitfühlend lächelte sie ihn an.

»Sie sollten wissen, dass ich einen Freund habe, Mister Harris.«

Er nickte. »Auch das hatte ich mir fast gedacht. Ich hoffe, Sie entschuldigen, dass ich es auf den Versuch ankommen lassen musste«, gab er mit einem Zwinkern zurück, das Kendra so überraschte, dass sie lachen musste.

»Sie sollten aufhören, Mister Harris. Ich werde schon ganz rot. Selbst die Gäste schauen schon.« Kendra sammelte hastig ihr Trinkgeld ein.

»Na, das lässt mich doch hoffen, dass ich Ihnen nicht gänzlich gleichgültig bin – wenn ich es sogar schaffe, Sie zum Erröten zu bringen.«

Über seine Antwort lachend, standen sie am Tresen, als Archer hereinkam. Er grüßte Marcus mit einem Nicken und legte Kendra liebevoll die Hand in den Rücken.

»Bist du fertig?«, fragte er. »Ich brauche dringend deinen Rat.«

Mit einem letzten Blick zu Marcus, der nun mit verschränkten Armen dastand und sie musterte, nickte sie.

»Ja, fertig für heute. Schön, dass du mich abholst.«

Sie legte ihre Schürze beiseite und steckte ihr Geld in die Handtasche. Mit einem Winken in Richtung ihres Chefs hängte sie sich bei Archer ein und sie schlenderten hinaus auf die Straße.

»Was ist los?«, fragte sie neugierig, denn das Leuchten in Archers Augen zeugte von aufregenden Neuigkeiten.

»Ich weiß kaum, wo ich anfangen soll, Kiki. Das ist alles so unfassbar!« Er strich sich die Haare aus der Stirn und schüttelte den Kopf, als könne er selbst nicht glauben, was er da erzählte.

»Der Investor aus Denver?« Kendras Herz schlug höher, als Archer heftig nickte.

»Es war toll!«, erklärte er mit sich beinahe überschlagender Stimme. »Ich glaube wirklich, wir könnten ins Geschäft kommen, Kiki!«

Das Strahlen in seinen Augen machte Kendra glücklich. Sie konnte nicht anders, als ihm mitten auf der Straße die Arme um den Hals zu schlingen und ihn zu küssen.

»Das ist ja wunderbar!«, jubelte sie. »Oh, Archer, ich wusste es! Du wirst ganz groß rauskommen – ich weiß es!«

Er drückte sie so fest an sich, dass es ihr dem Atem nahm.

»Ich kann es immer noch nicht glauben! Dieser Catrall könnte tatsächlich die Antwort auf all unsere Gebete sein!«

Kendra war atemlos vor Glück, als Archer sie schließlich losließ und sie Hand in Hand weiterschlenderten.

»Was hat er denn gesagt?«

Archer nickte einem Paar auf der anderen Straßenseite zu, ehe er antwortete.

»Catrall war wirklich nett. Ich war ja sowieso schon so nervös … und als ich ihn erst gesehen habe! Er ist ein wahrer Koloss!« Er lachte. »Ein echter Kinderschreck. Ich hätte fast kein Wort herausgebracht.«

Kendra gluckste vor Lachen. »Oh, du Armer! Das klingt ja schrecklich!«

»Das war es auch! Zum Glück kam nach den ersten wirklich langen Minuten peinlichen Schweigens seine Tochter dazu. Sie arbeitet in seinem Vorzimmer«, erklärte er. »Sie hat genau die richtigen Fragen gestellt, und Catrall schien gerne bereit, ihr – und mir – Gehör zu schenken.«

Er blieb stehen und griff nach Kikis Händen.

»Weißt du, Kiki, das alles hätte ich ohne dich nie geschafft.« Seine Augen sprühten vor Glück. »Ich liebe dich!«

Kendra lachte scheu und versuchte sich aus seinem Griff zu befreien. »Unsinn! Du hättest das natürlich auch ohne mich geschafft.«

»Nein, das hätte ich nicht. Du bist es, die mir den Mut gibt, nach den Sternen zu greifen. Du bist es, die mir zeigt, was für ein Mann ich einmal sein möchte. Und du bist es, für die es sich erst lohnt, dieser Mann zu werden. Ich wünsche mir nichts mehr, als dass du stolz auf mich bist.«

»Oh, Archer!« Tränen schwammen in Kendras Augen. »Ich bin doch stolz auf dich. Du könntest nie etwas tun, das daran etwas ändert! Ich glaube ganz fest an dich, denn ich liebe dich auch!«

Als wären sie allein auf der Welt, hob Archer sie hoch und presste sie an sich. Seine Lippen suchten ihre und ließen sie nicht mehr los. Sie würde ihn nie wieder gehen lassen, denn sie hatten jetzt ein gemeinsames Ziel. Sie kannte seinen Traum und würde diesen mit ihm träumen. Es gab keinen Menschen auf diesem Erdball, mit dem sie sich so verbunden fühlte wie mit ihm.

»Und wobei brauchst du nun eigentlich meinen Rat?«, fragte Kendra, als das Hupen eines vorbeifahrenden Autos ihren Kuss unterbrach. Sie versuchte unter Archers amüsiertem Blick vergeblich, ihre in Unordnung geratene Frisur zu richten.

»Deinen Rat?«, fragte er. Offenbar war der Kuss auch ihm zu Kopf gestiegen.

»Du hast vorhin im Café gesagt, du brauchst meinen Rat. Wobei denn?«

Archer schlug sich an die Stirn. »Ach so! Ja. Catrall hätte gerne, dass ich nach Kearney zu einer Unternehmerschulung gehe, um etwas über Buchhaltung und Wirtschaftlichkeit zu erfahren, ehe wir uns an mögliche Verträge setzen. Er will nämlich, dass ich ihm einen Geschäftsplan erstelle.«

»Kearney? Wo ist das?«

»In Nebraska. Ich müsste mit dem Zug fahren.«

»Oh, wie aufregend! Das klingt ja spannend.« Kendra hüpfte vor Freude. »Du wirst ein richtiger Geschäftsmann, Archer! Ist das nicht fantastisch?«

Er lachte.

»Na, ob das so fantastisch ist, weiß ich nicht. Ich bin ja lieber in der Backstube und probiere neue Rezepte aus, als meine Nase in Bücher und Zahlen zu stecken.«

Kendra hob ihren Zeigefinger wie eine Lehrerin.

»Das hat dieser Catrall sicher gleich erkannt. Darum dieser Kurs. Aber er hat recht, Archer. Du musst dich in diesen Dingen auskennen.«

Er neigte widerwillig den Kopf. »Sicher. Das stimmt, aber es bedeutet auch, dass ich mich jetzt entscheiden muss. Ich kann keine zwei Wochen in der Bäckerei fehlen, um nach Kearney zu fahren. Wenn ich das tue, muss ich kündigen. Dann gibt es kein Zurück mehr.«

Als würde das Wetter Archers Zweifel unterstreichen wollen, frischte plötzlich der Wind auf und fuhr Kendra kalt um die Beine. Sie nickte ernst. Sie verstand seine Befürchtungen nur zu gut. Als die Verletzung sie gezwungen hatte, mit dem Tanzen aufzuhören, hatte sie auch Angst vor dem gehabt, was kommen würde. Alles aufzugeben, was er bisher erreicht hatte, war für Archer sicher nicht leicht. Doch sie glaubte fest an ihn. Und daran, dass diese Pralinen das einzig Richtige für ihn waren. Sie wusste einfach, dass er mit seinen Süßigkeiten Erfolg haben würde.

»Manche Dinge müssen sich ändern, Archer, damit man im Leben vorankommt. Es ist ein Fehler, seine Träume aus

Bequemlichkeit wie Sand zwischen den Fingern zerrinnen zu lassen.« Sie kniff die Augen gegen den Wind zusammen und schmiegte sich enger an Archers Seite. Sie waren beinahe bei Kendras Wohnung angekommen, und so beschleunigten sie ihren Schritt.

»Du musst dich entscheiden, Archer. Lebe deinen Traum – dann wirf alles ab, was dich daran hindert. Oder verharre auf der Stelle und nimm, was das Schicksal für die Mutlosen bereithält.«

Sie schloss die Tür auf und zog ihn mit sich ins Haus. Das Treppenhaus war dunkel und der Wind ließ irgendwo eine Tür zuschlagen.

»Du denkst also, ich sollte es tun?«, fragte er und sah ihr vertrauensvoll in die Augen.

»Ja, Archer. Das solltest du. Dir ist etwas anderes bestimmt.«

Archer nickte nachdenklich, ehe er ihre Hand ergriff und sie die Treppe hinauf in ihre Wohnung führte.

»Du weißt aber, dass ich dir dann vorerst nicht mehr jeden Abend eine neue Pralinenkreation bringen kann«, scherzte er und Kendra lachte.

»Oh, das hatte ich ja überhaupt nicht bedacht!«, rief sie und schlüpfte aus ihren Schuhen. Barfuß ging sie in die Küche und öffnete eine Flasche Wein. »Ich würde dir das verzeihen, liebster Archer, wenn du jetzt herkommst und mich küsst.« Sie zwinkerte und hielt ihm ein Glas hin. »Und mir dann versprichst, dass ich, sobald du deine Pralinen herstellst, nie wieder einen Abend darauf verzichten muss.«

Sein Herz schlug höher, als die Frau seiner Träume so glücklich vor ihm stand. Der Wind hatte ihr die Haare aus der Frisur gezupft und eine leichte Röte auf ihre Wangen gezaubert. Ihre nackten Füße ließen ihn in Gedanken ihren Rock hinaufschieben und jeden Zoll ihrer Haut darunter liebkosen. Die Liebe, die aus ihrem Blick sprach, machte ihn trunkener, als der Wein, den sie ihm anbot, es je könnte.

Langsam, um jede Sekunde dieses Moments auszukosten, ging er auf sie zu, küsste sie auf die Nasenspitze und griff nach dem Weinglas. Er lächelte, als er sachte gegen ihres stieß.

»Darauf mein Wort, Kiki. Jeden Tag deines Lebens eine Praline von mir – damit du weißt, dass ich nie aufhören werde, dich zu lieben.«

Kapitel 16

Auf den zweiten Blick

Das *Mojito* war voll, die Band spielte bereits und der Bass wummerte so laut, dass sich Amys Pulsschlag automatisch dem Takt anpasste. Sie drängte sich hinter Madison und Betty durch die in bunte Lichter getauchte Menschenmenge und gab sich Mühe, ihren Drink nicht zu verschütten.

»Da vorne ist Jess!«, rief Betty und tanzte um eine Gruppe Jugendlicher herum in Richtung Bühne.

»Warum tut sie sich das nur an?«, schrie Madison, um die Musik zu übertönen.

Amy zuckte mit den Schultern. Der Träger ihres schwarzen Wasserfalltops glitt ihr von der Schulter und sie schob ihn achtlos wieder hoch, während sie einem ihrer Mitarbeiter an der Bar winkte.

»Sie muss ihn echt immer noch lieben, sonst würde sie sich doch nicht so quälen und ihn sich auch noch auf der Bühne anschauen«, beantwortete sich Madison ihre Frage selbst.

Tatsächlich kauerte Jessica an einem der runden Tische seitlich der Bühne und folgte mit tränengeröteten Augen jeder Bewegung ihres Exmannes, der sich am Schlagzeug gebärdete wie das Monster aus der Muppets-Show.

»Hi Jess!«, rief Betty und drückte sie kurz an sich. »Was soll das? Warum hockst du hier so alleine rum?«, fragte sie und verstellte ihr absichtlich den Blick auf Ben.

Jessica rieb sich übers Gesicht und zuckte hilflos mit den Schultern, als sich Amy und Madison zu ihr setzten.

Amy schob ihr den Drink hin. Dankbar nippte Jessica daran, verzog aber angewidert das Gesicht.

»Was ist das denn?«, fragte sie und schob Amy das Schnapsglas zurück.

»Chili-Likör«, rechtfertigte die sich. »Irgendwie war mir heute danach.«

Nach dem Erlebnis mit Scandrik in der Rezeptküche ging ihr der Geschmack nicht mehr aus dem Kopf. Sie hatte einem Impuls nachgegeben, als sie den Likör bestellt hatte, und seit sie daran genippt hatte, fragte sie sich, ob Ryans Kuss so geschmeckt hätte …

»Jetzt sag schon, Jess, willst du deinen einzigen kinderfreien Abend der Woche wirklich damit vertun, deinem Ex hinterherzuschmachten?«, fragte Betty in ihrer unverblümten Art und reckte Ben, der gerade zufällig in ihre Richtung sah, ihren perfekt manikürten Mittelfinger entgegen.

Jessica ließ niedergeschlagen den Kopf hängen.

»Nein, das will ich nicht, aber … ich kann einfach nicht anders. Er trifft sich jetzt mit so einer Bankangestellten – und das macht mich echt fertig.« Sie griff nun doch noch einmal nach Amys Glas und leerte es in einem Zug. »Ich hab wirklich gedacht, ich wär darüber hinweg, dass er mich nicht mehr liebt … aber dass er sich jetzt eine Neue sucht … macht mich krank! Ich könnte kotzen!«

»Sogar Scandrik hat heute gefragt, was mit dir los ist«, bemerkte Amy und hob ihr Glas, um dem Barmann zu zeigen, dass sie gerne noch einen Drink hätte.

»Mir doch egal, was der von mir denkt!«, murrte Jessica wütend. »Seit dem ersten Tag hält der mich eh für bescheuert. Ich stand da und hab Löcher in die Luft geglotzt, weil er dich gleich so angefahren hat. Ich hab echt gedacht, ich spinne.«

»Wenn einer spinnt, dann der!«, widersprach Amy und legte ihrer Freundin den Arm um die Schultern. »Wisst ihr was, Mädels? Heute Abend pfeifen wir auf alle Männer!« Sie stieß Jessica mit dem Ellbogen in die Seite. »Vergiss Ben und seine Tussi, ich denk nicht mehr an diesen Scandrik und die *Sugar-Tale,* und ihr zwei hört auf der Stelle auf, mit dem neuen Barmann zu flirten«, fügte Amy an Madison und Betty gewandt hinzu. »Wir machen heute einen Mädelsabend!«

Betty streckte ihr zur Antwort die Zunge heraus, quetschte sich aber brav neben Madison auf die Sitzbank und zeigte auf Amys leeres Glas.

»Toller Mädelsabend«, murrte sie. »Wir sitzen auf dem Trockenen, wenn uns keiner der Typen einen Drink ausgibt.«

Wieder schniefte Jessica und suchte die Bühne nach Ben ab. »Als wir noch zusammen waren, sind meine Getränke immer aufs Haus gegangen«, warf sie ein und schüttelte den Kopf, als wollte sie die Erinnerung an diese guten Zeiten verdrängen.

Amy schnaubte und griff nach ihrem leeren Schnapsglas.

»Also echt! Als wären wir von Männern abhängig. Diese Runde geht auf mich, und dann will ich echt nichts mehr von Ben oder sonstigen Kerlen hören.«

Sie stand auf und drängelte sich zurück zur Bar. Die Band spielte gut, und sie wippte im Takt mit den Hüften, während sie darauf wartete, von zwei anderen Partygästen durchgelassen zu werden. Es war brechend voll, aber das war gut so. Amy verschmolz nur zu gerne mit der Menge. In ihrer Position als Geschäftsführerin von *Archers Original Sweets* hatte sie das Gefühl, dass während des Arbeitstages sämtliche Augen auf ihr ruhten. Hier und heute war sie nur Amy Bishop, die mit ihren Freundinnen feierte – und das tat richtig gut. Ihre knallenge Lieblingsjeans erinnerte sie daran, wie unbeschwert ihr Leben vor Archers Tod gewesen war. Damals war sie einfach nur Amy gewesen. Nicht die Chefin von so vielen, die heute im *Mojito* tanzten.

Endlich wurde ein Platz an der Bar frei und Amy zwängte sich hastig in die entstandene Lücke. Sie lehnte sich vor, damit der Barmann sie trotz der Musik hören konnte.

»Vier Bier und noch ein Chili-Likör!«, rief sie zweimal, ehe der zustimmend nickte und sich daranmachte, die Biere zu zapfen.

»Gleich vier Biere auf einmal?«, ertönte es neben Amy und sie fuhr erschrocken herum.

Ryan Scandrik! Das konnte doch nicht wahr sein!

»Was machen Sie denn hier?«, entfuhr es ihr schroff. »Verfolgen Sie mich etwa?«

Scandrik lachte und neigte sich zu ihr herüber.

»Wie bitte? Haben Sie gerade gefragt, ob ich Sie verfolge?«

Amy funkelte ihn böse an. Es war nicht zu fassen, dass er zufällig im *Mojito* auftauchte, wo sie doch nur deshalb hier war, um den heutigen Nachmittag mit ihm zu vergessen! Und nun machte er sich offenbar auch noch über sie lustig. Um ihm zu antworten, musste sie sich entweder näher zu ihm beugen oder schreien.

»Was zum Henker tun Sie hier, wenn Sie mir nicht folgen? Soll ich etwa glauben, dass das ein Zufall ist? Frisco ist klein – aber nicht so klein!«, rief sie über die Musik hinweg.

»Da gebe ich Ihnen vollkommen recht, Miss Bishop. Dass wir uns hier treffen, ist in der Tat verdächtig. Doch die Frage, die sich stellt, ist doch wohl eher, ob nicht Sie mir gefolgt sind. Immerhin wohne ich hier.«

Amy hatte Schwierigkeiten, ihm zu folgen. Was meinte er denn damit?

»Was? Sie wohnen hier? In der Bar?«, fragte sie irritiert und musterte ihn skeptisch. Erst jetzt fiel ihr auf, dass er Hemd und Anzug gegen Jeans und T-Shirt getauscht hatte. Er sah gut aus. Entspannt. Er hätte beinahe als jemand anderes durchgehen können, wenn sein überhebliches Grinsen nicht gewesen wäre.

»Natürlich nicht in der Bar! Nebenan im Hotel. Tun Sie nicht so, als wüssten Sie das nicht.«

Das *Mojito* war Teil des Hotels, und tatsächlich, jetzt, wo er es erwähnte, erinnerte sich Amy daran, dass er hier ein Zimmer genommen hatte. Aber es war ja wohl eine absurde Unterstellung, dass sie sich dessen bewusst gewesen wäre, als sie sich auf den Weg hierher gemacht hatte. Sie hatte überhaupt nicht mehr an ihn gedacht!

»Na schön, wir treffen uns also wirklich zufällig«, gab Amy zerknirscht zu, als der Barmann ihr die vier Biergläser auf einem Tablett über den Tresen schob.

»Sieht so aus.« Ryan nickte und schmunzelte über ihre Bestellung. »Und dennoch … vier Biere auf einmal? Trinken Sie, um zu vergessen?«, foppte er sie, und Amy konnte sich ein Schmunzeln nicht verkneifen.

»Obwohl ich wirklich gerne vergessen würde, dass ich Sie kenne, Mister Scandrik, trifft Ihre Vermutung in diesem Fall nicht zu.« Sie deutete hinüber zum Tisch, wo ihre Freundinnen bereits ungeduldig auf ihre Getränke warteten. »Wir machen einen Mädelsabend. Und was tun Sie hier? Sollten Sie nicht oben in Ihrem Zimmer an einem Plan arbeiten, meine Firma zu ruinieren?«

»Nein, nein, keine Sorge. Ich weiß schon ganz genau, wie ich das anstellen muss. Tatsächlich genieße ich meinen arbeitsfreien Abend.«

Das war natürlich gelogen, denn in Wahrheit hatte Ryan es für eine gute Idee gehalten, sich die Erinnerung an den Beinahe-Kuss mit Miss Bishop durch ein Glas Scotch zu vertreiben. Aber das schien genauso schlecht zu funktionieren wie seine bisherigen Pläne mit der Pralinenfabrik. Er hatte sich heute sogar eine Rüge von der *Sugar-Tale-Corporation* anhören dürfen, weil seine Fortschritte zu wünschen übrig ließen. Er konnte den Drink also gut gebrauchen. Besonders, da Miss Bishops Anwesenheit ihm jetzt den Nachmittag wieder genauestens in Erinnerung rief. Und zudem sah sie in dem schwarzen Top und der Jeans richtig sexy aus. Es war wirklich ärgerlich, dass er beruflich mit ihr zu tun hatte!

Sie strich sich das Haar auf den Rücken und grinste frech.

»Sie genießen Ihren Abend? Sie sind doch nicht etwa auf der Suche nach Ehefrau Nummer drei?«

Ryan lachte laut, schüttelte aber den Kopf.

»Nein, nicht direkt. Denn offenbar sind alle Frauen in Frisco entweder mit Ihnen befreundet oder arbeiten in Ihrer Fabrik. Das scheint mir doch etwas kompliziert.«

»Da haben Sie recht, Mister Scandrik. Wildern Sie besser nicht in meinem Revier!«, warnte Amy, warf einen Geldschein auf den Tresen und nahm das schwer beladene Tablett auf.

»Miss«, brüllte der Barmann. »Ihr Chili-Likör!«

Amy drehte sich noch einmal zum Tresen um, doch Scandrik hielt ihr bereits mit einem breiten Grinsen das Schnapsglas hin.

»Soso, Chili-Likör!« Er gab sich selbstsicher. »Wenn das … und Ihre Anwesenheit in der Bar … kein Zufall ist.« Er nahm seinen Scotch und stand vom Barhocker auf. Amy hätte am liebsten das Tablett fallen lassen und wäre geflohen, aber rings um sie herum versperrten ihr Tanzende den Weg.

»Bilden Sie sich besser nichts ein, Mister Scandrik!«, sagte sie bissig, als er ihr den Likör aufs Tablett stellte. »Ich bin nur wegen Jess hier. Sie braucht heute eine Freundin. Und jetzt entschuldigen Sie mich bitte.«

Sie wollte ihn stehen lassen, er aber nahm ihr kurzerhand das Tablett ab und steuerte auf den Tisch neben der Bühne zu.

»Ich würde gerne wissen, was mit Jessica los ist.«

Amy hielt ihn am Arm fest, sodass er bei ihr stehen blieb. Mit einem kurzen Blick zu ihren Freundinnen vergewisserte sie sich, dass die sie nicht schon vermissten.

»Jessicas Probleme gehen Sie echt nichts an. Sie hat Feierabend, genau wie wir alle hier. Wenn Sie Fragen haben, stellen Sie die am Montag!«

Sie hatte sich Mühe gegeben, entschlossen zu klingen, aber dieser Mistkerl sah sie noch nicht einmal an. Stattdessen lächelte er jemanden an, der hinter ihr stehen musste. Sie drehte sich um und fluchte.

»Und ich dachte, wir machen einen Mädelsabend!«, rief Betty und machte einen Schmollmund. »Wir warten auf unsere Drinks und du reißt dir einen Kerl auf!«, witzelte sie und reichte dann Scandrik die Hand. »Hi, ich bin Betty. Sind Sie hier, um uns alle zu feuern?«, fragte sie direkt und sah ihn herausfordernd an.

Amy stöhnte. Das entwickelte sich zur Katastrophe.

Zumindest für sie, denn Scandrik schien sich bestens zu amüsieren.

»Um diese Uhrzeit entlasse ich nur höchst selten jemanden«, gab er gut gelaunt zurück und schüttelte Betty breit grinsend die Hand. »Außer natürlich, ich bekomme Langeweile, weil ich allein trinken muss. Dann …«

»Auch dann kann er euch nicht feuern!«, mischte sich Amy wütend ein. »Denn *noch* ist es meine Firma!«

Scandrik hob ergeben die freie Hand und tat so, als suche er hinter Betty Deckung. Die ließ sich das gerne gefallen und angelte sich dabei eines der Biergläser vom Tablett. Mit einem neckischen Zwinkern in seine Richtung hakte sie sich bei Amy ein und zog sie mit sich.

»Er wird dir hier und heute deine Firma schon nicht wegnehmen«, rief sie, um die Musik zu übertönen. »Also fahr mal runter und lass uns den Schnuckel unter die Lupe nehmen«, fügte sie leiser hinzu. »Sie beißen doch hoffentlich nicht, Mister Scandrik!«, wandte sie sich wieder lauter an ihn.

Bei der Unschuldsmine, die der als Antwort aufsetzte, hätte Amy am liebsten schreien mögen. Beißen würde er vielleicht nicht – aber was war mit küssen?

Als hätte er ihre Gedanken gelesen, verzog sich sein Mund zu einem verführerischen Lächeln.

»Sollte ich meiner Traumfrau über den Weg laufen, könnte ich in der Tat versucht sein, mich an ihr festzubeißen«, gab er charmant zurück. Betty kicherte und zog Scandrik kurzerhand neben sich an den Tisch.

»Mädels, Amy hat uns an der Bar nicht nur ein Bier geholt«, scherzte sie und verteilte die Getränke, ohne auf Jessicas entgeisterten Gesichtsausdruck zu achten. Auch Madison staunte, fasste sich aber schneller wieder. Sie nahm einen großen Schluck von ihrem Bier und nickte zum Gruß.

»Wir kennen uns ja schon, Mister Scandrik. Ich bin Maddie. Sie wissen schon … die … mit den Stricknadeln.«

»Natürlich. Ich erinnere mich. Bitte nennen Sie mich doch Ryan. Darf ich sagen, dass Sie ohne den weißen Ganzkörperanzug bezaubernd aussehen?«

Amy kochte innerlich. Dieser Schleimer! Er wusste genau, dass sie ihre Ruhe vor ihm haben wollte, darum schmeichelte er sich bei ihren Freundinnen ein. Und kam damit sogar noch durch, denn Madison kicherte verlegen wie ein Schulmädchen.

»Also, Ryan!«, mischte sie sich energisch ein, um diesem Albtraum ein Ende zu bereiten. Dabei legte sie ihm die Hand auf die Schulter – nur, um sie schnell wieder wegzuziehen, als ihr bewusst wurde, was sie tat. »Danke, dass Sie das Tablett getragen haben, aber …«

»Für Sie immer noch Mister Scandrik«, gab er kühl zurück und sah sie streng an.

Amy stolperte überrascht einen Schritt rückwärts.

»Was? Wie? Sie … ich meine«, stammelte sie. Sie hatte natürlich angenommen … ihre Gedanken rasten, kamen aber nirgendwo an.

»Das war ein Scherz«, rettete er sie lachend und zog sie neben sich auf die Bank. Sie mussten ganz schön zusammenrutschen, um alle Platz zu finden, aber niemandem außer Amy schien das etwas auszumachen.

»Das war wirklich nicht witzig!«, rief sie. Ihre Freundinnen lachten dennoch.

»Komm schon, Amy, lass uns auf den Abend anstoßen!« Betty versuchte, die Wogen zu glätten, und hob ihr Glas, doch so leicht war Amy nicht zu besänftigen.

»Ich dachte, wir sind wegen Jess hier«, brummte sie unversöhnlich.

»Sind wir auch!«, gab Madison zurück. »Aber wenn du mal einen Blick zur Bühne wirfst, dann wirst du feststellen, dass die Anwesenheit von Mister Scandrik …«

»Ryan!«, unterbrach er sie.

»… dass die Anwesenheit von Ryan Ben nicht gerade zu gefallen scheint.«

»Wirklich?« Jessica reckte den Hals und schielte zu den Musikern hinüber. »Du hast recht! Ben sieht aus, als hätte er

Zahnweh!«, jubelte sie und machte zum ersten Mal an diesem Abend ein nicht mehr ganz so niedergeschlagenes Gesicht.

Auch Ryan wandte sich zur Bühne um und musterte die Band.

»Worum geht es denn?«

»Es ist so: Der Typ da am Schlagzeug ist Ben. Er ist der Ex von Jess – und er hat seit Kurzem eine Neue am Start.«

Ryan zog ein betroffenes Gesicht, auch wenn er nicht so aussah, als ob er begriff, was daran nun so ungewöhnlich war.

»Wenn ihr auf Mitgefühl von Ryan hofft, dann solltet ihr wissen, dass er selbst schon zwei Mal verheiratet war. Er ist also keinen Deut besser als Ben!«, warf Amy ein. Es war ein Fehler, Jessicas Privatleben ausgerechnet vor dem Mann breitzutreten, der noch vor wenigen Stunden vorgehabt hatte, ihre Arbeitszeit neu zu regeln. Sahen ihre Freunde denn nicht, dass sie ihm nicht trauen durften?

Wie sie gehofft hatte, machte nun wenigstens Jess eine verschlossene Miene.

»Ist das wahr?«, fragte sie kühl und klammerte sich Halt suchend an ihrem Bierglas fest.

Ryan nickte.

»Ja. Amy sagt die Wahrheit. Allerdings muss ich zu meiner Verteidigung sagen, dass beide Frauen mich verlassen haben – und nicht umgekehrt.«

»Wen wundert's«, murmelte Amy und schmollte in ihr Glas, als sie sah, dass die Antwort ihre Mädels besänftigte.

»Darf ich fragen, was bei Ihnen schiefgelaufen ist?«, hakte Jessica plötzlich interessiert nach.

Ryan zuckte mit den Schultern und nahm einen Schluck vom Scotch.

»Ich war sehr jung, als ich mich in meine erste Frau verliebte. Wir waren«, er grinste in die Runde, »heiß und ungestüm. Von Beziehungen hatten wir kaum eine Ahnung

– geschweige denn vom Erwachsensein. Trotzdem hatten wir eine großartige Zeit. Sie hatte verrückte Träume und ich wollte Karriere machen. Eine Zeit lang ging das gut.« Sein Gesicht verdüsterte sich und er fuhr sich unsicher durchs Haar. »Aber nicht allzu lange. Es endete, wie es angefangen hatte. Hitzig und mit einem Knall. Sie hat ihre Sachen gepackt, den Hund genommen und ist mit unserem Nachbarn durchgebrannt.« Er zuckte mit den Schultern. »Im Grunde war es gut, dass es so gekommen ist.«

Die Gesichter der Frauen um ihn herum spiegelten Mitgefühl wieder, und die kesse Betty legte ihm sogar bedauernd die Hand auf die Schulter.

»Sie Armer! Das muss ja schrecklich für Sie gewesen sein!«, rief Madison.

»Mit dem Nachbarn«, Jessica schüttelte fassungslos den Kopf. »Das ist ja sogar noch schlimmer als Bens Banktussi.«

Nur Amy schienen die Dramen seines Lebens kaltzulassen. Sie hatte die Arme vor der Brust verschränkt und mied seinen Blick.

»Was war mit Ihrer zweiten Ehe?«, hakte Betty nach und Ryan lächelte über das mitfühlende Zittern in ihrer Stimme.

»Bei Ehe Nummer zwei komme ich wohl nicht mehr so glimpflich davon«, gestand er reuig und verzog dabei das Gesicht.

»Haben Sie Ihre Frau betrogen?«, fragte Jessica dazwischen.

»Nein … oder zumindest nicht direkt!«

»Wie kann man denn jemanden indirekt betrügen?«, verlangte Amy zu wissen, und Ryan erkannte, dass sie an ihm wohl kein gutes Haar lassen wollte. Sie war ihm böse … ob das etwas mit dem Beinahe-Kuss am Nachmittag zu tun hatte? Er blinzelte ihr zu, um das Eis zu brechen.

»Ich habe meine Frau nicht mit einer anderen Frau betrogen«, erklärte er.

Madison bekam große Augen und verschüttete fast ihr Bier. Sie wischte sich den Schaum an der Jeans ab und rief: »Was soll das bedeuten? Haben Sie sie etwa mit einem Mann betrogen?«

Betty machte einen Schmollmund, als würde ihr das nicht gefallen, und Ryan musste lachen.

»Nein, das auch nicht, meine Damen!« Er lehnte sich lässig zurück und nippte an seinem Scotch. »Ich fürchte, ich habe meine Frau mit der Leidenschaft für meinen Job betrogen. Erst als ich die Scheidungspapiere in Händen hielt, wurde mir bewusst, wie sehr ich sie damit verletzt habe.« Er schüttelte den Kopf. »Und dennoch hätte ich es vermutlich nicht besser gemacht, hätte ich geahnt, wie es um uns stand. Meine Arbeit ist …«

Er suchte nach den richtigen Worten.

»Ihre Arbeit ist Ihr Leben«, beendete Amy seinen Satz und sah ihm gedankenverloren in die Augen.

Ryan nickte. »Ja. Das ist sie wohl. Traurig, nicht wahr?«

Amy wollte lächeln, aber es wurde zu einer Grimasse. Ja, es war traurig, wie er es so sagte. Doch Amy verstand ihn. Ihr ging es im Grunde genauso. Sie ließ Männern nicht einmal die Chance, ihr nahezukommen, zog eine Beziehung überhaupt nicht in Betracht. In ihrem Leben gab es einfach keine Zeit für etwas so Unwichtiges wie Liebe.

Dass sie ausgerechnet das mit Ryan gemeinsam hatte, stimmte sie nachdenklich.

»Heute Abend lassen wir doch keine Traurigkeit aufkommen«, mischte sich Madison ein und sprang auf. »Wir sollten tanzen! Und Ben zeigen, was er verpasst, wenn er unsere liebe Jess so mies behandelt«, rief sie und hob tänzerisch die Arme über den Kopf.

Jessica grinste und leerte ihr Bierglas. »Nein danke. Ich mach mich hier doch nicht lächerlich. Sieh dir nur all die Mädels an, die vor der Bühne rumhüpfen. Die sind ja gerade mal halb so alt wie wir. Er wird mir keinen einzigen Blick zuwerfen!«

Ryan schüttelte den Kopf und rückte von der Bank. Verschwörerisch grinsend zog er Jessica auf die Beine.

»Das werden wir ja sehen. Wir müssen ihm nur eine gute Show bieten!«

Damit zog er sie mit sich auf die Tanzfläche und legte ihr vertraulich den Arm an die Taille, während er sie hemmungslos antanzte.

Betty grölte und Madison stieß einen Pfiff durch die Finger aus.

»Das ist genial!«, rief sie und mischte sich ebenfalls unter die Tanzenden.

»Er tanzt wirklich gut«, schmachtete Betty und setzte sich wieder neben Amy an den Tisch. Die musste ihrer Freundin wohl oder übel zustimmen. Er hatte echt einen lässigen Hüftschwung, und Jessica schien sich nicht direkt unwohl zu fühlen. Die beiden gaben ein ziemlich gutes Bild ab.

Amy ballte die Hände zu Fäusten.

»Ich weiß nicht, was das soll! Warum tut er plötzlich so freundlich?«, murrte sie und leerte ihr Glas.

»Keine Ahnung. Vielleicht ist er ja im Grunde ein netter Kerl – und er nimmt nur seine Arbeit halt sehr ernst. Das müsstest doch gerade du verstehen können. Als Chefin mag ich dich auch manchmal nicht – trotzdem gehörst du zu den liebsten Menschen, die ich kenne!«

»Du magst mich als Chefin nicht?«, hakte Amy überrascht nach.

Betty winkte ab.

»Unsinn! Aber du musst eben gelegentlich den Chef raushängen lassen. Überstunden anordnen oder Urlaubstage streichen, weil alle gleichzeitig zu Hause bleiben wollen. Das ist nicht toll – aber dein Job.« Betty lockerte ihre dunklen Haare auf und zog ihren Lippenstift nach. »Und wenn er dir im Büro Ärger macht, dann sagt das noch lange nichts über ihn als Person aus. Und darum geh ich jetzt tanzen. Kommst du mit?«

Amy kniff die Lippen zusammen. Betty hatte ja irgendwie recht. Auch wenn ihr das nicht gefiel.

»Geh schon vor, ich komm gleich.« Sie hob ihr Glas als Entschuldigung. »Ich trink noch aus.«

Mehr Aufforderung brauchte Betty nicht, um mit der Meute der hüftschwingenden Barbesucher zu verschmelzen, und Amy blieb nachdenklich zurück. Sie wusste nicht, was sie glauben sollte. In ihrem Kopf lief alles wirr durcheinander. Als wären ihre Gedanken ein Teller Spaghetti.

Ryan sollte also nicht so übel sein, wie sie dachte? Zugegeben, dieser Gedanke war ihr auch schon vor Bettys Rede gekommen. Aber all die Kleinigkeiten, die sie über ihn wusste, ergaben einfach kein stimmiges Bild. Er sah gut aus. Zu gut. Männer mit solchen Augen und so einem Hintern konnten gefährlich werden, denn sie bekamen normalerweise, was sie wollten. Er hatte ja immerhin schon zwei Frauen bekommen – auch wenn es am Ende mit beiden nicht geklappt hatte. Fast tat er ihr deswegen ein bisschen leid, denn offenbar hatte er an die große Liebe geglaubt, sonst hätte er sicher nicht gleich geheiratet. Er war also im Grunde seines Herzens ein Romantiker, der die Werte der Familie schätzte. Und das wiederum passte so gar nicht zu dem verführerischen Aufreißer, den er gerade für Jessicas Ex auf der Tanzfläche gab. Amy verkniff sich ein Lachen, als er Jess beim Tanzen eine Kusshand zuwarf. Sie musste ihm lassen, dass sein Plan aufging. Ben sah aus, als wollte er Ryan mit seinen Drumsticks erdolchen.

Es war echt nett von Ryan, das für Jessica zu tun. Sie hatte etwas Aufmunterung bitter nötig.

Amys Blick folgte den beiden, wann immer die Menschenmenge es zuließ. Sie bemerkte seine schönen Hände. Es war verführerisch, wie er sie an Jessicas Hüften legte oder ihre Taille in der Drehung berührte. Ein Kribbeln durchlief Amys Körper. Sie wusste, wie seine Hände sich anfühlten. Er hatte ihr schon sanft die Hand auf den Rücken gelegt, hatte sie heute in der Rezeptküche mehr als nur einmal beiläufig berührt und sie damit jedes Mal erneut in ein Gefühlschaos gestürzt. Ihn jetzt so spielerisch vertraut mit Jess zu sehen, tat beinahe weh. Ryan Scandrik war ein Mann, der es durchaus schaffte, Amys Interesse zu wecken. Und gerade deshalb stand so viel auf dem Spiel. Sie musste dringend einen Schutzwall errichten, denn wenn er hier in Frisco fertig wäre, könnte nicht nur ihre Firma Schaden genommen haben, sondern auch ihr Herz.

Zögernd nahm sie das Schnapsglas mit dem Likör vom Tablett und drehte es zwischen den Fingern. Die bronzefarbene Flüssigkeit schwappte über den Glasrand und benetzte ihre Fingerspitzen.

»Shit!« Sie steckte sich die Finger nacheinander in den Mund. Die scharfe Süße erinnerte sie an die Pralinenkreation … und daran, wie es zwischen ihr und Ryan geknistert hatte. Ihr Herz schlug schneller und sie versuchte, ihn auf der Tanzfläche auszumachen.

Da! Er lachte über etwas, das Betty ihm zurief, als sie an ihm vorbeitanzte. Sein Blick traf Amys und er zwinkerte ihr über die Köpfe der anderen hinweg zu. Er streckte den Arm aus und winkte sie zu sich.

Amy haderte mit sich selbst. Dann kippte sie den Likör hinunter und schnappte nach Luft, als die scharfe Flüssigkeit ihre Kehle hinabrann und in ihrem Magen ein Feuer entfachte. Sie musste Ryan Scandrik nicht küssen, um das zu schmecken, erinnerte sie sich und stand auf. Ohne seinem Blick auszuweichen, mischte sie sich unter die Tanzenden und schwang die Hüften.

»Hey, du!«, kam Madison angetanzt. »Ich habe herausgefunden, dass der Neue an der Bar echt noch Single ist.« Sie warf einen bedeutungsschweren Blick hinüber, wo ihr Auserkorener gerade ein Bier zapfte. »Betty und ich überlegen uns Regeln der Verführung, die es uns ermöglichen, Freunde zu bleiben, auch wenn wir beide versuchen, ihn ins Bett zu kriegen. Meldest du ebenfalls Interesse an? Dann müssten wir die Regeln wohl noch mal etwas dehnen.«

Amy lachte. »Oh Gott, nein! Ich streite mich doch nicht mit euch um einen Mann!« Sie warf ihr Haar zurück und wiegte die Arme über dem Kopf. »Am Ende landen wir alle in seinem erotischen Jugendtraum von einem flotten Vierer!«

Madison kicherte. »Wenn du das Betty sagst, geht sie vermutlich hoch und nimmt uns ein Zimmer, Süße!«, scherzte sie und ließ sich dabei von einem Jungen antanzen, der gerade mal dem Schulalter entwachsen sein konnte.

Amy schüttelte den Kopf über den Heißsporn, als sich Hände um ihre Taille legten.

»Ich dachte schon, Sie bleiben den ganzen Abend dort drüben sitzen.« Ryans Stimme war nah an Amys Ohr und eine Gänsehaut zog ihre Wirbelsäule hinab. Sie spürte seine breite Brust in ihrem Rücken, und seine Schenkel berührten sanft ihren Po, ehe er sie zu sich umdrehte.

»Jetzt, wo ich so darüber nachdenke, war es dort drüben eigentlich ganz nett«, gab Amy bissig zurück und versuchte etwas Distanz zwischen ihnen zu schaffen, aber Ryan ließ das nicht zu. Er griff nach ihren Händen und legte sich diese selbstbewusst um den Hals, ehe er selbst ihre Hüften umfasste.

»Sie laufen vor mir weg«, bemerkte er und sah ihr direkt in die Augen. »Ich weiß auch, warum.«

»Ach ja?« Amy hätte es doch sehr gewundert, wenn er wüsste, dass sie ihn mied, weil er ihr viel zu sehr unter die Haut ging.

»Ja. Sie schämen sich, weil Sie den ganzen Abend so kratzbürstig zu mir waren.«

Amy lachte spöttisch und senkte den Kopf. Seinem dunklen, wissenden Blick standzuhalten, war schwieriger als gedacht.

»Ich war überhaupt nicht kratzbürstig«, verteidigte sie sich und sah sich Hilfe suchend nach ihren Freundinnen um. Vergeblich, denn die lehnten an der Bar und verabredeten sich offenbar wirklich für einen Dreier mit dem Barmann.

»Freundlich waren Sie aber auch nicht. Und dabei dachte ich, wir hätten heute in der Rezeptküche Fortschritte gemacht«, rief er dicht an ihrem Ohr. Sein Atem streifte ihren Hals.

Fortschritte? In Bezug auf was? Spielte er auf den Beinahe-Kuss an? Sein Lächeln war verführerisch neckend, und sie verfluchte sich für die Schwäche, die sie empfand, weil seine Lippen ihren so nahe waren. Was war nur heute mit ihr los?

»Vielleicht war ich etwas kühl«, gab Amy zu und versuchte, ihren beschleunigten Herzschlag nicht weiter zu beachten. »Aber nur, weil ich Sorge um Jessica habe. Ich kann nicht verstehen, wie Sie jetzt so nett zu ihr sein können – ihr aber am Montag die Arbeitszeit kürzen wollen.«

»Ich dachte, Sie haben Feierabend?«, hakte Ryan nach und drehte sich einmal um sich selbst, ehe er sie wieder ansah.

»Das Wohl meiner Mitarbeiter liegt mir auch nach Feierabend noch am Herzen, Mister Scandrik«, gab Amy verhalten zurück und befreite sich aus seiner Umarmung. Möglichst gelassen tanzte sie in Richtung Tresen und bestellte mit zitternder Stimme ein Bier. Sie musste unbedingt Abstand zu diesem Kerl halten, denn sie lief Gefahr, für einen Moment in seiner Nähe ihre Freunde und die Verantwortung, die sie trug, zu verraten.

Kapitel 17

Ein schönes Paar

Agnes Catrall sah gedankenverloren aus dem Zugfenster. Das Sonnenlicht warf wechselnde Schatten auf ihr Gesicht, wenn sie an Büschen und Bäumen vorbeifuhren. Ihre Pupillen zuckten schnell hin und her, während sie die Landschaft Nebraskas betrachtete. Offenbar genoss sie die Fahrt.

Archer gelang das nicht. Er war gespannt, was ihn in Kearney während des Seminars erwartete. Er war gewillt, so viel Wissen wie möglich zu sammeln, um vor seinem Geldgeber einen guten Eindruck zu machen und sich später im Arbeitsalltag in allen Belangen auszukennen. Trotzdem hatte es ihm am Morgen widerstrebt, Kiki am Bahnhof zu verlassen. Zum ersten Mal bemerkte er, dass das Streben nach Erfolg ein zweischneidiges Schwert war. Er hätte nicht gedacht, dass es ihm so viel ausmachen würde, einige Tage von ihr getrennt zu sein.

Der Zug ruckelte über eine Weiche, und Agnes hielt sich an dem Klapptischchen fest, das zwischen ihnen aufgespannt war.

»Was für ein angenehmes Reisewetter!«, bemerkte sie, schlüpfte aus ihrer Strickweste und öffnete das Zugfenster einen Spalt, um die milde Sommerluft hereinzulassen.

Archer nickte und atmete durch. Sie hatte recht. Wenn es nach dem Wetter ging, stand sein Ausflug in die Stadt unter einem guten Stern. Doch warum ging ihm Kikis Abschiedskuss nicht aus dem Sinn? Wenn er die Augen schloss, spürte er noch ihre Lippen auf seinen und ihre Arme um seinen Hals. Wäre nicht das Leuchten in ihrem Gesicht gewesen, das ihren Stolz zeigte, wäre er vielleicht gar nicht erst in den Zug gestiegen.

Kiki glaubte an ihn und das gab ihm Kraft und Mut, nach seinen Träumen zu greifen. Er hoffte nur, sie nicht zu enttäuschen, denn ein Zurück gab es für ihn jetzt nicht mehr. Er hatte seine Anstellung in der Bäckerei gekündigt und war nun mit Agnes Catrall auf dem Weg in ein neues Leben. Es hatte ihn überrascht, dass Catrall ihn zusammen mit seiner Tochter nach Kearney schickte, aber er würde das Vorgehen des Mannes, der in seine Zukunft investierte, nicht hinterfragen.

»Sie sind heute so still, Mister Bishop. Sie haben doch wohl nicht etwa wieder Sorgen, dass Sie nicht schick genug aussehen?«, riss Agnes ihn aus seinen Grübeleien. »In Ihrem neuen Anzug sehen Sie wirklich sehr fesch aus.«

»Danke, Miss Agnes.«

Archer strich verlegen über den hellgrauen Tweed seiner Weste. Der Anzug hatte mehr gekostet, als er hatte aufbringen können, darum hatte Kiki ihm einen Zuschuss von ihrem Trinkgeld gegeben. Er fühlte sich schlecht dabei, von ihr Geld genommen zu haben, aber sie hatte darauf bestanden.

»Bei dem Seminar wirst du vielleicht zukünftige Geschäftspartner treffen oder wichtige Kontakte knüpfen«, hatte sie ihm vorgehalten. »Da musst du einen guten Eindruck machen.«

Er fragte sich nur, wie gut der Eindruck sein würde, den er hinterließ, wenn er die ganze Woche lang immer denselben Anzug tragen würde?

Eine Schaffnerin mit einem Servierwagen öffnete die Tür des Zugabteils und lächelte strahlend.

»Mister und Misses Bishop, darf ich Ihnen eine Erfrischung anbieten?«

Wenn sie sich über das prustende Lachen ihres Fahrgastes wunderte, ließ sie sich jedenfalls nichts anmerken.

»Ja, gerne!«, kicherte Agnes atemlos und fasste nach Archers Hand. »Was trinkst du, Liebster?«, fragte sie und deutete auf die Limonadenkaraffe, in der Zitronenscheiben schwammen.

Archer war verunsichert. Catralls Tochter machte sich einen Spaß aus dem Missverständnis, sie würden als Ehepaar reisen, aber wie sollte er sich jetzt verhalten? Es fühlte sich nicht richtig an, wie vertraut sie seine Hand hielt.

»Für mich nur ein Glas Wasser, bitte«, sagte er und zog dezent seine Hand zurück. Agnes schürzte enttäuscht die Lippen.

»Und Ihre Frau?«, fragte die Dame wieder und wandte sich an Agnes.

»Ich schließe mich meinem Mann an«, entgegnete diese ernst und dankte höflich, als sie ihr Getränk entgegennahm.

»Eine gute Reise«, wünschte die Schaffnerin und schloss hinter sich die Abteiltür.

Agnes klatschte vergnügt. »Was meinen Sie, Archer, geben wir nicht ein fabelhaftes Ehepaar ab?«

Archer fühlte sich unwohl. Sie war die Tochter seines Investors und er wollte sie nicht verärgern, darum nickte er.

»Sie haben Ihre Rolle sehr überzeugend gespielt, Agnes. Ich denke, sie hat es Ihnen wahrhaftig abgenommen.«

Agnes wurde rot und winkte verlegen ab. »Ach, das war ja nun wirklich nicht schwierig. Sehen Sie uns doch nur an, Archer – wir würden in der Tat ein schönes Paar abgeben.«

Unangenehm berührt strich er sich erneut über den Tweed. Das Gespräch bereitete ihm Bauchschmerzen und er wünschte nur, der Zug möge endlich ankommen. Sie war dazu übergegangen, ihn mit seinem Vornamen anzusprechen, und er wusste nicht, wie er sich jetzt am klügsten verhalten sollte. Da er keine falschen Hoffnungen bei ihr wecken wollte, nickte er nur und beobachtete den Kondenswassertropfen, der an seinem Glas hinabrann.

»Freuen Sie sich auch so sehr auf unsere gemeinsamen Tage in Nebraska, Archer?«, hakte sie nach und lächelte ihn unter gesenkten Lidern hervor an. Es war unmissverständlich, dass sie mit ihm flirtete. Archer rutschte unbehaglich auf seinem Platz herum. Das konnte ja lustig werden. Wieder wünschte er, heute Morgen gar nicht erst in den Zug gestiegen zu sein. Was würde Kiki von ihm denken, wenn er die Tochter seines Investors bei Laune hielt, nur damit der ihm wohlgesonnen blieb?

Das alles gefiel ihm gar nicht.

Kapitel 18

Die Fäuste fliegen

»Erlauben Sie, dass ich mich noch einmal zu Ihnen setze, Amy?«, fragte Ryan und orderte mit einer Handbewegung ebenfalls ein Bier.

Amy sah sich in der Bar um. Alle waren bester Laune, nur sie nicht. Schnaubend zuckte sie die Schultern. Es war ja ohnehin egal, was sie davon hielt. Das war ein freies Land – und wenn er sich zu ihr setzen wollte, dann konnte sie ihn kaum daran hindern. *Ich sollte gehen!*, ging es ihr durch den Kopf, aber aus irgendeinem Grund zog sie diese Lösung nicht in Betracht.

»Nur zu«, forderte sie ihn mürrisch auf, ohne ihn eines Blickes zu würdigen.

»Sie machen es mir wirklich schwer, Amy«, begann Ryan und setzte sich auf den Hocker neben ihr. Er fuhr sich durchs Haar. »Wissen Sie, dass ich heute Ihretwegen gerügt wurde?«, fragte er und grinste schief.

»Von wem? Hat Jess meine Ehre verteidigt?«, stichelte Amy und nippte an ihrem Bier. Sie schielte ihn von der Seite an und musste grinsen. Irgendetwas an diesem Mann reizte sie so, dass sie nicht anders konnte, als ihm immer wieder den Krieg zu erklären. Dabei war sie normalerweise ein harmoniebedürftiger Mensch.

»Nein, mein Auftraggeber. Die *Sugar-Tale-Corporation* ist nicht ganz so glücklich, wie sich die Dinge hier entwickeln. Können Sie sich das vorstellen?« Obwohl er von Problemen bei der Arbeit sprach, schien er amüsiert.

»Und inwieweit liegt das an mir?«

Er rutschte ein Stück näher.

»Das kann ich Ihnen sagen: Sie halten mich von der Arbeit ab.«

Amy lachte und sah ihn an. Er sah wirklich gut aus, wie er so leicht verschwitzt vom Tanzen im Dämmerlicht der Barbeleuchtung vor ihr saß.

»Wie bitte? Ich? Ich tue doch gar nichts!«, verteidigte sie sich.

Er nickte grinsend. »Genau! Sie tun nichts, um ein Vorankommen zu ermöglichen. Sie vergeuden einen ganzen Tag hinter einem defekten Fließband … Sie …«

»Es läuft wieder!«, unterbrach Amy seine Aufzählung. »Und die Reparatur war schnell und kostengünstig erledigt.«

Ryan wirkte zerknirscht. »Ich gebe zu, das haben Sie wirklich ganz passabel hinbekommen, aber …«

»Oh, ich wusste, dass da ein *Aber* kommt!«

»ABER … dafür sind Sie ein anderes Mal mitten in der Arbeit einfach heulend davongerannt und haben es mir auch heute unmöglich gemacht, mich um die Belange der *Corporation* zu kümmern.«

Amy kratzte sich am Hals. Wie er das so sagte, klang es tatsächlich so, als sabotiere sie ihn. Es war kein Wunder, dass er allmählich die Geduld mit ihr verlor.

»Ich habe Sie heute nicht in die Rezeptküche entführt, um Sie abzulenken«, rechtfertigte sie sich.

»Ach nein?«

Ryan nickte dem Barkeeper dankbar zu, als der ihm sein Bier servierte. Er war froh, den Abend nicht vor dem Fernseher in seinem Hotelzimmer verbracht zu haben. Mit Amys Freundinnen zu tanzen hatte seine Laune gehoben, und das Gespräch mit ihr lief jetzt besser als ihre gesamte Zusammenarbeit während der vergangenen Woche. Zum ersten Mal hatte er den Eindruck, ihr ohne Zeitdruck zuhören zu können. Sie konnten hier die ganze Nacht sitzen, und wenn die Bar schließen würde, könnte sie immer noch mit auf sein Zimmer …

Er schüttelte den Kopf. Nein, das wäre keine gute Idee. Er musterte sie. Der Wasserfallausschnitt ließ die sanften Hügel ihrer Brüste erahnen, und der Stoff umschmeichelte ihre schlanke Taille. Seine Finger kribbelten, als er sich daran erinnerte, wie gut sie sich vorhin beim Tanzen angefühlt hatte. Sie war auffälliger geschminkt als im Büro, und der dunkle Lidstrich ließ sie verwegen wirken. Er fragte sich, welche der beiden Personen, die sie in sich vereinte, ihrer wahren Natur entsprach. Sie leckte sich über die rot geschminkten Lippen und Ryan lehnte sich zurück. Eine reine Vorsichtsmaßnahme, um den Impuls niederzuringen, sie zu küssen.

»Ich wollte Sie wirklich nicht von der Arbeit abhalten«, erklärte Amy und lächelte scheu. »Ich wollte Ihnen eigentlich etwas erzählen.«

»Von Ihrem Großvater?«

Sie schüttelte den Kopf und ihre Haare umflossen glänzend ihr Gesicht.

»Nein. Ich … ich wollte Ihnen von einer Idee erzählen, die ich seit einiger Zeit mit mir herumtrage.«

Ryan hörte ihr interessiert zu. Er hatte schon mit vielen Unternehmen gearbeitet. Und oftmals hatten die einfachsten Ideen zu einem immensen Aufschwung geführt.

»Warum haben Sie es nicht getan? Von Ihrer Idee gesprochen, meine ich?«

Etwas ratlos zuckte Amy die Schultern.

»Das hat sich bisher irgendwie nicht ergeben.«

Ryan sah sich in der Bar um. Die Band spielte noch immer, auch wenn dem Frontmann die verschwitzten Haare strähnig in die Stirn fielen. Die Temperatur war gestiegen und es herrschte eine ausgelassene Stimmung. Alkoholdunst schwängerte die Luft und hier und dort prickelte sexuelle Spannung zwischen den Gästen. Vielleicht war hier nicht der geeignete Ort, um über Geschäfte zu reden. Wieder glitt sein Blick über Amy. Er streckte die Hand aus und strich ihr eine Locke hinters Ohr. Sie ließ ihn gewähren und sah ihm unsicher in die Augen. Vielleicht war dies aber auch genau der richtige Ort.

»Erklären Sie es mir jetzt«, forderte er sie auf. »Was haben Sie vor?«

Amy zögerte und Ryan legte ihr die Hand auf die Schulter.

»Ich weiß, was Sie denken, Amy. Aber wenn wir beide im Büro nicht miteinander können, dann nutzen Sie doch die Chance und lassen mich jetzt an Ihren Gedanken teilhaben.« Er zwinkerte. »Wer weiß, wann wir uns das nächste Mal so friedlich gegenübersitzen werden?«

Sie schnitt ihm eine Grimasse, nahm einen Schluck von ihrem Drink und nickte schließlich.

»Na schön. Aber Sie müssen versprechen, dass Sie kein voreiliges Urteil fällen. Sie müssen mich ausreden lassen.«

Ryan grinste und hob wie zu einem feierlichen Eid die Hand.

»Ich verspreche es. Und jetzt fangen Sie schon an, ehe sie hier die letzte Runde einläuten.«

Amy rückte sich auf ihrem Stuhl zurecht. Sie musste sich etwas näher zu ihm beugen, wenn sie ihm ihre Idee nicht über den Lärm hinweg zubrüllen wollte.

»Na schön. Ich habe Sie heute in die Rezeptküche mitgenommen, um Ihnen die Wurzeln meines Unternehmens zu zeigen. Mit diesen Rezepten fing alles an.« Unsicher sah sie ihn an und er nickte ermutigend. »Ich spiele mit dem Gedanken, eine neue Produktlinie anzubieten. Weg von der Massenproduktion in den Hallen, zurück zur Handarbeit. Wieder hin zur Manufaktur. Edelste, exklusive Pralinen. Frisch, mit erlesensten Zutaten und jede Einzelne handgefertigt. Nicht für die Supermärkte, sondern für die Feinkostläden und die gehobene Gastronomie.«

Ryan runzelte zweifelnd die Stirn.

»Wie wollen Sie das wirtschaftlich umsetzen?«, fragte er und traf damit genau ihre Ängste. Amy nahm all ihren Mut zusammen und sah ihm direkt in die Augen.

»Der Markt für Besonderes ist groß. Immer mehr Menschen sind bereit, für das gewisse Etwas tiefer in die Tasche zu greifen. Gerade im Bereich der Genussmittel. Über den Endpreis ließe sich das vielleicht gewinnbringend vermarkten«, erklärte sie.

»Haben Sie gehört, was Sie sagen? *Vielleicht gewinnbringend*? Das ist doch wohl nicht Ihr Ernst?«

Amy winkte ab.

»Natürlich MUSS das Projekt am Ende Profit abwerfen! Ich bin ja nicht blöd! Aber ohne die Möglichkeit eines Testballons lässt sich die Gewinnspanne nicht realistisch ermitteln.«

Ryan schüttelte den Kopf, aber sie hob mahnend den Finger.

»Sie haben gesagt, Sie lassen mich ausreden«, erinnerte sie ihn.

Er seufzte. Diese kleine Miss Bishop hatte wirklich nur Flausen im Kopf! Ihre Idee war von vornherein zum Scheitern verurteilt. Er riskierte sogar seinen Auftrag, wenn er ihr bei so einer unsinnigen Idee unter die Arme greifen würde. Er war schließlich hier, um die Gewinne zu optimieren – nicht zu senken. Trotzdem würde er sich ihre Spinnerei weiter anhören. Nicht nur, weil er es versprochen hatte, sondern auch, weil er so einen wunderbaren Blick auf ihre Brüste hatte, wenn sie sich wie eben zu ihm herüberneigte.

»Fahren Sie fort«, sagte er und versuchte sich von dem Anblick nicht allzu sehr ablenken zu lassen. Auch wenn die verführerisch herauslugende Spitzenbordüre ihres BHs ihm das nicht leichtmachte.

»Natürlich bräuchten wir für diese Handarbeit viel Personal, dafür fielen die ganzen Kosten für die Anlagen und die Maschinen weg. Sie haben bei der Durchsicht der Bücher selbst gesehen, dass die ständigen Wartungsarbeiten, Reparaturen und dadurch entstehenden Ausfälle einen Großteil unserer Ausgaben ausmachen.«

Dem musste Ryan zustimmen. *Archers Original Sweets* steckte überhaupt erst durch die Anschaffung der überdimensionalen Produktionsanlage in finanziellen Schwierigkeiten. Man hatte hier zu früh versucht, groß zu denken, und es dann nicht effektiv zu Ende bringen können.

»Das mag alles stimmen, Amy, aber dennoch müssten Sie in der Lage sein, nicht nur hundert solcher exklusiven Pralinen innerhalb einer Schicht herzustellen, um rentabel zu bleiben und wenigstens die Kosten für die Mitarbeiter und die Zutaten zu erwirtschaften. Wie stellen Sie sich das vor?«

»Manufaktur bedeutet ja nicht, dass ein Arbeiter nur eine Praline am Tag herstellt. Natürlich müssen die Produktionsschritte sinnvoll aufeinander abgestimmt sein. Ich denke, wir könnten mit drei bis vier Mitarbeitern und gut durchdachten Prozessen in der Arbeitsvorbereitung einen guten Ausstoß produzieren.«

Ryan legte den Kopf schief.

»Ich weiß nicht, Amy. Das alles klingt noch sehr haltlos. Können Sie dazu irgendwelche verlässlichen Zahlen liefern?«

»Wie könnte ich? Bisher hatte ich keine Gelegenheit, Testreihen laufen zu lassen, denn ich bin ständig nur damit beschäftigt, meine Firma gegen Ihre Auftraggeber zu verteidigen.«

Gerade wollte er etwas erwidern, als er von seinem Barhocker geschleudert wurde und keuchend auf den Boden schlug. Ryan hatte keine Ahnung, was los war, als ihn ein Fuß schmerzhaft in den Magen traf. Sein Atem entwich pfeifend und er krümmte sich. Orientierungslos versuchte er, unter den vielen Gästen um ihn herum die Ursache für seine Schmerzen herauszufinden. Ein weiterer Tritt traf ihn hart am Oberschenkel. Er versuchte sich mit einem Gegentritt zu wehren.

»Ben!«, drang Amys Schrei in sein schmerzumnebeltes Gehirn. »Hör sofort auf, Ben!«

Schwitzend rappelte Ryan sich auf und ballte die Hände zu Fäusten. Seine Seite stach und er zitterte vor Schreck. Noch immer realisierte er nicht so ganz, was hier eigentlich ablief.

Amy verstellte einem brüllenden Mann den Weg und stemmte sich schreiend gegen dessen Brust.

»Verdammt, hör auf!«, kreischte sie und schlug auf ihn ein. »Was ist nur mit dir los?«

Der Kerl stieß Amy beiseite, sodass sie einem anderen Gast in die Arme stolperte.

»Halt dich da raus, Amy!«, maulte der Typ und ballte ebenfalls die Fäuste. »Das geht nur mich und diesen Wichser was an!«, spie er und baute sich drohend vor Ryan auf. »Glaubt wohl, er kann sich an meine Frau ranmachen, und kaum ist sie weg, gräbt er schon die Nächste an!« Er deutete auf Amy. »Ich hab euch gesehen!«, schrie er und versuchte einen Treffer bei Ryan zu landen. Ryan wich Bens Hieben aus. Er hatte den ersten Schreck überwunden und war nicht gewillt, weitere Prügel zu beziehen.

Amy kreischte, als sie sah, wie Ryan nun seinerseits zum Schlag ausholte.

»Hört auf!«, schrie sie und warf sich zwischen die Kämpfenden. Inzwischen hatten auch andere Gäste bemerkt, was los war. Der Barkeeper hielt drohend sein Telefon hoch.

»Schluss damit!«, brüllte er. »Oder ich ruf die Polizei!«

»Ben!«, bekräftigte Amy die Warnung. »Hör auf! Wenn sie dich rauswerfen, wirst du hier nie wieder auftreten!«

Obwohl Bens Kiefermuskeln vor Zorn zuckten, schien die Drohung zu wirken. Er wischte sich den Schweiß von der Stirn und trat einen Schritt zurück. Seine Lippen waren zu einer harten Linie zusammengekniffen. Er murmelte vor sich hin, ehe er über Amys Kopf hinweg Ryan anfunkelte.

»Lass deine Drecksgriffel von meiner Frau, oder ich reiß dir den Arsch bis zum Scheitel auf!«, drohte er und riss noch einmal die Faust drohend in die Höhe. Dann schob er sich durch die gaffenden Barbesucher davon.

Amy wandte sich zitternd zu Ryan um und sog erschrocken die Luft ein. Ben hatte ganze Arbeit geleistet. Ryans Lippe war aufgeplatzt und sein Shirt schmutzig von Bens Schuhen. Keuchend stützte er sich gegen die Bar.

»Was zur Hölle war denn das?«, fragte er und wischte sich übers Gesicht. Amy eilte an seine Seite und drängte ihn, sich zu setzen.

»Das war Ben. Jessicas Exmann«, erklärte sie unnötigerweise und tupfte Ryan vorsichtig das Blut aus dem Mundwinkel.

Er zuckte zusammen, als sie die Wunde berührte. »Netter Kerl«, murmelte er ironisch und verzog gequält das Gesicht.

»Was denken Sie, warum ich keinen Freund habe«, scherzte Amy. »Hier in Frisco wimmelt es von Charmebolzen wie ihm.«

Der Barmann reichte Amy ein Päckchen Eiswürfel, die in ein Geschirrtuch gewickelt waren, und sie drückte es Ryan fürsorglich an den Kiefer. Fassungslos schüttelte sie den Kopf.

»Ich kann nicht glauben, was gerade passiert ist. Es tut mir leid, ich hätte wissen müssen, dass …«

»Hören Sie schon auf!«, unterbrach er sie und legte die Hand auf ihre, um das Eis fester anzudrücken. »Ich werde es überleben. Allerdings frage ich mich, was Jessica an dem Kerl findet. Egal ist sie ihm jedenfalls nicht, sonst hätte er wohl kaum so reagiert. Ich kann Ihnen versichern, Amy, ich würde mich für keine meiner Verflossenen prügeln.«

Amy nahm den Eisbeutel weg und strich vorsichtig über seine Wange. Sein Bartschatten fühlte sich rau an, und sie konnte nicht anders, als ihre ganze Hand an seine Wange zu schmiegen. Ihr Puls beschleunigte sich unter seinem eindringlichen Blick.

»Erfreulich, das zu hören. Ich habe nichts übrig für Gewalt. Oder haben Sie sie nur nicht genug geliebt, um heute noch um sie zu kämpfen?«, fragte sie und spürte, wie sich die Stimmung zwischen ihnen veränderte. Ryan rückte näher. Ein Feuer schien in seinen dunklen Augen zu glimmen, das drohte, auf Amy überzuspringen. Sie hielt die Luft an, als er sich zu ihr herabbeugte und seine Hand an ihre Hüfte legte.

»Ich kämpfe um die Dinge, die mir wichtig sind. Nur mit anderen Mitteln. Aber keine von ihnen«, seine Lippen streiften ihre, »war die Richtige für mich.«

Kapitel 19

Alles nur Theater

»Mister Harris«, Kendra schenkte ihrem Chef ein strahlendes Lächeln, »das kann unmöglich Ihr Ernst sein!«

Marcus grüßte einen Besucher, der das Café betrat, wandte seine Aufmerksamkeit aber sofort wieder seiner Kellnerin zu.

»Natürlich ist das mein Ernst«, beharrte er. »Ich würde Sie gern ins Theater ausführen.«

Kendra schüttelte den Kopf. Er gab offenbar nicht so schnell auf. Die Einladung war wirklich verlockend, besonders, weil sie schon so viel Gutes über das Stück gehört hatte. Mit Archer würde sie es sich ohnehin nicht ansehen, denn den bekam sie seit seiner Rückkehr aus Kearney kaum noch zu Gesicht. Ständig musste er sich um Dinge kümmern, die Catrall ihm auftrug. Doch darüber durfte sie sich nicht beschweren, schließlich war Archers Traum zum Greifen nahe. Er arbeitete wie ein Besessener, um seinen Investor zufriedenzustellen. Und sein Einsatz zahlte sich aus. Die Verträge waren ausgehandelt und würden bald unterschriftsreif vorliegen. Für diesen Anlass hatte sie extra eine Flasche teuren Champagner besorgt, um auf die Zukunft anzustoßen.

»Was ist nun, liebe Kendra, werden Sie mir die Freude machen, mich in das Stück zu begleiten?«

»Ich würde wirklich gerne mitkommen«, gestand sie nachdenklich und schlüpfte in ihre Strickjacke. Marcus reichte ihr höflich ihre Tasche vom Kleiderhaken hinter dem Tresen und berührte dabei wie zufällig ihre Hand.

»Was hindert Sie denn daran?«, fragte er sanft und sah ihr hoffnungsvoll in die Augen.

»Wissen Sie was, Mister Harris, ich werde darüber nachdenken.« Sie lächelte ihn an. »Ich gebe Ihnen morgen Bescheid.«

Er nickte und Kendra spürte seinen Blick im Rücken, als sie aus dem *Little Pie* trat.

Womöglich konnte sie ja wirklich mit ihm zusammen das Stück ansehen, ohne ihn in seinem Werben um sie zu ermutigen. Sie würde ihm noch einmal in aller Deutlichkeit sagen, dass sie einen Freund hatte. Trotzdem sprach ja im Grunde nichts dagegen, seine Einladung anzunehmen. Vielleicht war er es ja auch nur leid, immer alles allein zu machen.

Kendra sah auf ihre Armbanduhr und unterdrückte einen Fluch. Sie hatte sich von Marcus länger aufhalten lassen, als sie vorgehabt hatte. Archer wartete bestimmt schon auf sie. Sie beschleunigte ihre Schritte und war froh, dass der nächste Bus gerade an die Haltestelle fuhr. Ihre Tasche unter den Arm geklemmt rannte sie los.

»Halt!«, rief sie einer Dame zu, die eben in den Bus stieg. »Ich möchte auch noch mit!«

Die Frau nickte und stieg ein. Tatsächlich wartete der Fahrer, bis Kendra atemlos die Haltestelle erreichte.

Sie bezahlte und setzte sich auf den ersten freien Platz hinter dem Fahrer. Sie würde nicht lange mitfahren. Nur bis zum Stadtrand, wo sie sich mit Archer verabredet hatte. Er wollte ihr die Produktionshalle zeigen, die Catrall angemietet hatte. Sie stand zum Verkauf, und wenn alles gut lief, würden sie die Halle, sobald etwas Gewinn abfiel, komplett übernehmen.

Kendra sah aus dem Fenster. Die Scheibe war verschmiert und die tief stehende Abendsonne blendete. Darum schloss sie die Augen und träumte sich fort. Sie freute sich auf ihren Liebsten. Der Bus hielt an und eine Familie mit drei Kindern stieg zu, alles Jungen. Die Rabauken hatten einen Fußball dabei, den sie sich über die Sitzreihen hinweg zuwarfen. Kendra machte sich klein und schloss erneut die Augen.

Wann immer sie in den letzten Wochen mit Archer zusammen gewesen war, hatten sie nur von seiner Pralinenfabrik geredet. Sie hatte das Leuchten in seinen Augen gesehen und seine Leidenschaft für dieses Unternehmen gespürt. Manchmal war sie sich dumm vorgekommen, weil sie beinahe so etwas wie Eifersucht auf seine Pläne empfunden hatte. Archer liebte sie, das spürte sie, sobald sie ihn ansah. Und doch hatte sein Traum von einer eigenen Fabrik immer mehr an Bedeutung gewonnen. Und sie war glücklich, wenn er es war. Schließlich hatte sie diese Sehnsucht ja erst in ihm geweckt. Und sie bereute es nicht. Es war einfach seine Bestimmung, so wie es ihre war, ihn zu unterstützen.

***

Der Abendhimmel über der neuen Produktionshalle leuchtete tiefrot und verlieh dem silbernen Blechdach eine rosa Farbe. Archers Brust schwoll vor Stolz, und er lachte über sich selbst, weil der Anblick ihm eine Gänsehaut bereitete. Die Halle war nicht zu vergleichen mit den Immobilien, die er zuvor besichtigt hatte. Hier, das spürte er tief in seinem Inneren, lag seine Zukunft.

Zum wiederholten Mal in der letzten halben Stunde sah er auf die Uhr und runzelte besorgt die Stirn. Kiki verspätete sich und er bereute es, sie nicht im Café abgeholt zu haben. Hoffentlich war nichts passiert.

Vielleicht sollte er zurück in die Stadt fahren und nach dem Rechten sehen?

Er zögerte. Es widerstrebte ihm zu gehen, ohne wenigstens einen Blick in sein neues Reich geworfen zu haben. Natürlich war er schon mehrfach mit Catrall darin gewesen, aber noch nie allein mit seinen Gedanken.

Mit einem weiteren Blick auf die Uhr beschloss er, noch zehn Minuten auf Kiki zu warten. Wenn sie dann nicht hier wäre, würde er sich auf die Suche machen. Doch bis dahin …

Er zückte den Schlüssel und hielt ihn gegen die untergehende Sonne. Er musste einfach einen Moment hineingehen und sich seinen Träumen überlassen. Seine Schritte knirschten auf der frisch geschotterten Einfahrt und er steckte glücklich den Schlüssel ins Schloss. Die Tür schwang auf, kühle Luft schlug ihm entgegen. Kein Stäubchen tanzte in den Lichtbalken, die durch die Oberlichter drangen. Die Bodenfliesen glänzten und seine Schritte hallten von den hohen Wänden wider.

Ein Glück, wie er es nie zuvor empfunden hatte, durchströmte ihn und er wünschte sich nichts sehnlicher, als endlich mit der Arbeit beginnen zu können. Er drehte sich einmal um sich selbst und öffnete die Arme. Dies war sein Reich! Wenn doch nur Kiki hier wäre, um die Freude mit ihm zu teilen.

Er legte seine Hand auf den metallenen Handlauf der Treppe, die zu dem oberhalb der Halle gelegenen Büro führte. Stufe für Stufe stieg Archer hinauf und ließ seinen Blick über die neu angeschafften Büromöbel wandern. Es war nicht viel, aber weit mehr, als er sich je erträumt hätte. Ein nagelneuer Schreibtisch, ein Aktenschrank mit modernen Auszügen für Hängeregister sowie Stühle für ihn und künftige Besucher. Und wenn er an die Glasscheibe trat, konnte er in die Produktion hinabblicken. Stolz zog er sich den Stuhl heraus und setzte sich an seinen zukünftigen Arbeitsplatz. Ob er wohl viel Zeit hier verbringen würde, oder eher unten, inmitten seiner Arbeiter? Dass er überhaupt Angestellte haben würde, war ursprünglich nicht geplant gewesen, doch Catrall meinte, er müsse groß denken, um Erfolg zu haben. Und wer war er schon, einem erfahrenen Geschäftsmann wie Chris Catrall zu widersprechen?

Das Geräusch von Schritten auf der Treppe riss ihn aus seinen Gedanken. Er sprang auf, um Kiki die Tür zu seinem Büro aufzuhalten.

»Wie schön, dass …«

Seine Begrüßung blieb ihm im Hals stecken, als er sah, dass sein Besucher nicht Kiki war.

»Hallo Agnes«, grüßte er deutlich kühler und warf einen Blick über ihre Schulter hinab in die Halle. Wo blieb Kiki nur?

»Hallo Archer!« Agnes trat an ihm vorbei in sein Büro und setzte sich auf die Schreibtischkante. Sie trug ein schulterfreies gelbes Sommerkleid mit einem breiten weißen Gürtel, der zu ihren weißen Handschuhen passte. »Ich hatte so eine Ahnung, dass ich dich hier antreffen würde«, plapperte sie, streifte sich Finger für Finger die Handschuhe ab und ließ sie achtlos auf die Tischplatte fallen.

»Was führt dich denn Wichtiges hierher?«, fragte Archer ungeduldig. Um diese Tageszeit verlangte selbst Catrall in der Regel nicht nach ihm.

Agnes strahlte ihn an.

»Oh, es ist in der Tat etwas sehr Wichtiges, Archer!« Sie gab sich geheimnisvoll und fasste nach seiner Hand. »Ich hätte auch bis morgen damit warten können, aber ich dachte, du würdest dich freuen zu hören …« Sie legte ihm die Hand an die Wange und blickte ihm tief in die Augen. »Dass die Verträge zur Unterzeichnung bereitliegen.« Sie schlug die Augen nieder und ließ ihre Hand von seiner Wange an seine Brust gleiten. »Ich dachte, wir sollten das feiern.«

Seine Gedanken überschlugen sich. Es war so weit! Er hatte es geschafft! Seine Zukunft lag nur noch eine Unterschrift weit entfernt. Von Freude übermannt hob er Agnes hoch und wirbelte sie durch die Luft.

»Das ist unfassbar!«, jubelte er und taumelte mit ihr durch den Raum. Ihr Lachen war ansteckend, und obwohl er sie sogleich wieder auf die Füße stellte, fasste sie nach seinen Händen und zog ihn mit sich, bis die Glasscheibe im Rücken sie stützte.

»Das ist es, Archer«, stimmte sie ihm zu, legte ihm die Hände in den Nacken und zog ihn zu einem Kuss zu sich heran.

Mit einem Lächeln auf den Lippen eilte Kendra über den Vorplatz der Halle. Sie war spät dran, und doch schien es der perfekte Augenblick, um hierherzukommen. Im letzten Licht der tief stehenden Sonne hob sich Archers Produktionshalle leuchtend gegen den Abendhimmel ab. Ein gutes Omen, wie sie fand. Kurz blieb sie stehen, um das Bild in sich aufzunehmen. Vor ihr lag Archers in Gold getauchter Traum einer Zukunft, die besser nicht sein konnte. Ihr Herz wollte bersten vor Stolz auf den Mann, den sie liebte, und sie atmete tief ein, um Freudentränen zurückzuhalten.

Archer würde sie für verrückt erklären, wenn er sehen würde, wie viel ihr sein Glück bedeutete.

Die Tür zur Halle stand offen und sie trat zögernd ein. Bestimmt war er schon hineingegangen.

Sie schlang sich die Strickjacke enger um den Körper, als die Kühle der Halle sie umfing. Das diffuse Licht von oben schaffte helle und dunkle Ecken, je nachdem, wo man sich befand. Der Raum war größer, als es von außen den Anschein hatte, und Kendra konnte spüren, wie viel Kraft und Potenzial in dieser

Halle lag. So viel konnte hier geschaffen werden! Archers tägliche Pralinenkreation hatte sich in etwas wirklich Mächtiges verwandelt.

Sie hob den Blick und öffnete den Mund, um nach Archer zu rufen, doch der Ruf blieb ihr im Halse stecken. Mit Beinen wie Butter stolperte sie rückwärts und schlug sich die Hand vor den bebenden Mund. Die Zeit schien stillzustehen, während sich die Halle um sie herum zu drehen begann.

Ein Keuchen wie aus weiter Ferne riss Archer aus seiner Starre. Er schob Agnes von sich und wischte sich über den Mund. Dann erst bemerkte er, dass jemand am Fuß der Treppe stand und zu ihm heraufblickte, die Augen vor Entsetzen geweitet.

»Kiki!«, flüsterte er erschrocken und legte eine Hand an die Scheibe, wie um nach ihr zu greifen.

Ihre Blicke trafen sich und er sah den Schmerz, den er ihr zugefügt hatte. Agnes trat an seine Seite und legte ihm die Hand auf den Arm, aber er stieß sie von sich.

»Das ist deine Schuld!«, rief er wütend und eilte zur Tür. Als er sie öffnete, hatte Kendra ihm schon den Rücken gekehrt und rannte quer durch die Halle zurück zum Eingang.

»Kiki!«, rief er verzweifelt und wollte ihr folgen, aber Agnes packte ihn entschlossen am Arm.

»Überleg dir gut, was du jetzt tust, Archer!« In ihrem Blick lag eine Warnung und etwas Besitzergreifendes, das ihn erschreckte.

Er blickte Kiki hinterher. Sie floh aus der Halle und zurück blieb nur eisige Kälte. Er musste ihr nach. Musste ihr erklären, was passiert war. Doch Agnes' Warnung hing wie eine Stahlkette an seinen Gliedern.

»Lass sie gehen, Archer!«, schnurrte Agnes selbstbewusst und strich ihm lasziv über den Rücken. Er zuckte vor ihr zurück und sie lachte rau, ohne ihre Hände von ihm zu nehmen.

»Was soll dieses Theater?«, fuhr Archer sie schroff an, aber sie wirkte nicht im Mindesten beeindruckt. Sie schlenderte zum Schreibtisch und griff nach ihren Handschuhen.

»Du willst dieses Unternehmen … nun, ich will auch etwas.« Sie schlüpfte in den ersten Handschuh und reckte die Finger. Entschlossen lächelte sie ihn an. »Wir werden beide bekommen, was wir wollen, denn Vater fände es vorteilhaft, wenn sein Investment innerhalb der Familie bliebe.«

Der zweite Handschuh saß. Sie setzte sich auf die Tischkante und schlug elegant die Beine übereinander.

Archer musterte sie kalt. Das musste ein Scherz sein. Ein übler Scherz. »Du hast nichts mit meinen Geschäften zu tun«, beharrte er, doch er fühlte sich hilflos dabei. Er fuhr sich durchs Haar, der Boden unter seinen Füßen schien zu schwanken und er stützte sich an der Tür ab. »Ich werde mit deinem Vater sprechen, Agnes, aber lass dir gesagt sein, ich bin nicht käuflich! Was immer du dir von mir erhoffst … es wird sich nicht erfüllen.«

Damit eilte er die Treppe hinunter, hinter seiner großen Liebe her. Nur an der Tür warf er einen Blick über die Schulter zurück. Agnes stand an der Scheibe, ein siegessicheres Lächeln auf den Lippen, das Archer eine Gänsehaut bereitete. Doch anders als beim Anblick der Halle verkrampfte sich diesmal sein Magen unheilvoll.

Kapitel 20

Eine neue Woche

Amy zog sich die Decke über den Kopf. Es war Montag und sie kam einfach nicht aus dem Bett. Ihr Wecker klingelte schon zum dritten Mal, aber sie hatte nicht vor, sich davon umstimmen zu lassen. Sie konnte nicht in die Firma! Sie konnte unmöglich Ryan Scandrik gegenübertreten. Nicht nach dem Kuss am Freitagabend.

Amy biss in ihr Kissen.

Und was für ein Kuss das gewesen war! Wenn es so etwas wie lebensverändernde Küsse gab, dann war dies ganz gewiss einer davon gewesen. Amy presste ihre Lippen aufeinander, um das sehnsüchtige Kribbeln zu verjagen, das allein die Erinnerung weckte.

»Verdammt!«, murmelte sie in ihren Bettbezug und kämpfte sich widerwillig unter der Decke hervor. Durch ihre schlampig zugezogenen Vorhänge drang schon Tageslicht, als sie endlich mit einem Schlag den Wecker zum Verstummen brachte.

Seufzend ließ sie sich wieder gegen das Kopfteil ihres Bettes sinken. Sie konnte einfach nicht in die Firma!

Was sollte sie denn sagen? Wie sich verhalten? Sollte sie etwa so tun, als sei nichts passiert? Würde Ryan das so machen? Ob er den Kuss inzwischen bereute? Oder nahm er an, damit hätte er sie jetzt in der Hand?

Amy schlug auf ihre Decke.

Wenn er glaubte, die Dinge hätten sich geändert, nur weil sein Kuss sie das ganze Wochenende verfolgt hatte, dann täuschte er sich! Sie konnte Privates ganz gut von Beruflichem trennen … normalerweise.

Sie verzog das Gesicht und schob die Beine aus dem Bett. *Normalerweise* hatte sie solche Probleme nicht!

Wütend auf sich selbst schleppte sich Amy unter die Dusche. Wie hatte ihr geordnetes Leben nur so aus der Bahn geraten können?

Als Amy an Jessicas Empfangstresen vorbeikam, ahnte sie, dass etwas nicht stimmte. Jessica hatte hektische rote Flecken im Gesicht und wirkte abgehetzt. So kannte Amy sie nur, wenn ihre Kinder krank waren.

»Was ist los? Ist mit den Jungs alles okay?«, fragte sie daher ernsthaft besorgt.

Jessica riss den Kopf herum, als hätte sie ihre Chefin bisher gar nicht bemerkt.

»Was? Jungs? Welche Jungs?«

Amy runzelte die Stirn und legte beschwichtigend ihre Hand auf den Tresen.

»Was ist denn los, Jess? Du bist ja vollkommen aufgelöst? Ist was mit Ben? Oder den Kindern?«

Jessica riss die Augen auf, schüttelte aber den Kopf.

»Ach so! Nein! Nein, alles bestens – abgesehen davon, dass Scandrik seit Punkt acht hier Befehle erteilt und Leute antanzen lässt – ohne mir zu sagen, was eigentlich los ist.« Jessica rieb sich übers Gesicht, was vermutlich die Ursache ihrer roten Flecken war.

Amy blickte den Flur entlang und ihr schwante Fürchterliches. Mindestens sechs ihrer treuesten Mitarbeiter standen sich dort die Beine in den Bauch. Die Unruhe unter ihnen war deutlich spürbar.

Die Personalordner mit der kleinen gelben Haftnotiz oben drauf kamen Amy in den Sinn. *Entlassungen* hatte darauf gestanden. Sie rieb sich die Schläfen und atmete tief durch. Wie hatte sie annehmen können, dass ihr Ausflug in die Rezeptküche, ihr durchaus positives Gespräch in der Bar oder der wirklich überraschend wunderbare Kuss irgendetwas an seinen Plänen, ihre Firma betreffend, geändert haben könnte?

Sie war doch nicht etwa so dumm anzunehmen, sie würde ihm genug bedeuten, um ihn seinen Job vergessen zu lassen?

In hilfloser Wut, weil sie vermutlich genau das angenommen hatte, stampfte sie mit dem Fuß auf und straffte die Schultern.

»Was treibt Scandrik denn nur?«, flüsterte Jessica ängstlich. Ihre Hand lag auf dem Telefonhörer, als würde sie sich daran festklammern, um sich nicht ebenfalls in den Strom derer einreihen zu müssen, die Scandriks Meinung nach ihre Sachen zu packen hatten.

Amy zwang sich zu einem Lächeln, auch wenn ihr vor Wut und Angst die Knie schlotterten.

»Das werde ich gleich herausfinden«, schwor sie. »Und ich werde nicht zulassen, dass er hier wie ein Holzfäller mit der Axt durch unsere Reihen schlägt!«

Sie neigte sich näher zu Jessica hinüber. »Du musst mir einen Gefallen tun, Jess«, flüsterte sie. »Ich muss mit allen sprechen, die außer der *Sugar-Tale* noch Anteile halten. Mach einen Termin mit jedem Einzelnen.«

Jess nickte eifrig und schien erleichtert, irgendetwas tun zu können. »Ach! Und Jessica!«, fügte Amy streng hinzu. »Mach einen Termin mit einem Makler – ich fürchte, ich muss meine Wohnung verkaufen.«

Jessica sog erschrocken die Luft ein.

»Guter Gott, Amy!«, hauchte sie schockiert. »Du willst dir die Anteile zurückholen, hab ich recht?«

»Mir bleibt doch nichts anderes übrig!«, gab sie plötzlich unsicher zurück. »Wie soll ich denn sonst nur eure Arbeitsplätze retten?«

Entschlossen, sich die Ängste, die sie plagten, nicht anmerken zu lassen, eilte sie in Richtung ihres Büros. Sie schalt sich selbst eine Närrin, weil ihre größte Sorge heute Morgen das Wiedersehen mit Ryan gewesen war. Das Wiedersehen nach dem Kuss. Jetzt, wo sie an einigen ihrer besten Leute vorbeimarschierte, erschien ihr das lachhaft. Der Kuss hatte keinerlei Bedeutung! Vielleicht hatte sie sich ihn sogar nur eingebildet.

»Was ist hier los, Amy?«, fragte Betty nervös, als Amy an ihr vorbeistapfte.

Amy hob abwehren die Hand. Sie hatte keine Zeit für lange Erklärungen. »Geh zurück an die Arbeit, Betty! Ich kümmere mich darum.«

»Warum hat er uns hergerufen?«, wollte nun auch Madison wissen, und Amy verlor die Geduld.

»Ich weiß es nicht, Maddie!«, fuhr sie sie an. »Geht einfach zurück an die Arbeit! Wir können uns einen Produktionsausfall nicht leisten!«

Damit ließ sie ihre Freundinnen stehen und stürmte in ihr Büro. Wütend schlug sie die Tür hinter sich zu und funkelte Ryan zornig an.

»WAS ist hier los?«, schrie sie und ging auf ihn los. Ryan nahm das Handy vom Ohr und hielt es sich gegen die Brust.

»Warum steht sich die Hälfte meiner Belegschaft dort draußen im Flur die Beine in den Bauch? Warum steht die Produktion still? Kannst du mir das vielleicht erklären?«

Obwohl sie in Rage war, bemerkte sie, dass Ryan im Gegensatz zu seinem lässigen Outfit in der Bar an diesem Morgen ein gestärktes Hemd und einen Designeranzug trug. Er sah darin sogar noch strenger aus als in der vergangenen Woche. Der Knoten seiner Krawatte saß eng am Hals und er schien einen Stock im Hintern zu haben, so gerade hielt er sich. Nur die leichte Schwellung an seiner Lippe und der dunkle Bluterguss an seiner Wange passten nicht ins Bild.

Kurz verzog er angesichts ihres Auftritts die Mundwinkel, verbarg jede Emotion aber sofort wieder hinter einer steinernen Miene. Er nahm das Telefon zurück ans Ohr, ohne Amy aus den Augen zu lassen.

»Ich melde mich gleich wieder. Und keine Sorge. Ich habe hier alles im Griff«, beendete er das Gespräch und steckte in aller Ruhe sein Handy in die Hemdtasche.

»Du kommst spät«, wandte er sich nun an sie und tippte sich auf die protzige Armbanduhr.

Amy schüttelte ungläubig den Kopf. Er ignorierte sie vollkommen. Ihr Puls war auf dreihundertachtzig und der werte Herr beendete mal eben sein Telefonat. Sie hätte ihm am liebsten die Augen ausgekratzt!

»Ich komme, wann es mir passt. Das ist meine Firma. Und was immer ich auch tue, steht hier keinesfalls zur Diskussion!«, schrie sie und feuerte ihre Handtasche auf den Bürostuhl. »Erklär mir jetzt, was der Aufstand dort draußen soll!«, verlangte sie und deutete in Richtung Tür. »Du wirst diese Menschen NICHT entlassen, hörst du? Es ist mir egal, dass du wem auch immer gerade am Telefon gesagt hast, du hättest hier alles im Griff. Du hast nichts im Griff! Das sind meine Leute!«

Zum ersten Mal, seit sie ins Büro gestürmt war, zeigte Ryan eine menschliche Regung. Er lächelte versöhnlich und kam um den Schreibtisch herum auf sie zu.

»Bist du am Freitag noch gut nach Hause gekommen?«, fragte er so, als ginge nichts Ungewöhnliches vor.

Amy fiel die Kinnlade hinunter. Sie fuhr sich frustriert durch die Locken und schüttelte den Kopf.

»Was? Ist das dein Ernst? Fängst du jetzt wirklich *davon* an?« Ein beinahe hysterisches Lachen entrang sich ihrer Kehle und sie hielt sich die Hände vor den Mund.

Hatte der Kerl vollkommen den Verstand verloren? Er sah eigentlich nicht danach aus, aber gab es eine andere Erklärung für sein mehr als nur merkwürdiges Verhalten?

»Du bist weggerannt. Da wird man doch wohl fragen dürfen, ob alles in Ordnung ist.« Er zuckte leicht mit der Schulter, als fühle er sich unwohl. »Der Abend hat sehr abrupt geendet. Ich hätte ihn gerne noch weitergeführt.«

Amy dämmerte es und sie schlug sich verstehend auf die Stirn.

»Ach so ist das!«, rief sie. »Du hättest den Abend also gerne noch weitergeführt?«

Er nickte.

»War dir ein Kuss nicht genug? Wolltest du erst noch mit mir in die Kiste, ehe du meine Leute feuerst? Ich kann echt nicht fassen, was du da sagst!«

Ryan verdrehte die Augen. Dieses Weibsstück war echt die Härte! Auch wenn er wirklich nach dem Kuss gerne noch mehr getan hätte, hatte er das gerade nicht gemeint.

»Ich möchte mal wissen, warum du immer alles falsch verstehst. Du bist die unlogischste Frau, der ich jemals begegnet bin!« Er setzte sich auf die Schreibtischecke und verschränkte die Hände in seinem Schoß. Er wartete auf einen weiteren Schwall Beleidigungen, aber Amy sah ihn nur an, als wäre er der Teufel in Person.

»Komm zur Sache«, verlangte sie unnachgiebig und Ryan lachte. Er konnte nicht anders.

»Als ich am Freitag zur Sache gekommen bin, bist du weggerannt und ich musste deine Drinks bezahlen«, foppte er sie und löste seinen Krawattenknoten leicht an, als Amy zu schreien anfing:

»AAAHHHH!« Sie drehte sich wild im Kreis und stemmte schnaubend die Hände in die Hüften. »Ah! Ahhhh! Ah! Ich glaube ich bekomme einen Hirnschlag!«, rief sie und holte tief Luft.

»Beruhige dich.« Er schob sie rückwärts auf ihren Stuhl. »Setz dich und beruhige dich.«

»Lass mich! Ich …« Sie schlug nach ihm, setzte sich dann aber widerwillig. »Ich kann mich nicht beruhigen, solange ich nicht weiß, was hier eigentlich los ist«, fauchte sie. »Mit wem hast du eben gesprochen? Und was hast du im Griff? Und warum …«

»Wenn du nicht ständig schreien würdest, hätte ich dir längst alles erklärt!« Ryan strich sich über die Krawatte und sah sie streng an. »Können wir nun vielleicht endlich versuchen, uns wie normale Menschen zu unterhalten?«

Amy presste verärgert die Lippen zusammen. Er stand da wie ein Oberlehrer! Aber so schwer es ihr fiel, sie kamen nicht weiter, solange sie sich aufregte. Und draußen standen ihre Mitarbeiter, die garantiert jedes Wort mitbekamen. Frustriert seufzte sie und ließ ihren Kopf in die Hände fallen.

»Ich dreh noch durch!«, murmelte sie, als sie die Träne spürte, die sich aus ihrem Augenwinkel stahl.

Ryans Hand auf ihrem Rücken sollte ihr wohl Trost spenden, aber Amy zuckte zusammen.

»Sprich – aber fass mich bloß nicht an!«

Er trat bis an die Scheibe zur Produktion zurück.

»Na schön.« Er klang sachlich. »Wie gesagt, bist du spät dran. Ich hatte gehofft, deine Mitarbeiter längst in das weitere Vorgehen eingeweiht zu haben, denn uns bleibt nicht viel Zeit!«

»Zeit wofür? Für Entlassungen?« Amy war misstrauisch. Sie konnte seinen Gesichtszügen nicht entnehmen, was er vorhatte, aber ihre Frage schien ihn zu ärgern.

»Herrgott noch mal, Amy!«, murrte er. »Ich werde deine Leute nicht ohne Rücksprache mit dir entlassen. Ganz im Gegenteil – ich bewege mich gerade auf sehr dünnem Eis, weil ich deiner wahnwitzigen Idee einer Produktionslinie für höherwertige Pralinen überhaupt Raum verschaffen will.«

»Was? Du …? Was bedeutet das?«

Er rückte seine Krawatte zurecht und sah ungeduldig auf die Uhr.

»Das bedeutet, dass du jetzt deine Mitarbeiter hereinholst. Ich habe angenommen, dass du für den Versuch langjährige und erfahrene Leute bevorzugst, und habe sie darum bereits rufen lassen.« Er schenkte ihr ein aufmunterndes Lächeln. »Natürlich steht es dir frei, dein Team nach deinen Vorstellungen zusammenzustellen. Sag ihnen, was sie wissen müssen, und dann macht euch an die Arbeit!« Er sah in die Produktionshalle hinunter. »Ich kann euch fünf Tage Zeit verschaffen, aber bis Freitag brauche ich Ergebnisse. Ich benötige eine komplette Aufstellung der Kosten und der Produktionszeit. Eine Erzeugerliste der Zutaten, an die du denkst, und eine Preisliste für den Einkauf. Außerdem die Bewertungsbögen aus der Verkostung und eine Marketingstrategie inklusive Rendite der einzelnen Produkte. Du solltest es schaffen, mit mindestens acht verschiedenen Pralinen in die Testrunde zu gehen. Bekommst du das hin?«

Amy schwirrte der Kopf. Sie wusste, sie starrte ihn mit offenem Mund an, aber sie konnte es nicht ändern. Hörte sie richtig? Reichte ihr Ryan wirklich zum ersten Mal die Hand? War vielleicht doch noch nicht das Ende von *Archers Original Sweets* gekommen?

»Und? Was sagst du? Schaffst du das?«, wiederholte er und sah sie mit einem vertrauensvollen Lächeln an. Amy konnte ihm nicht widerstehen.

»Du Idiot!«, knurrte sie verlegen, warf sich ihm aber so schwungvoll in die Arme, dass sie beide mit einem Wumms gegen die Scheibe krachten. Das Glas vibrierte und Amy wurde sich bewusst, was sie tat. Schnell trat sie einen Schritt zurück, doch Ryan hielt sie fest.

»Ich hatte mit einem liebevolleren Dank gerechnet«, scherzte er und zog sie zaghaft näher. »Ich verstehe etwas von meinem Job, Amy«, erklärte er und sah ihr ernst in die Augen. »Ich denke nicht, dass deine Idee umsetzbar ist. Aber ich weiß auch, was man erreichen kann, wenn man mit echter Leidenschaft an eine Sache herangeht. Aus diesem Grund – und nur aus diesem Grund – hat deine Idee den Versuch verdient.« Er zuckte mit den Schultern. »Manchmal täusche ich mich ja auch.«

Amy strahlte ihn glücklich an.

»Ach, wirklich?«, neckte sie ihn und drückte dabei zärtlich seine Hand. »Täuschst du dich manchmal? Das sind ja vollkommen neue Töne.«

»Verscherz es dir besser nicht mit mir« – Ryan lächelte nicht – »auch meine Geduld hat ein Ende. Und ich musste mir heute von dir schon genug bieten lassen. Also schwing dein loses Mundwerk jetzt da hinunter und mach was aus der Chance, die ich dir verschafft habe«, verlangte er und dirigierte sie zur Tür.

Dort angekommen, griff er nach der Klinke, aber Amy hielt ihn zurück.

»Warte«, bat sie und legte die Hände an seine Brust. »Warum tust du das?«, fragte sie scheu, ohne ihn wirklich anzusehen.

Er hob ihr Gesicht mit der Hand und sah sie nachdenklich an. »Das frage ich mich auch. Vermutlich hat dieser Ben mir am Freitag etwas zu fest auf dem Kopf geschlagen.«

Amy lachte.

»Ach so, na dann sollte ich ihm wohl eine Dankeskarte schreiben«, meinte sie kichernd.

Beim glücklichen Leuchten in Amys Augen musste Ryan schlucken. Es juckte ihn in den Fingern, sie erneut zu küssen, so schön war sie in ihrer aufgeregten Freude. In ihrer Erleichterung, dass er *heute* niemanden entließ. Heute. Doch wie würde sie ihn ansehen, wenn er in einer Woche eine andere Entscheidung würde treffen müssen? Er konnte seine Auftraggeber nicht ewig übergehen. Er musste irgendwann hier tätig werden – außer, es geschah ein Wunder. Ob Amy dieses Wunder vollbringen konnte?

»Geh jetzt«, flüsterte er, um Selbstbeherrschung ringend. »Mach dich an die Arbeit, ehe ich es mir anders überlege«, drohte er und schloss die Augen, um der Versuchung zu widerstehen. Zu seiner Überraschung stellte sich Amy auf die Zehenspitzen und hauchte ihm einen flüchtigen Kuss auf die Lippen.

»Danke, Ryan!«, wisperte sie ihm ins Ohr und war schon zur Tür hinaus.

Ryan ballte die Fäuste und schob seinen Krawattenknoten wieder höher.

»Freu dich besser nicht zu früh.«

Kapitel 21

Unter Wölfen

Auf der Suche nach Kendra drängelte sich Archer durch die Passagiere im Bus. Er war hinter ihr hergerannt und hatte sie einsteigen sehen. Obwohl sie seine Rufe gehört haben musste, hatte sie nicht auf ihn gewartet. Er konnte es ihr nicht verübeln.

Sein Herz hämmerte vor Angst. Was sie gesehen hatte, musste sie ja falsch verstehen.

Er schob sich an einem dicken Mann mit Hut vorbei und erblickte sie in der letzten Sitzreihe. Sie kauerte an der Scheibe und presste sich ein Taschentuch vor die Nase. Ihre Augen waren rot und ihre Wangen feucht von Tränen.

Mit einem Fluch auf den Lippen glitt er neben sie in den Sitz.

»Kiki, Schatz, bitte …« Er wollte sie berühren, in seine Arme nehmen und trösten, aber er wagte es nicht. Er wusste ja nicht einmal, was er sagen sollte, denn Kendra sah einfach durch ihn hindurch, als wäre er nicht da. »Das, was da eben passiert ist, Kiki, das … das war nicht so, wie es aussah. Bitte, lass es mich erklären.«

Eisiges Schweigen war ihre Antwort und Archers Mut sank noch weiter.

»Kiki«, flehte er und griff sachte nach ihrer Hand. Endlich sah sie ihn an, und das brach ihm beinahe das Herz. So viel Schmerz sprach aus ihren schönen Augen und ihre Lippen bebten vor Kummer. Er wünschte, er könne ihn einfach fortküssen.

»Ich kann nicht glauben, was du getan hast«, wisperte sie schwach und verbarg ihre Tränen wieder hinter dem Taschentuch.

»Du kannst es nicht glauben, Kiki, weil du mich kennst! Du weißt, dass ich niemals eine andere Frau küssen würde«, versicherte er ihr inbrünstig und drückte ihre eiskalten Finger.

»Ich habe es doch mit eigenen Augen gesehen«, widersprach sie gequält, ohne ihn anzusehen.

»Es stimmt – sie hat mich geküsst«, gestand Archer leise und rieb sich hilflos die Hände. »Ich hätte es verhindern müssen, Kiki, das weiß ich doch.« Er versuchte, die Situation auch sich selbst zu erklären: »Aber ich war so überrascht, dass ich es einfach geschehen ließ. Sie sagte, die Verträge lägen zur Unterschrift bereit und ich … ich jubelte vor Freude.« Schuldbewusst senkte er den Kopf, denn er konnte Kikis schmerzerfülltem Blick nicht länger standhalten. »Vielleicht habe ich sie dadurch ermutigt, aber ich schwöre dir, ich wollte das nicht. Ich will nur dich – seit dem ersten Mal, als ich dich tanzen sah. Das musst du mir glauben!«

Kendra schniefte laut und ein heißer Tränenstrom rann ihr über die Wangen. Ihr tat alles weh. Ihr ganzer Leib war verkrampft und ihr war schlecht vor Kummer. Ihr Herz fühlte sich an wie von Messern durchbohrt, und Archers Beteuerungen vermochten nicht, daran etwas zu ändern. Sie glaubte ihm. Sie glaubte ihm jedes Wort. Doch das Wissen, wie sehr ihr Glück von ihm abhing, machte ihr auch furchtbare Angst.

Er suchte ihren Blick, streichelte zärtlich ihren Handrücken und sie wusste, er brauchte ihre Vergebung so dringend wie sie seine Liebe.

»Ich glaube dir, Archer, aber es tut trotzdem so weh. Ich verstehe einfach nicht, wie diese Frau … darauf kommt, dich zu küssen?«

Archer strich eine Strähne aus ihrem Gesicht und hob ihr Kinn an. Zaghaft hauchte er ihr einen Kuss auf die Lippen und zuckte ratlos mit den Schultern.

Wie sollte er ihr erklären, dass Agnes wohl von dem Tag an ein Auge auf ihn geworfen hatte, als er bei Catrall im Vorzimmer gewartet hatte? Wie sollte er ihr jetzt beichten, dass er während der ganzen Woche in Kearney ihre Annäherungsversuche gespürt, aber abgewiesen hatte? Wie würde das jetzt klingen? Als hätte er es ihr verheimlicht? Er hatte nicht vorgehabt, das vor Kiki zu verbergen, es war ihm nur nicht wichtig erschienen, also hatte er es nicht erwähnt.

»Archer?«, flüsterte sie. »Willst du gar nichts sagen?«

»Doch. Ich weiß nur nicht, wie. Mir wird jetzt klar, dass ich Catralls Tochter unterschätzt habe. Ich habe gemerkt, dass sie wohl etwas für mich empfindet, aber ich schwöre dir, Kiki, mir bedeutet diese Frau nicht das Geringste. Ich war höflich zu Agnes, denn sie ist immerhin Catralls Tochter, aber ich habe ihr gewiss nie das Gefühl gegeben, über eine geschäftliche Beziehung hinaus etwas mit ihr zu tun haben zu wollen.«

Kendra leckte sich die Lippen und wischte sich ein letztes Mal über die Augen. Dann knüllte sie das Taschentuch in ihre Faust und richtete sich auf. Offenbar war ihr Kampfgeist zurückgekehrt.

»Und was machen wir jetzt?«, fragte sie streng und Archer sah, wie es in ihrem Kopf arbeitete. Sie war großartig darin, Pläne zu machen. Er hoffte nur, sie schmiedete nicht gerade Rachepläne.

»Wir vergessen diese Frau und ich lade dich ins Steakhouse zum Essen ein?«

Kendra bemühte sich sichtlich um ein Lächeln und endlich wagte Archer es, sie in die Arme zu nehmen.

»Ich liebe dich, Kiki«, flüsterte er ihr ins Haar und drückte etliche kleine Küsse auf ihren Scheitel. »Vergiss das nie.«

»Küss einfach keine fremden Frauen, Archer, dann werde ich das schon nicht vergessen.«

Er nickte ernst und presste sie noch etwas fester an seine Brust.

»Versprochen«, murmelte er, auch wenn ein unbehagliches Grummeln in seinem Magen ihn vor weiterem Ärger mit Agnes warnte. Ihr drohender Blick ging ihm nicht mehr aus dem Kopf. Sie würde nicht so leicht aufgeben.

»*Wir bekommen beide, was wir wollen …*« Ihre Worte gingen ihm nicht aus dem Sinn und mit jeder Minute, die verstrich, erschienen sie ihm mehr wie ein Fluch.

***

Marcus strahlte übers ganze Gesicht.

»Sie begleiten mich tatsächlich ins Theater? Das ist ja wunderbar! Ich freue mich sehr, Kendra.«

Sie lächelte verlegen. Sie hatte lange mit sich gerungen, aber da Archer an diesem Abend erst sehr spät mit dem Zug zurück nach Frisco kommen würde, konnte sie sich die Zeit genauso gut im Theater vertreiben. Sie wollte nicht einfach nur zu Hause sitzen und abwarten, während Archer zur Unterzeichnung der Verträge in Catralls Büro gefahren war. Sie malte sich ja jetzt schon, wo er gerade mal seit einer Stunde im Zug saß, aus, wie sich diese fürchterliche Agnes wieder an ihn heranmachen würde!

»Kendra?« Marcus riss sie aus ihren Gedanken und deutete auf den Tisch voller Gäste, die die Teekarte studierten. »Träumen Sie schon von dem Stück?«, fragte er gut gelaunt und zwinkerte verschmitzt. »Oder träumen Sie vielleicht gar von mir?«

Kendra lächelte. »Ich träume überhaupt nicht, Mister Harris. Ich habe nur überlegt, welche Schuhe ich im Theater tragen sollte.«

Nun lachte Marcus laut und legte ihr vertraulich den Arm auf den Ellbogen.

»Frauen und ihre Schuhe! Aber seien Sie gewiss, ich werde Sie in allem hinreißend finden.«

Die verlegene Röte überspielend, schlenderte Kendra zu den neuen Gästen und nahm die Bestellungen auf. Seine vielen Komplimente verursachten ihr Unbehagen, denn sie wollte Marcus keine falschen Hoffnungen machen. Aber nach Archers Kuss mit Agnes fand sie in der Zuneigung ihres Chefs leisen Trost. Er würde sie nie so verletzen können, einfach weil ihr Herz in seiner Nähe nicht in Gefahr war. Ihre Beziehung zu Archer war wie ein Tanz auf dem Drahtseil, wo jeder Fehler den Sturz in die Tiefe bedeutete. Sie brauchte Archer wie die Luft zum Atmen – was bedeutete, dass sie ohne ihn ersticken würde. Sie könnte nicht existieren ohne ihn! Und das machte ihr Angst. Auch wenn sie nicht an Archers aufrichtiger Liebe zweifelte, hatte er im Gegensatz zu ihr noch etwas anderes, das ihn am Leben halten würde: seinen Traum.

Sie tanzten nicht unter gleichen Bedingungen auf diesem Drahtseil. Die Fabrik war Archers Fallschirm. Sollten sie stürzen, würde nur sie am Boden zerschellen, während er, getragen von seinem Lebenstraum, irgendwo anders landen würde.

***

»So ist die Lage, Mister Bishop«, sagte Chris Catrall und lehnte sich schwer in seinem Stuhl nach vorn. Seine prankenartigen Hände hielten Archer einen Füllfederhalter hin.

Er fühlte sich unter Druck gesetzt. Nicht nur Catrall, sondern auch noch ein Bankier und ein Rechtsanwalt saßen um den Konferenztisch und warteten auf seine Unterschrift. Er konnte dennoch nicht nach dem Füllfederhalter greifen. Der Vertrag war absurd! So etwas konnte er nicht unterschreiben!

Archer schüttelte kaum merklich den Kopf. Den Banker und den Anwalt konnte Archer gut ausblenden. Es war vielmehr Agnes, die ihn verunsicherte. Sie stand in einem leuchtend roten Kostüm hinter ihrem Vater und sah ihn gierig an. Der Ausdruck in ihrem Gesicht erinnerte ihn an einen hungrigen Wolf.

Wenn er seinen Namen unter diesen Vertrag setzen würde, dann würde sie ihre Zähne in sein Fleisch graben und sein Leben in Stücke reißen.

Sicher roch sie seine Angst. Er selbst tat es, denn seit Catrall ihm die neuen Bedingungen eröffnet hatte, brach ihm aus jeder Pore der kalte Schweiß aus. Sein Hemd klebte ihm am Körper, als er in einem Versuch der Auflehnung den Rücken streckte.

»Mister Catrall …« Seine Stimme zitterte und er räusperte sich. »Ich weiß ehrlich nicht, was ich sagen soll. Als ich zuletzt hier mit Ihnen die Verträge besprochen habe, da haben Sie nichts Derartiges anklingen lassen. Sie müssen wissen, dass ich Ihre Gedanken in dieser Sache überhaupt nicht nachvollziehen kann.« Er schüttelte zur Bekräftigung den Kopf. »Eine Ehe mit Ihrer Tochter kann doch unmöglich Teil eines Investitionsvertrags sein. Und ganz sicher nicht in Ihrem Interesse. Ich kenne Ihre Tochter ja kaum.«

Catrall warf Agnes einen fragenden Blick über die Schulter zu, aber die lächelte nur berechnend.

»Was er sagt, ist Unsinn, Vater. Er hat mir von Anfang an den Hof gemacht. Hat mit mir geflirtet, mich im Zug nach Kearney als seine Ehefrau ausgegeben und mich sogar geküsst.« Sie fasste sich ans Herz und setzte einen betrübten Blick auf. »Wenn er nun sagt, er kenne mich kaum, dann muss ich ja annehmen, dass sein Interesse an mir nur geheuchelt war, um an dein Geld zu kommen!«, jammerte sie und tatsächlich rollte eine Träne über ihre Wange.

Archer presste seine Handflächen auf die Knie, um nicht die Fäuste zu ballen. Dieses Weib war eine begnadete Schauspielerin, das musste er ihr lassen – und ihr Vater schien jedes ihrer Worte für bare Münze zu nehmen.

»Mit so einem Mann, einem regelrechten Betrüger, können wir keine Geschäfte machen, Vater!«, heulte sie und rannte schluchzend aus dem Raum.

Archer sah ihr wortlos hinterher.

Schließlich hustete der Anwalt dezent und schob die Papiere vor sich auf dem Tisch sorgfältig auf einen Stapel.

»Nun – wie es scheint, haben wir ein Problem«, stellte er emotionslos fest.

Catrall schob den Stuhl zurück und richtete sich zu seiner beachtlichen Größe auf.

»Wir haben kein Problem, Peter. Mister Bishop wird zur Vernunft kommen. Sicher ist das alles nur ein Missverständnis.« Er sah Archer ernst an. »Nicht wahr, Mister Bishop? Sie werden mir doch versichern, dass Sie nicht versucht haben, die Gefühle meiner Tochter für sich auszunutzen.«

Archer nickte heftig und erhob sich ebenfalls aus dem unbequemen Stuhl. »Natürlich nicht, Sir! Das würde ich niemals tun. Ich bin ernsthaft an einer Zusammenarbeit interessiert, aber …«

»Gut, gut. Dann kommen Sie morgen Abend zu uns zum Essen. Meine Frau macht Roastbeef. Klären Sie die Dinge mit Agnes und wir vertagen die Unterzeichnung auf Ende der Woche.«

Der Anwalt raffte eiligst seine Unterlagen zusammen und folgte Catrall im Stechschritt aus dem Konferenzraum. Archer ließ den Kopf in die Hände sinken.

Was sollte er jetzt nur tun? Er musste Agnes unbedingt davon überzeugen, dass ihre Idee von einer Zukunft mit ihm absolut unrealistisch war. Er würde sie niemals glücklich machen können, denn er liebte sie nicht. Wenn ihm das nicht gelang, musste er seinen Traum von der Pralinenfabrik begraben, denn Kiki aufzugeben war ein zu hoher Preis für seine Karriere. Ein Preis, den er nicht bezahlen würde.

***

Sie standen vor der Fabrikhalle und Archer rang mit seinen Gefühlen.

»Das kannst du nicht machen!«, rief Kendra und fasste nach seiner Hand. »Du kannst das doch nicht alles einfach aufgeben?«

Archer sagte nichts. Er hatte Kiki noch einmal hierhergebracht, um ihr vom Verlauf der Verhandlungen mit Catrall zu berichten. Während der Zugfahrt nach Hause hatte er einen Entschluss gefasst. Er würde sich nicht zum Spielball dieses Mannes und seiner Tochter machen lassen. Er selbst entschied über seine Zukunft. Wenn es ihm bestimmt war, Pralinen zu produzieren, würde sich irgendwann ein anderer Weg bieten. Trotzdem tat es weh, all seine Träume von der Arbeit in diesen Hallen nun platzen zu sehen.

Kendra rüttelte an seiner Schulter, weil er ihr nicht antwortete.

»Archer!«, flehte sie und sah ihn aus großen, traurigen Augen an. »Bist du sicher, dass du das wirklich willst?«

»Was soll ich denn sonst tun? Die lassen mir doch keine Wahl! Soll ich diese Kuh vielleicht heiraten?«

Sein unverhüllter Zorn erschreckte sie offenbar, denn sie wich ein Stück zurück. Es gab nichts, was sie für ihn tun konnte. Nichts, das es ihm leichter machen würde.

»Natürlich nicht! Aber es muss doch eine andere Möglichkeit geben!«

Archer schüttelte den Kopf. Es gab keinen Ausweg. Das hatte er am Tag zuvor beim Essen in Catralls Haus begriffen. Agnes war es gewohnt zu bekommen, was sie wollte. Und aus unerklärlichen Gründen wollte sie ihn. Sie hatte ihm deutlich klargemacht, dass es das Geld ihres Vaters nur mit ihr zusammen gab. Sie hatte ihm sogar gedroht. Ihr Vater war mächtig und in der Lage, ihm zu schaden.

»Warum ich?«, hatte er gefragt. »Ich liebe dich nicht – und das weißt du!« Er hatte kein Blatt vor den Mund genommen, aber Agnes war das egal gewesen.

»Meine Uhr tickt«, hatte sie schlicht erklärt. »Ich will Kinder. Du gefällst mir, Archer, und unsere Kinder wären sicher nett anzusehen. Sie könnten stolz auf ihren Vater sein, der dank der Unterstützung meiner Familie alles erreichen kann, was er möchte. Geld und Reichtum gedeihen in dieser Familie gut, Archer. Es gibt bestimmt Schlechteres.«

»Ist es dir egal, dass ich eine andere Frau liebe?«, fragte er provozierend, aber Agnes lächelte nur und fuhr mit den Fingerspitzen den Ausschnitt ihres Kleides nach.

»Liebe ist vergänglich. Gold nicht. Wenn ich dich heirate, Archer, weiß ich wenigstens, dass du mir nichts vorspielst. Wir machen ein Geschäft – so wird niemand enttäuscht.«

Es fiel ihm schwer, die Erinnerungen an den gestrigen Tag zu verdrängen. Ohne mit der Wimper zu zucken, hatte Agnes ihm die Pistole auf die Brust gesetzt. Sie würde seinen Traum ohne Skrupel zerstören. Und die schöne Halle vor ihnen würde schon bald den Traum eines anderen beherbergen.

»Es werden sich neue Chancen ergeben, Kiki«, versuchte Archer sie beide zu trösten. »Ich kann ja erst mal versuchen, wieder in der Bäckerei unterzukommen.«

Kendra weinte. »Wenn du das meinetwegen aufgibst, dann wirst du mir das irgendwann vorwerfen«, prophezeite sie mit bebender Stimme. »Es wird unsere Zukunft überschatten. Du wirst doch nie an mich denken können, ohne dich daran zu erinnern, was dich das gekostet hat.«

Archer zog sie an seine Brust und strich ihr tröstend über den Rücken.

»Das ist Unsinn!«, versicherte er ihr mit einem flauen Gefühl im Magen. »Du bist das Wichtigste in meinem Leben. Nicht die Pralinen. Wer glaubt, ich könnte dich aufgeben, muss verrückt sein.«

Seine Worte spendeten Kendra tatsächlich Trost, aber sie verstärkten zugleich ihre Schuldgefühle.

»Sag mir ehrlich, Archer, dass du auch so handeln würdest, wenn es mich nicht gäbe.«

Er lachte bitter. »Wenn es dich nicht gäbe, dann hätte ich doch überhaupt nie erkannt, wie sehr ich mir eine eigene Fabrik wünsche.«

»Also wünschst du dir diese Fabrik.«

»Natürlich. Aber nicht um jeden Preis. Ich wollte doch, dass wir glücklich werden. Zusammen!«

Sie befreite sich aus seiner Umarmung und schlenderte näher zur Halle, fuhr mit den Händen über die Blechverkleidung der Außenwand und schaute auf die Stelle über der Tür.

»Dort oben könnte dein Firmenschild hängen«, schlug sie vor. »*Archers Original Sweets* – das klingt wunderbar, oder?«

»Hör doch auf, Kiki!« Er folgte ihr und legte den Kopf in den Nacken, als sähe er es ebenfalls vor sich.

Sie wandte sich zu ihm um und sah ihn ernst an.

»Wenn es mich nicht gäbe – würdest du dann Catralls Angebot in Betracht ziehen?«

»Zum Glück gibt es dich!«

»Ich meine es ernst. Könntest du dir vorstellen, so eine Ehe überhaupt zu führen?«

»Nein! Weil ich mir eine Ehe nur mit dir vorstellen kann.«

Er fasste nach ihren Händen, denn er spürte die Distanz, die diese Fragen zwischen ihnen schufen. Warum hörte sie nicht endlich auf? Jedes Wort machte es schwieriger. Er hatte sich doch längst entschieden.

»Ohne mich, Archer! Lass mich aus dem Spiel. Ich will wissen, was du ohne mich tun würdest!«

Sie riss sich ungeduldig los und ging wieder in Richtung Bushaltestelle. »Sag schon!«, forderte sie.

Archer fluchte und folgte ihr.

»Ich weiß nicht, warum du das wissen willst. Ich habe überhaupt keine Lust, auf diesen Blödsinn zu antworten, Kiki. Ich will mir nicht vorstellen, was ich tun würde, wenn es dich nicht gäbe, *weil* es dich gibt. Und dafür bin ich dankbar!«

»Gib es zu, Archer. Du würdest den Vertrag unterzeichnen, wenn du nicht glauben würdest, mich damit zu verletzen. Darum weichst du meiner Frage aus.«

Archer schüttelte wütend den Kopf. »Ich sag dazu nichts«, murrte er und setzte sich auf die Bank an der Haltestelle.

»Ich verstehe das. Die Pralinen sind dein Leben. Warum das für eine einzige Person aufgeben?«

Archer schlug sich zornig auf den Oberschenkel und funkelte Kendra warnend an.

»Hör jetzt auf. Ich habe mich entschieden. Ich werde das Angebot ablehnen. Denk darüber, wie du willst. Mein Entschluss steht fest.«

Kapitel 22

Zuckerküsse

Ryan steckte den Kugelschreiber in den Stiftebecher und lehnte sich im Stuhl zurück. Die Beine schliefen ihm ein, so lange brütete er schon über den Büchern. Je tiefer er in die Buchhaltung von *Archers Original Sweets* vordrang, umso deutlicher wurde, wie schlecht es um die Firma stand. Zuweilen fragte er sich, warum die *Sugar-Tale-Corporation* überhaupt in das Unternehmen investiert hatte. Die Produkte hatten allesamt Gewinn erwirtschaftet, solange die Produktion noch in Handarbeit vonstattengegangen war. Mit der Automatisierung waren die Herstellungskosten gestiegen und irgendwann hatten die Anschaffungen sämtliche Gewinne gefressen. Jetzt herrschte ein Ungleichgewicht zwischen Reparatur- und Wartungskosten, Mitarbeiterkosten und den Erlösen aus dem Verkauf der Pralinen.

Ryan wusste nicht, wie er Amy erklären sollte, dass diese Abwärtsspirale die Firma unaufhaltsam zugrunde richtete. Sie mussten anfangen, Mitarbeiter zu entlassen, um Kosten zu reduzieren. Durch die Automatisierung hätten schon vor Jahren etliche Arbeitsplätze eingespart werden können, doch Ryan vermutete, dass Amys Großvater – wenn er seiner Enkelin ähnlich gewesen war – die Leute aus Gutmütigkeit weiterbeschäftigt hatte.

Da sah man es wieder ganz deutlich: Im Geschäftswesen war definitiv kein Platz für Emotionen. Das hätte Amys Großvater erkennen müssen. Jetzt das Ruder noch herumzureißen, war eine echte Herausforderung.

Vielleicht war der Schritt zurück zu den Anfängen der Firma, wie Amy ihn vorschlug, gar keine so schlechte Idee. Der Gedanke an Amy trieb Ryan aus seinem Stuhl an die Scheibe. Er wusste, er würde sie unten in der Halle nicht sehen, denn sie hatte sich mit ihrer fünfköpfigen Crew in die Rezeptküche zurückgezogen, um dort an neuen Pralinenkreationen zu arbeiten. Trotzdem ließ er den Blick über die Maschinen und Kessel schweifen und versuchte zu ergründen, was es für sie bedeuten würde, dies alles zu verlieren. Er wusste nicht, wie, aber er verspürte den Wunsch, ihr zu helfen.

Er machte sich auf den Weg in die Rezeptküche. War es wirklich Neugier, die ihn über den regennassen Hof gehen ließ, oder vermisste er schlichtweg ihre Gesellschaft? Im Büro hatten ihm den ganzen Tag schon ihre schnippischen Bemerkungen und ihr verlockendes Lächeln gefehlt. Er war nicht der Typ, der sich etwas vormachte, also gestand er sich ein, dass er nicht nur beruflich an Amy Bishop interessiert war. Doch wie ließe sich das mit seiner Aufgabe vereinbaren?

Das konnte kein gutes Ende nehmen.

Er öffnete die Tür zur Versuchsküche und tauchte in ein Meer von Aromen. Vanille, Schokolade, Kaffee und ein Hauch von Alkohol hingen in der Luft und weckten sofort seine Sinne.

Wie in der letzten Woche, als Amy sie ihm hier geschärft hatte. Er atmete tief ein, um noch weitere Nuancen zu ergründen. Anis? Zimt? Oder … Muskat?

»Hallo Ryan!«, rief Betty vom Arbeitstisch aus. »Komm rein und mach die Tür zu, es zieht!«

Er rollte wegen ihrer vertrauten Anrede mit den Augen. Es war ein Fehler gewesen, mit den Ladys aus der Produktion zu tanzen, das sah er jetzt. Wie sollte er die nötige Distanz wahren und professionell agieren können, wenn ihn persönliche Sympathien beeinflussten?

Er nickte steif und vergewisserte sich, dass sein Krawattenknoten saß, ehe er die Tür hinter sich zuzog.

»Was machst du denn hier?« Amy kam, eine silberne Rührschüssel im Arm, scheu auf ihn zu. Er sah, wie sich ihre Wangen leicht röteten, und fragte sich, ob er der Grund dafür war. Erinnerte sie sich auch an den beinahe magischen Moment, den sie hier miteinander geteilt hatten?

»Ich wollte nur mal nach dem Rechten sehen. Du hast dich gestern nicht mehr im Büro blicken lassen und auch heute Morgen nicht.«

Amy schnaubte und strich sich das Haar mit dem Handrücken aus der Stirn.

»Ich war nicht zu Hause«, erklärte sie und zupfte ein kleines Stück cremefarbene Masse aus der Schüssel. Sie hielt es ihm hin und nickte ermutigend. »Das ist Orangenmarzipan. Wie findest du es?«, fragte sie.

Ryan nahm ihre Hand und führte ihre Finger an den Mund.

Dann zögerte er, und Amys Puls geriet ins Stolpern. Er würde doch nicht … hier vor allen Mitarbeitern …

Mit einem Zwinkern nahm er ihr das Marzipan mit Daumen und Zeigefinger ab und ließ es zwischen seinen Lippen verschwinden.

Amy seufzte. Irgendwo tief in ihrem Magen fühlte sie Enttäuschung und ein Sehnen nach seiner Nähe.

Der wissende Blick, den er ihr zuwarf, machte sie schwach.

»Köstlich. Wirklich köstlich, Amy!«, lobte er.

Nervös wandte sie sich ab, um in ihrer Arbeit Ablenkung zu finden. Der Kühlraum schien ihr bestens geeignet, ihre heißen Fantasien zu dämpfen. Schließlich ging es hier ums Geschäft.

Ryan folgte ihr, und sie kam sich vor, als wäre sie in eine Falle getappt. Ihr Atem bildete weiße Wölkchen und eine Gänsehaut überzog ihre Arme. Ryan stand in der Tür und musterte sie intensiv.

»Du bist nicht wirklich seit gestern Vormittag hier, oder?«, hakte er ernst nach und trat einen weiteren Schritt in den Raum.

»Doch. Aber es hat sich gelohnt. Wir haben acht fantastische Rezepte, die Hohlkugeln aus Zartbitter sind vorgegossen und die ersten beiden Füllungen werden gerade gerührt. Madison sitzt über dem Papierkram. Wir kommen gut voran. Ich will gleich einen vollkommen neuen Versuch beginnen, aus flüssigem Zucker eine Hohlkugel zu ziehen, die nachher aussieht wie Glas. Sie wird ein Chili-Limetten-Aroma erhalten und mit kräftig-herber Schokoladencreme gefüllt sein. Ich …«

»Du bist also nicht untätig«, unterbrach er sie und lächelte. Sie versprühte so viel Leidenschaft, wenn sie nur davon sprach, was sie tat, dass er sie am liebsten in seine Arme gerissen und geküsst hätte.

»Aber nein! Wir liegen gut im Zeitplan.«

»Dann solltest du dir eine Pause gönnen.« Er neigte den Kopf, was seinem Erscheinen die Strenge nahm. »Du siehst erschöpft aus.«

Amy hob überrascht die Augenbrauen und kontrollierte ihr Äußeres in der Spiegelung der Kühlraumtür. Sie rieb sich über die Augenschatten und zuckte die Schultern.

»Mir geht's gut. Ich weiß ja, wofür ich das mache«, sagte sie leichthin und deckte die Schüssel mit Folie ab, ehe sie sie ins Regal schob und sich nach dem schweren Zuckersack bückte.

Als Ryan sah, was sie vorhatte, kam er ihr zu Hilfe.

»Ich mach das. Wo brauchst du den Zucker?«, fragte er und trat zurück an die Tür. Amy lächelte schief. Er war ihr nicht gefolgt, um sie zu küssen. Oder um sie in Verlegenheit zu bringen. Er war nur hier, um zu helfen – und weil er sich Sorgen machte. Vielleicht schätzte sie ihn falsch ein.

»Stell den Sack dort hinten auf den Tisch. Maddie stellt nachher aromatisierten Puderzucker her.«

Er tat, wie befohlen, und klopfte sich den Zuckerstaub von den Händen. »Du solltest eine Pause einlegen, Amy«, wiederholte er und sah auf die Uhr. »Ich könnte dich nach Hause fahren.«

Amy schüttelte den Kopf und deutete auf die Betriebsamkeit um sich herum.

»Danke für das Angebot, aber es ist noch so viel zu tun. Ich brauche hier bestimmt noch etliche Stunden.«

Ryan sah sie nachdenklich an. Dann atmete er tief durch und schlüpfte aus seinem Sakko.

»Du bist übermüdet. Ich helfe dir besser, damit du in diesem Zustand keinen Unsinn anstellst.«

Amy lachte. »Du würdest nur im Weg herumstehen.«

Zwinkernd rollte er seine Hemdsärmel hinauf.

»Entweder das – oder du gibst nach und machst Schluss für heute. Du hast die Wahl.«

Amys Augen funkelten amüsiert.

»Das riecht nach Sabotage. Du willst mich nur von der Arbeit abhalten, damit die *Corporation* …«

»Ich will dir *helfen*, Amy. Also versuch nicht, mir etwas Schlechtes zu unterstellen, sondern sag Danke und nimm es an.«

Amy wurde ernst. Sie sah ihm ins Gesicht und rang mit sich, aber schließlich lächelte sie.

»Danke. Dann komm und füll die Nüsse in die Mühle«, erklärte sie und ging ihm voran. »Brauchst du eine Schürze?«

***

Ryan lenkte den Wagen durch den Feierabendverkehr. Es regnete immer noch und die Scheinwerfer der entgegenkommenden Autos blendeten ihn. Das monotone Geräusch der Scheibenwischer machte ihn müde. Er wandte den Kopf und sah lächelnd auf die Frau neben sich hinab. Sie schlief tief und fest, seit ihr kleiner Hintern den Sitz berührt hatte. Ob sie überhaupt noch mitbekommen hatte, wie er die Tür hinter ihr zugemacht hatte?

Fürsorglich stellt er die Sitzheizung wärmer, damit sie es behaglich hatte. Amy Bishop hatte heute gekämpft wie ein Tiger. Noch nie hatte er eine Frau so hart arbeiten sehen. Sie war sich für nichts zu schade, kniff weder davor, die schmutzigen Schüsseln zu spülen, noch schwere Säcke zu schleppen oder den Boden zu fegen, wenn etwas zu Bruch gegangen war.

Und weil sie sich wie selbstverständlich auch der unangenehmsten Aufgaben annahm, gab es in ihrem Team niemanden, der keinen Respekt vor ihr hatte. Sie alle folgten gerne ihren Anweisungen und vertrauten ihrem Urteil.

Er konnte nur bewundern, mit welcher Bereitwilligkeit sie bis weit über die Grenzen ihrer Belastbarkeit hinaus geackert hatte.

Wieder warf er ihr einen verstohlenen Blick zu. Im Schlaf hatte sie den Mund leicht geöffnet, was sie sehr verletzlich wirken ließ. Er hätte ihr gerne die Hand auf den Oberschenkel gelegt, einfach um sie zu berühren. Er tat es nicht, weil er wusste, dass er die Dinge zwischen ihnen besser nicht noch verkomplizieren sollte. Und obwohl er das wusste, überkam ihn doch jedes Mal in ihrer Nähe dieses Herzflattern.

Direkt vor Amys Haustür fand er einen Parkplatz und stellte den Motor ab. Jetzt musste er sie wecken.

»Amy«, flüsterte er und strich ihr über die Locken. Sie schlief tief und fest. »Wir sind da. Du musst aussteigen.«

Sie seufzte und kuschelte sich an die Rückenlehne. Ihren Fingern entglitt der Hausschlüssel und fiel klimpernd neben ihr auf den Sitz.

Ryan zögerte – dann nahm er den Schlüssel und stieg aus dem Wagen. Er umrundete ihn und öffnete die Beifahrertür. Ein leises Schnarchen war die Antwort auf die kalte Luft, die nun ins Auto strömte.

Vorsichtig beugte er sich über sie.

»Amy. Aufwachen«, wiederholte er erfolglos.

Er sah sich um. Die Straße lag im Dunkeln, alles war still. Was sollte er tun? Sie war seit vielen Stunden auf den Beinen gewesen und schlief wie ein Stein. Sie jetzt zu wecken, erschien ihm grausam.

»Na schön«, murmelte er und schob seinen Arm unter ihre Knie, den anderen unter ihre Arme. Auch als ihr Kopf gegen seine Brust sank, schlief sie unbeirrt weiter.

»Ganz schön schwer«, raunte er, als er derart beladen versuchte, den Schlüssel ins Schloss zu stecken. Die Tür schwang auf, und er kam sich vor wie ein Eindringling.

Warum zum Teufel weckte er sie nicht einfach? Sie würde doch auch wieder einschlafen, wenn sie so erschöpft war. Und er könnte in sein Hotel fahren, einen Drink nehmen und dann ebenfalls schlafen.

Amys warmer Atem strich über seine Halsbeuge, und ihre Wimpern warfen im Halbdunkel ihrer Wohnung lange Schatten auf ihre Wangen. Ihm wurde klar, warum er sie schlafen ließ. Er wollte sie einfach nicht verlassen. Wollte nicht in sein einsames Hotelzimmer zurück, wenn er stattdessen bei ihr sein konnte. Sie würde ihn fortschicken, sobald sie zu sich käme, das wusste er. Und deshalb sollte sie weiterschlafen. Er trat ein und schloss die Tür hinter sich. Seine Arme wurden allmählich lahm, und er versuchte, im Dämmerlicht die Couch auszumachen.

Mit leisen Schritten durchquerte er ihr Wohnzimmer und schmunzelte über die Unordnung, die noch immer herrschte. Gerade, als er sie vorsichtig absetzen wollte, klingelte sein Handy und Amy zuckte zusammen.

»Was …?«, flüsterte sie heiser. »Wo …?«

Ryan fluchte stumm und setzte Amy behutsam ab.

»Nicht erschrecken«, bat er mit gedämpfter Stimme. »Ich habe dich nach Hause gebracht.«

Er fischte sich das Telefon aus der Tasche und drückte den Anrufer weg, während Amy sich gähnend nach dem Lichtschalter streckte. Sie rieb sich die Augen und lächelte müde.

»Solltest du nicht rangehen?«, fragte sie und schlüpfte aus ihren Schuhen.

»Sollte ich. Aber das kann warten. Ich … ich bin ja gleich weg, dann … dann rufe ich zurück.«

Amy nickte und zog die Füße auf die Couch.

»Ja. Ich sollte dringend ins Bett. Ich bin vollkommen am Ende.«

Ryan lachte. »Du hast so fest geschlafen, dass ich es nicht fertiggebracht habe, dich zu wecken.«

»Wie rücksichtsvoll«, kicherte sie. »Habe ich geschnarcht?« Sie bückte sich nach der Weinflasche auf dem Fußboden und zog den Korken heraus. »Ich schnarche immer, wenn ich im Auto schlafe. Das war schon so, als ich noch ein Kind war. Möchtest du einen Schluck?«

Er legte den Kopf schief. Der Wein stand seit Tagen offen – wenn es denn dieselbe Flasche war wie bei seinem letzten Besuch.

»Hast du auch Gläser, oder teilen wir uns die Flasche?«, scherzte er und setzte sich an die äußere Ecke der Couch, weil sich im Sessel Strickzeug türmte.

»Spießer«, foppte Amy, stand aber auf und verschwand in der Küche. Als sie mit den Gläsern zurückkam, setzte sie sich neben ihn und teilte den Weinrest auf.

Erneut klingelte Ryans Handy und wieder drückte er den Anrufer weg.

»Die Arbeit?«, fragte Amy und reichte ihm sein Glas.

Ryan schmunzelte. »Ich denke, wir haben heute schon lange genug gearbeitet. Irgendwann muss es auch mal gut sein.«

Amy nippte am Wein und sah ihn unsicher an. Sie spürte die Spannung, die zwischen ihnen herrschte, wie Strom durch ihre Adern rauschen. Sein intensiver Blick hielt sie gefangen und ihr wurde warm. Sie konnte sich kaum noch daran erinnern, warum sie ihn nicht mochte. Alles, was er in den letzten Tagen getan hatte, revidierte ihre Meinung von ihm. Und doch war er hier, um ihr das Leben schwer zu machen!

Mit zitternden Fingern stellte Amy ihr Glas ab und Ryan tat es ihr nach. Sie zuckte unschlüssig mit den Schultern.

»Ich sollte jetzt gehen«, stellte er fest, ohne sich zu rühren.

Sie waren sich so nahe, dass Amy die Wärme seines Körpers spürte, sein Atem sie streifte und sein Duft ihre Sinne verwirrte. Er roch leicht nach Vanille und geschmolzenem Zucker. Er roch so, weil er den ganzen Tag nicht von ihrer Seite gewichen war. Weil er sie unterstützt hatte. Sie legte ihre Hand auf sein Knie und hob den Kopf. All ihre Müdigkeit war verflogen, als sie sich in seinem dunklen Blick verlor.

»Ja. Du solltest wirklich gehen«, stimmte sie ihm zu und ließ kühn ihre Lippen über seine gleiten. »Oder …«

Sie küsste ihn und stöhnte, als er seine Hände um ihre Taille legte und sie auf seinen Schoß hob.

»Oder?« Seine Zunge hinterließ eine brennende Spur von ihrem Ohr hinab bis zu ihrer Schulter.

»Oder du bleibst einfach hier«, seufzte Amy und schlang ihm die Arme um den Hals.

Kapitel 23

Verschlossene Türen

Ein heftiger Sommerregen ging über der Stadt nieder und in den Berggipfeln hingen dichte Wolken. Kendra stand in der weit geöffneten Tür des Cafés, um die dringend nötige Abkühlung zu genießen. Die Hitze im *Little Pie* hielt seit Tagen die Gäste fern. Bei diesen Temperaturen ging niemand freiwillig auf die Straße.

»Obwohl es regnet, kühlt es hier drinnen kaum ab«, beschwerte Marcus sich und fächelte sich Luft zu. Kendra schlenderte zu ihm an den Tresen und goss sich ein Glas kaltes Wasser ein.

»Der Regen reicht kaum aus, um die Straße nass zu machen. Die Tropfen verdampfen, sobald sie den Boden berühren. Man kann es beinahe zischen hören«, stimmte sie zu.

Marcus schlug einen Katalog auf und blätterte darin. »Wenn nicht bald ein Wetterumschwung kommt, muss ich so ein Klimagerät einbauen lassen«, überlegte er. »Wissen Sie, Kendra, eigentlich können Sie auch nach Hause gehen. Es kommt ja doch niemand – und falls doch, werde ich damit schon fertig.«

Kendra lächelte dankbar, schüttelte aber den Kopf.

»Nein danke.« Sie sah ihn verlegen an. »Ich … ich würde gerne bleiben, wenn ich darf.«

Marcus grinste und schob den Katalog wieder beiseite.

»Natürlich dürfen Sie bleiben. Ich freue mich über Ihre Gesellschaft. Ich dachte nur, Sie möchten vielleicht Ihren Freund treffen.«

Sie mied seinen Blick. Sie wollte nicht, dass er merkte, wie dringend sie das wenige Trinkgeld brauchte, das ein möglicher Kunde ihr vielleicht geben würde. Und sie wollte auch nicht zugeben, dass sie Archer im Moment lieber aus dem Weg ging. Andererseits, wenn sie das alles für sich behielt, würde Marcus annehmen, sie bliebe seinetwegen – und das wollte sie auch nicht.

»Archer arbeitet ohnehin noch«, sagte sie knapp und griff sich den Spüllappen, um die Fensterbänke abzuwischen.

»Ach so. Ich dachte, er ist Bäcker und arbeitet nachts. Hatten Sie so etwas nicht mal erwähnt?«

»Er war Bäcker. Jetzt arbeitet er bei der Straßenreinigung.«

Kendra biss sich auf die Lippe, um nicht noch mehr zu sagen. Sie würde sich ihre Sorgen so gerne von der Seele reden, aber außer Archer gab es niemanden, dem sie sich hätte anvertrauen wollen. Und ausgerechnet mit ihm konnte sie dieses Mal nicht sprechen, denn er war das Problem.

Seit er vor nunmehr beinahe vier Wochen den Vertragsabschluss mit dem Investor abgelehnt hatte, zog er sich immer weiter in sich zurück. Seinen alten Job hatte er nicht zurückbekommen und sein neuer war eine Zumutung. Die Hitzeperiode tat ihr Übriges. Die Nerven lagen blank und vergrößerten seinen Kummer und die Kluft zwischen ihnen noch zusätzlich. Kendra fühlte sich schuldig. Sie hatte ihn dazu gebracht, diesem

Traum nachzugehen. Sie hatte ihm geraten, seine Arbeit aufzugeben, und sie war der Grund, dass er nun vollkommen haltlos durchs Leben trudelte.

»Straßenreinigung«, sinnierte Marcus. »Das ist bei dieser Hitze aber auch eine Plage.«

Eine unterbezahlte Plage, fügte Kendra im Geiste hinzu. Deshalb brauchte sie das Trinkgeld. Und deshalb würde sie auch nicht früher Feierabend machen.

Marcus kam hinter dem Tresen hervor und zog sich einen Stuhl in Türnähe heraus.

»Hören Sie auf mit der Putzerei, Kendra. Setzen Sie sich zu mir. Hier bekommt man wenigstens etwas Luft ab.«

Sie wollte ablehnen, aber der Schweiß lief ihr über die Stirn und sie glaubte bei jeder Bewegung zu verglühen. Sein Angebot war mehr als nur verlockend.

»Ich kann doch nicht in meiner Arbeitszeit herumsitzen.«

Marcus lachte und zog ihr ebenfalls einen Stuhl heraus.

»Doch. Das können Sie. Sie sollten tun, was Ihr Chef von Ihnen verlangt.«

Gehorsam legte Kendra den Lappen zurück ans Waschbecken und schlenderte zu dem Tisch, den Marcus ausgesucht hatte. Ihre Hände trocknete sie an der Schürze ab und nahm widerwillig Platz.

»Sie werden doch nicht anfangen, Ihre Macht zu missbrauchen, Mister Harris?«, scherzte sie.

»Hätte ich meine Macht missbrauchen wollen, dann hätte ich Sie ganz gewiss nach dem Theaterbesuch geküsst«, gestand er leicht errötend. »Es war so ein schöner Abend, wenn Sie mich fragen.«

Kendra nickte. Ja. Es war nett gewesen. Marcus war es gelungen, sie kurzzeitig ihre Sorgen wegen Archer und dieser Agnes vergessen zu lassen. Wenn sie heute daran zurückdachte, fiel ihr auf, dass dies der letzte unbeschwerte Tag gewesen war.

Seitdem lastete Archers Unglück wie Blei auf ihr. Er machte ihr keine Vorwürfe, aber er war auch nicht mehr er selbst. Es war, als hätte er die Tür zu seinem Herzen verschlossen.

Alles hatte sich verändert.

Am Abend brachte der Wind endlich kühlere Luft mit sich. Der Himmel war noch wolkenverhangen und in der Ferne donnerte es. Trotzdem schwitze Kendra, als sie mit dem Fahrrad die leichte Steigung des Hügels zur Stadt hinaus nahm. Sicher würde der nächste Schauer nicht lange auf sich warten lassen. Sie trat kräftig in die Pedale, auch wenn sie überhaupt nicht wusste, ob sie hier richtig war. Sie war einfach einer Eingebung gefolgt.

Wo sonst konnte Archer stecken?

Er hatte schon vor Stunden Schichtende gehabt, war aber nicht bei ihr aufgetaucht. Auch in seiner Wohnung war er nicht gewesen. Dort hatte alles noch genauso ausgesehen wie am Morgen, als Kendra ins Café gegangen war. Deshalb machte sie sich Sorgen. Wenn Archer noch immer in so depressiver Stimmung war wie in den letzten Tagen, dann war das allemal ein Grund, besorgt zu sein.

Der kräftige Wind riss Blätter von den Bäumen und an ihren Haaren, und sie kämpfte um Balance. In der Ferne zuckte ein Blitz über den Himmel. Kein Wetter, um sich hier im Freien aufzuhalten, ermahnte sie sich selbst.

Wie gehetzt radelte sie auf die leer stehende Fabrikhalle zu.

»Archer?«, rief sie, als sie ihn mitten auf dem Schotter vor dem Haupteingang sitzen sah.

Er wandte sich zu ihr um, stand aber auch dann nicht auf, als sie neben ihm ankam und vom Rad sprang.

»Was tust du hier? Du bist ja pitschnass!«, rief Kendra erschrocken, als sie sah, in welch jämmerlichem Zustand der Mann vor ihr war.

»Nichts«, murmelte er tonlos und nahm ein durchweichtes Stück Papier aus seiner Jackentasche. Ohne sie anzusehen, hielt er ihr den Umschlag hin. »Hier, lies das. Es ist gestern mit der Post gekommen.«

Kendra stellte ihr Fahrrad ab, ging neben ihm in die Hocke und fasste nach seiner Hand, den Brief ignorierend.

»Ich lese das zu Hause. Lass uns gehen, es fängt gleich wieder an zu regnen.«

»Wie du siehst, bin ich schon nass«, gab Archer gleichgültig zurück. Sein Lächeln glich einer Fratze und er fing an zu weinen.

»Oh, Archer!« Kendra nahm ihn in den Arm und wiegte ihn sanft hin und her. »Ist es so schwer?«

Sie erwartete keine Antwort, denn die kannte sie bereits. Sie wusste, wie hart es für ihn war, wenn er in den Nächten wach neben ihr lag, wenn er seine verhasste Arbeitskleidung anzog, um Dreck aus den Büschen neben dem Highway zu sammeln, und wenn er, wie jetzt, einfach durch sie hindurchzublicken schien.

»Lies das!«, wiederholte er nur und drückte ihr den zerknüllten Brief in die Hand.

Erste Tropfen fielen vom Himmel und knallten gegen das Wellblech der Halle, jeder Tropfen so laut, als wollte er die beiden unerwünschten Gestalten vor der Fabrik verjagen. Und Kendra wäre wirklich gerne geflohen. Nicht nur vor dem Regen, sondern auch vor dem Unheil, das drohend in der Luft lag.

Mit zitternden Fingern entfaltete sie den Brief und überflog die wenigen getippten Zeilen.

»Du hast bis übermorgen Zeit, den Vertrag doch noch abzuschließen?«, fragte sie, da sie nicht sicher war, ob sie den Inhalt des Schreibens richtig verstanden hatte.

Wieder sah Archer nur durch sie hindurch.

»Verdammt!«, rief sie und riss an seinem Arm. »Verdammt, Archer! Jetzt sag doch was! Steh auf und erklär mir, was hier los ist!«

Endlich kam Leben in seine Gestalt und er rieb sich über die Augen. Sein Blick wurde klar und er fuhr sich durchs Haar. Dann kam er unbeholfen auf die Beine und zog Kendra ebenfalls hoch, aber sie riss sich los.

»Hockst du hier im Regen, weil du nicht weißt, wie du mir sagen sollst, dass du es dir anders überlegt hast?«, rief sie wütend und schlang die Arme um sich. Die Tropfen auf ihrer Haut verstärkten die Kälte, die sie erfasste.

Archer kniff die Lippen zusammen. »Unsinn! Ich habe es mir nicht anders überlegt. Ich bin nur so wütend auf diesen Catrall. Ich versuche seit Wochen über die Unverschämtheit seines Vorgehens hinwegzukommen – und was macht er? Quält mich weiter! Als wäre es nicht schlimm genug gewesen, meine Träume einmal zu begraben!« Er deutete auf den noch immer leeren Fleck über der Eingangstür der Halle. »*Archers Original Sweets*!«, flüsterte er, als könne er das Firmenschild direkt vor sich sehen. »Es war so ein schöner Traum, nicht wahr, Kiki?«

Er legte seinen Arm um sie und zog sie fest an sich.

Traurig sah Kendra den Mann an, den sie so sehr liebte. Sein Unglück fraß sich wie Säure in ihr Herz und sie schmiegte sich trostsuchend an ihn.

»Ja, Archer. Es war wirklich ein schöner Traum.«

Am nächsten Morgen stand Kendra in Archers kleiner Dachwohnung und ließ ihren Blick durch den Raum schweifen, in dem sie so glücklich gewesen war. In dem sie beide so glücklich gewesen waren. Hier hatten sie sich ihre Zukunft in den schillerndsten Farben ausgemalt. Hatten Rezepte ausprobiert und Pralinen gegessen, bis sie Bauchweh hatten. Hier waren sie sich nahe gewesen. Am Fensterbrett stand noch das rot blühende

Blumenstöckchen, das Archer beim Straßenfest für sie gewonnen hatte. Sie hätte nie für möglich gehalten, dass ihre Liebe schneller verblühen würde als die roten Blüten.

Nein, so war es auch nicht, rief sie sich in Erinnerung. Ihre Liebe war nicht verblüht. Nur deshalb tat es ja so weh. Und dennoch hatten sie keine Chance.

Ihr Blick glitt hinüber zu Archer, der sich im Schlaf unruhig unter der Decke bewegte. Wie gerne wäre Kendra zu ihm gegangen und hätte sich in die Wärme seiner Umarmung gekuschelt. Wie gerne hätte sie an dem Traum festgehalten. Dem Traum eines gemeinsamen Lebens, denn das war ihr Traum gewesen. So ein schöner Traum.

Plötzlich fiel ihr das Schlucken schwer und der Schmerz trieb ihr Tränen in die Augen.

Archer drehte sich auf den Rücken und stöhnte. Er wirkte selbst jetzt gequält.

Kendra schloss verzweifelt die Augen, als die ersten Tränen über ihre Wangen strömten.

Es war an der Zeit, ihn zu erlösen. Es war Zeit zu gehen.

Mit zitternden Fingern legte sie das Zugticket, das sie gestern heimlich für Archer gekauft hatte, auf den Tisch. Ein Ticket nach Denver. Sein Ticket in ein neues Leben. Ohne sie.

Als sie den Schlüssel zu seiner Wohnung danebenlegte und ihren eigenen Hausschlüssel leise von seinem Schlüsselbund entfernte, wusste sie, dass es kein Zurück gab.

Sie presste sich die Hand vor den Mund, um ihr Schluchzen zu unterdrücken, als sie aus der Tür trat und die Liebe ihres Lebens hinter sich ließ.

Kapitel 24

Ein neuer Morgen

Amy war wach, aber sie wagte es nicht, die Augen zu öffnen. Sie lauschte auf die Geräusche aus der Küche. Geschirr klapperte und die Kaffeemaschine blubberte geräuschvoll, als sie das letzte Wasser in den Filter spuckte. Der Duft von Kaffee stieg ihr in die Nase und sie hob unauffällig ein Lid.

Ryans Hose hing über einer Stuhllehne und ihre Bluse lag am Boden vor dem Bett. Sie schloss das Auge wieder und seufzte in ihre Bettdecke.

Was hatte sie nur getan?

Sie hatte sich die Frage noch nicht beantwortet, als Ryans Gewicht auf ihrer Matratze sie zur Seite kippen ließ.

»Guten Morgen!«, flüsterte er und zupfte an ihrer Decke. »Ich weiß, dass du wach bist.«

Vorsichtig stellte er das Tablett mit Kaffee und gebuttertem Toast ab und quetschte sich ungeniert neben sie.

Amy schmunzelte. Diese Art aufzuwachen war neu. Und durchaus angenehm. Überhaupt passten die Zweifel in ihrem Kopf so gar nicht zu der Behaglichkeit, die sie empfand.

»Entschuldige«, murmelte sie verlegen und strich sich über die vom Schlaf zerwühlten Haare. »Ich … wollte mich nicht schlafend stellen. Ich wusste nur nicht so recht … wie es jetzt weitergeht«, gestand sie und faltete brav die Hände über der Bettdecke.

Sie hielt den Blick gesenkt, denn Ryan trug abgesehen von seinen Boxershorts nur das über der Brust offene Hemd vom Vortag.

»Ich weiß es auch nicht, Amy.« Er zog eine Grimasse. »Ehrlich gesagt …« Er suchte nach Worten.

»Bereust du, was passiert ist?«, unterbrach Amy ihn scheu. Ihre Finger waren weiß, so fest umklammerte sie die Bettdecke.

Ryan lachte und küsste sie auf den Scheitel.

»Bereuen? Oh Gott, nein! Ich würde es glatt noch mal machen!«, scherzte er und Amy errötete lachend. Er fasste nach ihren verkrampften Fingern und löste behutsam die Decke aus ihrer Umklammerung. »Ich wollte sagen, dass ich wünschte, wir wären uns unter anderen Umständen begegnet, denn meine Gefühle für dich … überraschen mich.«

»Geht mir genauso.« Sie sah ihm in die Augen und war glücklich über das zärtliche Funkeln darin. Es war eine tolle Nacht gewesen und sie hatte befürchtet, der Morgen könne peinlich werden. Stattdessen war sie glücklich. »Ich fand es schön … mit dir.«

Er griff nach einer der Tassen und nippte am Kaffee.

»Ich bin nicht hier, um mir Freunde zu machen«, murmelte er und sah sie nachdenklich an. »Aber irgendwie vergesse ich das in deiner Nähe ständig.«

Er schmunzelte, und Amy konnte nicht anders, als ihn zu einem Kuss zu sich herabzuziehen.

»Vorsicht, der Kaffee!«, lachte Ryan und stellte das Tablett vorsorglich auf den Boden.

»Willst du etwa sagen, nach dieser Nacht sind wir gerade mal Freunde?«, kicherte Amy, als er sich über sie beugte.

»Vielleicht ein bisschen mehr als das«, gestand er und küsste sie. »Aber du kannst nicht leugnen, dass es kompliziert ist.«

Er rutschte zu ihr unter die Decke, und Amy hätte schnurren mögen, so schön fühlte sich seine Nähe an.

»Ich weiß. Ich wünschte wirklich, wir hätten den Ärger in der Firma beseitigt.«

»Dann müsste ich zurück nach Chicago«, erinnerte Ryan sie und streichelte ihren Oberschenkel. Er küsste ihre Schulter, ehe er sie wieder ansah. »Aber du hast recht. Wir müssen deine Probleme lösen. Ich habe viel über die Sache mit den Edelpralinen nachgedacht und bin überzeugt, dass du damit richtigliegst. Aber dein Großvater hat dir einen riesigen Berg Schwierigkeiten hinterlassen, und wenn ich ehrlich bin, sehe ich kaum einen Ausweg.« Er küsste sie kurz. »Selbst wenn deine neue Idee Gewinne abwirft, wird der Rattenschwanz der restlichen Produktion die sofort wieder auffressen.«

Amy sah ihn ernst an. Sie wollte nicht den schönen Moment zerstören, indem sie die Sorgen mit der Fabrik in ihr Bett holte. Doch wenn es zwischen ihnen irgendwie funktionieren sollte, dann nur mit Ehrlichkeit.

»Was denkst du, wird die *Corporation* also unternehmen?«, fragte sie ängstlich.

Ryan zuckte mit den Schultern.

»Zuerst war ein drastischer Stellenabbau geplant. Dein Großvater hat trotz der Anschaffung der Produktionsbänder kaum Personal reduziert. Im Grunde seid ihr vollkommen überbesetzt. Aber … aber selbst damit wären die Kosten noch höher als die erwirtschafteten Gewinne. Du müsstest … eigentlich alles abstoßen und dich ausschließlich auf die Manufaktur stützen, dann könnte es klappen. Aber so …«

»Das kann ich nicht, und das weißt du. Denk doch an die Mitarbeiter! Und an meinen Großvater! Es ist sein Lebenswerk!«

»Ich weiß. Und unter diesem Aspekt wird es schwierig, eine Lösung zu finden, die dich – und meine Auftraggeber – glücklich macht.«

»Du sagst, es wird schwierig. Du sagst nicht, dass es unmöglich ist … wirst du es also versuchen, Ryan?«

Er grinste, hob die Bettdecke an und legte sich auf sie.

»Das werde ich, Amy, versprochen.«

***

»Ich war noch nie in Chicago!«, gestand Amy und stieg aus dem Taxi, das sie vom Flughafen in die Stadt gebracht hatte. Sie wartete, bis Ryan ihren Koffer auslud, und sah sich dann neugierig um. Es herrschte ein Wahnsinnsverkehr auf der Lower Michigan Avenue. Die Autos waren aufgereiht wie Perlen an einer Schnur. Die Stoßstangen verschmolzen miteinander zu einem endlosen Zug, so weit das Auge reichte. Verspiegelte Hochhausfronten glänzten erhaben zwischen ihren mächtigen Nachbarn aus Stein. Ihre Schatten leckten über den Teer der Straßen, und Amy kam sich ziemlich klein und unbedeutend vor. Die Stadt schien hungrig nach Erfolg. Hier wurden Gewinne erwirtschaftet, das stand fest.

»Den Termin mit den Vorständen der *Sugar-Tale-Corporation* haben wir heute Nachmittag. Ich dachte, wir gehen jetzt erst mal schön essen, besprechen dann im Hotel noch einmal die Präsentation und … wenn du magst … also, fühl dich bitte nicht gezwungen … könnten wir nach dem Termin bei meiner Schwester Linda Abendessen. Sie wäre furchtbar beleidigt, wenn sie herausfindet, dass ich in der Stadt bin, ohne mich bei ihr zu melden.«

»Ich kann doch nicht einfach mit zu deiner Familie kommen. Wie … sähe das denn aus? Oder bringst du oft deine Arbeit mit zu ihr zum Essen?«

Ryan grinste und griff nach ihrer Hand.

»Ständig«, entgegnete er ernst. »Den dicken Chinesen mochte sie sogar sehr gerne. Und den Bankier aus Frankreich erst …«

»Haha! Sehr witzig! Im Ernst, ich käme mir komisch vor.«

»Unsinn. Linda wird sich freuen. Sie ist dir sehr ähnlich.«

Amy ließ sich von Ryan ins Hotel führen und wartete an der Rezeption, während er ihre Zimmer buchte. Dann folgten sie schweigend dem Hotelboy, der ihre beiden Koffer trug, zum Fahrstuhl.

»Was meinst du mit ähnlich?«, fragte Amy, als sich der Aufzug in Bewegung setzte. Der unbeteiligte Blick des Hotelangestellten auf seine Schuhspitzen verursachte bei ihr eine unangenehme Beklemmung. Überhaupt war sie nicht gerne mit Fremden auf so engem Raum zusammen. Darum versuchte sie, sich durch das Gespräch abzulenken.

Ryan rieb sich das Kinn. Der Gedanke an seine Schwester schien ihm gute Laune zu bereiten. Offenbar mochte er sie sehr.

»Sie ist ebenso stur wie du. Und so aufbrausend. Und … fast so schön.«

Vor Verlegenheit wurde Amy warm, und sie war froh, als sich die Tür in ihrem Stockwerk wieder öffnete. Sie folgten dem Hotelboy durch den langen Flur bis zu ihrer Zimmertür.

»Einen angenehmen Aufenthalt«, wünschte er, nachdem er ihren Koffer neben dem Bett abgestellt und sein Trinkgeld von Ryan entgegengenommen hatte. Als sich die Tür schloss, ließ sich Amy auf die Matratze fallen.

»Wie konntest du das nur sagen? Er muss ja jetzt denken, wir …«

»Das Hotel vermietet seine Zimmer nicht stundenweise. Außerdem wird er dafür bezahlt, dass er sich *nichts* denkt«, stellte Ryan klar und sah sich in der Suite um. »Gefällt es dir?«

Amy nickte. Dunkles Mahagoni und helle Hochglanzfronten ergänzten sich sehr elegant, und die Aussicht auf die Stadt war herrlich.

»Ja, sehr schön. Erinnere mich daran, der *Corporation* zu danken. Wo ist dein Zimmer?«

»Direkt nebenan. Ich kann es später beziehen – wenn du meinst, ich bräuchte ein eigenes Zimmer.« Mit einem verführerischen Zwinkern stellte er sein Gepäck ab und sah auf die Uhr. »Wollen wir essen gehen – oder lieber etwas bringen lassen? Da du meine Auftraggeber erwähnt hast, sollten wir vielleicht die Präsentation vorbereiten.« Er machte ein missmutiges Gesicht. »Es hängt ja so einiges davon ab.«

Ryan lehnte mit dem Rücken am Fenster und sah sie an. Obwohl er von Arbeit sprach, hatte Amy den Eindruck, er würde sie mit den Blicken bereits ausziehen. Sie war sich bewusst, dass das Bett, auf dem sie saß, das zentrale Möbelstück war. Sie, Ryan und ein Bett – das weckte auch ihre Fantasie.

»Vielleicht … sollten wir …« Ihr war mit einem Mal ziemlich warm. »Wir sollten etwas aufs Zimmer bringen lassen«, entschied sie und stand auf. Sie steckte die Hände in die Hosentaschen ihrer Jeans, um sie nicht nach Ryan auszustrecken. Schließlich waren sie hier, um ihre Firma zu retten, nicht um …

Als sie ihn wieder ansah, erkannte sie in seinem Gesicht die gleiche selbst auferlegte Zurückhaltung, die auch sie quälte. Einen Moment lang trafen sich ihre Blicke, dann war er bei ihr und hob sie stürmisch hoch.

Amy grub ihre Hände in sein Haar und streichelte seinen Nacken. Sie spürte seine Muskeln unter dem Hemdstoff.

Sie wollte mehr. Seine Haut unter ihren Fingern spüren, ihn schmecken. Sein Kuss nahm ihr den Atem. Sie reckte sich ihm entgegen, als er ihre Seidenbluse Knopf für Knopf öffnete. Jede Berührung sandte wohlige Schauer durch ihren Körper und sie zog ihn instinktiv näher.

»Vergiss das Essen«, raunte er und öffnete ihre Jeans. »Ich habe da eine bessere Idee.«

***

»Ich bin total erledigt!«, jammerte Amy, als sie am Abend vor Lindas Haustür standen. Die Aufregung vor der Präsentation bei der *Corporation* hatte sie in der Nacht zuvor keinen Schlaf finden lassen. Jetzt, wo die Anspannung von ihr abfiel, forderte ihr Körper seinen Tribut. Sie hätte im Stehen einschlafen können.

»Du hast heute großartige Arbeit geleistet, Amy. Du darfst müde sein.«

Ryans Lob freute sie und sie drückte seine Hand.

»Wirklich? Denkst du, deine Auftraggeber sehen das genauso?«

Er zuckte mit den Schultern.

»Du warst überzeugend. Jeder im Raum konnte spüren, mit welcher Leidenschaft du *Archers Original Sweets* leitest. Wenn es nach mir ginge, würdest du einen Freifahrtschein für deine neue Produktlinie bekommen – aber es liegt nicht an mir, das zu entscheiden, das weißt du. Und die Firmenpolitik ist im Grunde genommen eine andere …«

»Oh, wenn ich doch nur wüsste, wie sie sich entscheiden!« Amy hasste diese Warterei. »Wie lange werden die Vorstände wohl brauchen, um das zu klären? Wie lange dauert so was normalerweise?«

Ryan lachte leise und hauchte Amy einen zarten Kuss auf die Nasenspitze.

»Hab etwas Geduld. Wenn sie einstimmig dagegen gewesen wären, hättest du deine Abfuhr direkt erhalten. Es ist ein gutes Zeichen, wenn es Zeit braucht.«

»Du willst mich doch nur trösten«, unterstellte ihm Amy und stieß ihm den Ellbogen in die Seite, gerade, als die Tür aufging.

Eine junge, dunkelhaarige Frau kam freudestrahlend und mit ausgebreiteten Armen auf Ryan zu.

»Du Mistkerl!«, rief sie. »Du hast Ellas Schultheater verpasst! Sie ist stinksauer auf dich! Aber das ist euer Bier. Ich misch mich da nicht ein. Schön, dass du da bist!« Sie ließ von ihrem Bruder ab und schenkte Amy ein offenes Lächeln.

»Das ist Amy«, stellte Ryan sie vor. »Amy, meine Schwester Linda. Und keine Sorge, sie ist immer so stürmisch. Und was heißt, Ella ist sauer? Ich habe ihr schließlich ein Geschenk geschickt!«

»Wann begreifst du endlich, dass sie *dich* hier haben will – nicht irgendein Spielzeug!«

Amy und Linda gaben sich die Hand und etwas von Amys Sorge, nicht willkommen zu sein, fiel von ihr ab. Linda schien wirklich nett zu sein.

»Kommt rein. Ich hab Spaghetti gekocht. Nein …«, sie winkte ab. »Eigentlich hat Ella gekocht. Sie will ständig irgendwo mitmachen.«

Sie ging voran in die Küche. Ein langer Tisch verband sie direkt mit dem Wohnzimmer. Er war mit bunt gemischten Tellern gedeckt, und nicht zusammenpassende Servietten steckten unter jedem Tellerrand. Zwischen zwei Tischbeinen hindurch verliefen die Schienen einer Spielzeugeisenbahn, und eine kleine Elektrolok fuhr ratternd darauf im Kreis.

Ein Jaulen ging durch den Raum und Amy zuckte zusammen, als Ryan neben ihr einen beängstigenden Schrei ausstieß.

Ein Junge im Indianerkostüm sprang über die Couch auf seinen Rücken und krallte sich an ihm fest. Zum Glück, dachte Amy, trug er nicht einen seiner teuren Anzüge, sondern nur ein Shirt und Jeans. Trotzdem sah er super aus, als er den Angreifer abschüttelte, aufs Sofa warf und ihn schreiend kitzelte.

Linda lachte und zog Amy schützend aus dem Kampfgetümmel.

»Komm, ehe uns die Rothaut auch noch skalpiert, trinken wir lieber ein Glas Wein. Es tut mir leid, dass der Kleine so aufgedreht ist, aber bei dem Verkehr vor der Tür kann ich die Kinder kaum rauslassen. Indianer gehören eben einfach nicht in die Stadt.«

Amy kicherte. »Sollen wir Ryan etwa einfach den Wilden überlassen?«, fragte sie skeptisch, als sich auch noch ein dunkelhaariges Mädchen auf ihn stürzte. Sie trug zwar kein Indianerkostüm, aber dafür eine Krone und ein rosafarbenes Ballettkleid.

»Ein echter Mann wird sogar Liams Angriff überleben.« Linda goss ihnen beiden Rotwein ein und prostete Amy zu. »Du musst ihn mögen, wenn dir sein Skalp wichtig ist«, überlegte sie laut.

Amy grinste verschmitzt.

»Vielleicht will ich ihm ja auch nur selbst das Fell über die Ohren ziehen.«

Linda brach in lautes Gelächter aus.

»Da musst du dich aber hinten anstellen, Amy. Es gibt einige, die das wollen.«

»Wirklich?« Amy hatte das Gefühl, hier weit mehr über Ryan erfahren zu können als von ihm selbst.

»Verrate ihr doch nicht alles!«, mischte sich Ryan vom Sofa aus ein, umklammerte den Jungen mit seinen Beinen, während er dem Mädchen einen Kuss auf den Scheitel drückte und sich dabei an der Krone beinahe ein Auge ausstach. »Sonst bereue ich noch, sie mit hierhergebracht zu haben.«

Kopfschüttelnd füllte Linda die dampfenden Nudeln in eine Schüssel und bedeutete Amy, die Soße umzurühren. Der Duft von gebratenem Hackfleisch und Tomaten ließ Amys Magen knurren, und Linda legte den Kopf schief, so wie Ryan es auch immer tat.

»Du machst doch keine Diät, oder?«

Amy wurde rot.

Sie machte zwar keine Diät, hatte aber trotzdem seit dem Morgen nichts mehr gegessen. Und der Grund dafür war Ryan. Sie grinste ihn an, und er klopfte wenig charmant seiner Nichte auf den Allerwertesten, um sie loszuwerden. Dann stand er auf und schlenderte zu ihnen in die Küche.

»Wir haben heute … irgendwie vergessen, etwas zu essen«, erklärte er und schielte in den Topf. Unauffällig legte er seine Hand auf Amys Po, während er den Kochlöffel abschleckte. »Wir waren anderweitig beschäftigt.« Er zwinkerte Amy zu und ihr stieg das Blut in die Wangen, weil er vor seiner Schwester so offen war. Sie funkelte ihn warnend an.

»Wie war das mit den Gentlemen, die genießen und schweigen?«, ergriff Linda lachend für Amy Partei und trug die Schüssel zum Tisch.

»Du musst unbedingt deinen Teller leer essen, sonst bekommst du Ärger mit Linda«, warnte Ryan sie. »Sie liebt es, für Gäste zu kochen, nimmt es aber jedem krumm, der nicht isst, was sie zubereitet. Und wenn es noch so übel schmeckt«, rief Ryan seiner Schwester lachend hinterher, die ihm als Antwort die Zunge rausstreckte.

»Hör auf, Unsinn zu erzählen!«, warnte sie ihn. »Kommt lieber zum Essen, ehe alles kalt wird!« Sie rief nach den Kindern und goss Limonade in die Gläser.

Amy wollte ihr folgen, aber Ryan hielt sie zurück. Er schirmte sie mit seinem Körper ab, umfasste unauffällig ihre Taille und sah sie ernst an.

»Ich hoffe, du … fühlst dich wohl?«, flüsterte er. »Das kann … schon etwas viel sein, wenn man es nicht gewohnt ist. Wenn du magst, kann ich dich gleich nach dem Essen ins Hotel bringen«, bot er an.

Amy lächelte glücklich. Sie strich ihm eine Strähne aus der Stirn und sah ihm in die Augen. Zuerst waren sie ihr stechend erschienen. Nun empfand sie sie als verheißungsvoll. Ryans Augen funkelten je nach Stimmung dunkel oder fast golden, so wie jetzt.

Der Moment schien wie gemacht für einen Kuss, aber sie traute sich nicht. Sie waren sich zwar sehr nahegekommen, aber darum noch lange kein Paar, auch wenn die Zärtlichkeit in seinen Augen sie das beinahe vergessen ließ. Sie senkte den Blick und biss sich auf die Lippe, um das sehnsüchtige Kribbeln zu vertreiben.

»Nein, es ist schön hier. Du bist so anders im Umgang mit deiner Familie. Ich finde es interessant, dich so zu erleben.«

»Gewöhn dich besser nicht daran. Morgen müssen wir zurück nach Frisco.« Bedauern schwang in seiner Stimme mit.

»Und dort musst du zwangsweise ein anderer sein?«

Ehe Ryan antworten konnte, kam Liam angerannt und packte die Hand seines Onkels.

»Komm! Du sitzt neben mir!«, forderte er und Ryan gab Amy schulterzuckend frei.

»Da hörst du es – der Häuptling hat gesprochen.«

***

»Na los, Kinder, sagt Gute Nacht zu Amy!« Ryan trug seinen Neffen an den Füßen kopfüber in die Küche. Ella folgte ihm glucksend und versank in einen königlichen Knicks.

»Gute Nacht, Amy!«, echoten beide laut, und Linda gab ihnen einen Kuss.

»Schaff sie endlich ins Bett, Bruderherz«, flehte sie gut gelaunt und trieb Ryan durch Schläge mit dem Geschirrtuch in Richtung Treppe. »Wir Mädels brauchen endlich unsere Ruhe!«

Amy schüttelte kichernd den Kopf. Was für eine wilde Sippe. Es war herrlich, an diesem Abend ein Teil davon zu sein. Für sie war Familie immer eine ernste Angelegenheit. Ihre Eltern waren immer sehr mit sich selbst beschäftigt gewesen. Ihre Mutter oft mürrisch und abwesend. Ihr Vater in der Arbeit. So eine Art von Wärme und Verbundenheit hatte sie nur mit ihrem Großvater geteilt.

»Er mag dich sehr«, platzte Linda heraus und räumte dabei den letzten Teller in die Spülmaschine.

Amy lehnte mit dem Weinglas in der Hand an der Küchenzeile. Sie zuckte mit den Schultern. Was sollte sie darauf schon sagen? Dass sie ihn auch mochte? Dass das bei Weitem nicht alles war? Dass sie sich in ihn verliebt hatte – nach diesem Abend noch viel mehr? Sie wollte ihre Gefühle nicht ergründen und schon gar nicht diskutieren. Dafür fürchtete sie sich zu sehr vor dem Tag, an dem sein Auftrag in Frisco beendet sein würde. Sie lebten in verschiedenen Welten. In ihren Leben gab es keinen Platz für eine Beziehung.

Und doch war das zwischen ihnen so viel mehr als ein Flirt.

»Ich hätte nicht gedacht, dass Ryan so ein Familienmensch ist«, sagte Amy und nippte am Wein. Aus dem Obergeschoss hörte sie leise Ryans Stimme. Offenbar las er den Rabauken eine Geschichte vor.

»Oh, er liebt Kinder!«, sagte Linda. »Seit meiner Scheidung spielt er für Ella und Liam den Vaterersatz, wann immer seine Zeit es zulässt. Er hätte gerne eigene. Aber wir Scandriks haben kein besonderes Glück in der Liebe. Ryan war schon zwei Mal verheiratet – wusstest du das?«

Amy nickte. »Er hat es erwähnt. Allerdings scheint er mir nicht der Typ zu sein, der viel Zeit für die Familie hätte. Ging daran nicht auch seine zweite Ehe zugrunde?«

Linda runzelte die Stirn. »Vermutlich glaubt er das sogar selbst«, murmelte sie nachdenklich. »Aber der wahre Grund ist wohl eher, dass keine seiner Frauen zu ihm gepasst hat. In seiner Vorstellung hätten die beiden vielleicht gute Ehefrauen oder Mütter abgegeben. Aber im Grunde sucht er keine Hausfrau, auch wenn er das gerne glauben will. Ich denke, er sucht jemanden, der seinen Ehrgeiz versteht. Der ebenso zielstrebig ist wie er.« Linda lächelte gedankenverloren. »Vor Jahren hat er mal zu mir gesagt, er sucht eine Frau, die brennt.«

»Die *brennt?*«, hakte Amy verständnislos nach.

»Genau das habe ich auch gefragt. Er meint eine Frau, die *für etwas brennt.* Die in der Lage ist, echte Begeisterung zu entwickeln. Die deshalb versteht, was *ihn* antreibt.« Linda schloss die Spülmaschine und griff nach der Weinflasche. »Er möchte keine Frau, die neben ihm im Schatten steht, ich denke, er möchte mit ihr brennen.«

»Aber er zerstört Firmen.« Amy war sich bewusst, dass das wie ein Vorwurf klingen musste, und es passte nicht zu Lindas Worten. Vielleicht hatte sie es darum gesagt.

»Tut er das? Ich glaube, du siehst das falsch. Er erkennt Fehler. Er hat oft von Firmen erzählt, die er gerettet hat.« Linda wog ihre Worte ab. »Das meinte ich mit *brennen.* Er gibt alles für seine Auftraggeber – und manchmal geht er mit den Betrieben zugrunde, für die er nichts tun kann. Denk nicht, dass ihn das kaltlässt – auch wenn er gut darin ist, seine Gefühle zu verbergen.«

»Was verrät meine Schwester denn hier für Geheimnisse?«, fragte Ryan, als er mit dem Märchenbuch unter dem Arm zur Tür hereinkam. »Du hast Amy doch hoffentlich nicht die Story mit der Maus erzählt, oder?«

Linda lachte herzlich, schüttelte aber den Kopf. »Nein, würde ich doch nie tun!«, schwor sie zwinkernd.

»Was für eine Maus?«, hakte Amy neugierig nach, und obwohl sie keine Ahnung hatte, um was es ging, musste sie grinsen. Geschichten mit Männern und Mäusen mussten ja witzig sein.

Ryan legte das Buch auf den Tisch und lehnte sich ebenfalls an die Arbeitsplatte. Er stand so dicht bei Amy, dass sich ihre Schultern berührten. Trotzdem wirkte die Berührung zufällig. Auch er schien sich unsicher zu sein, was das zwischen ihnen war. Um seine Augen lagen Lachfältchen, als er seiner Schwester mit erhobenem Finger drohte.

»Das erzähle ich dir später«, redete er sich heraus und warf einen demonstrativen Blick auf die Uhr. »Ich habe uns ein Taxi bestellt, denn ich denke …«, wieder lag so ein Funkeln in seinem Blick, »… ich denke, ich sollte Amy jetzt langsam ins Hotel bringen.« Seine Stimme klang warm mit einem verheißungsvollen Unterton, der Amys Herz schneller schlagen ließ. Sie gähnte absichtlich und nickte.

»Du hast recht. Morgen liegt einiges an Arbeit vor uns. Und ich bin echt erledigt.«

Linda lächelte wissend, spielte aber mit.

»Ich verstehe. Es hat mich gefreut, dich kennenzulernen, Amy. Hoffentlich sehen wir uns wieder.«

»Das wäre schön. Vielen Dank für das Essen. Und bitte grüß die Kinder noch mal von mir. Sie sind echt cool.«

»Sie sind furchtbare Quälgeister!«, widersprach Ryan wenig überzeugend, kassierte aber trotzdem einen Knuff von seiner Schwester für diese freche Antwort. Er legte Amy leicht die Hand in den Rücken, als er sie zur Haustür führte. Obwohl er dabei mit Linda scherzte, rieselten Schauer durch Amys Körper und jagten ihren Puls in die Höhe.

Linda winkte ihnen hinterher, bis sie ins Taxi stiegen, aber Amy hatte nur noch Augen für Ryan. Ihre Müdigkeit war verflogen, als er ihr während der kurzen Fahrt verheißungsvoll die Hand auf den Oberschenkel legte.

Kapitel 25

Die Entscheidung

»Bis morgen, Amy!«, rief Madison und winkte im Hinausgehen.

Amy grüßte zurück und wischte die letzten Krümel von der Arbeitsplatte. Endlich herrschte in der Rezeptküche wieder Ruhe. Der Tag war ein voller Erfolg gewesen, sie hatten eine weitere köstliche Praline erschaffen, die zwar exquisit war, aber dennoch eine große Gewinnspanne versprach. Zudem war sie einfach herzustellen, was ihre Kapazitäten, was das Personal für die neue Produktionslinie anging, entlastete. Amy war sehr zufrieden, als sie sich eine der neuen Köstlichkeiten in den Mund schob. Seit ihrer Rückkehr aus Chicago vor zwei Tagen schien alles zu gelingen, was sie sich vornahm.

Genießerisch schloss sie die Augen und ließ sich die Ummantelung aus Kaffee und Kakao auf der Zunge zergehen.

Damit konnten sie es schaffen. Diese Praline würde die erste ihrer neuen Produktionslinie werden. Mit einem Lächeln im Gesicht und voller Erwartungen wickelte sie eine davon in Folie und band eine Schleife darum. Ob Kendra wohl herausschmeckte, wie viel ihr diese Praline bedeutete?

Mit dem gleichen Glücksgefühl im Herzen wie am Morgen, als sie sich voller Hoffnung von Ryan verabschiedet hatte, schlüpfte sie nun aus ihrer Schürze und löschte das Licht. Er erwartete noch heute einen Entschluss der *Corporation*, und sein Optimismus ließ sie schon die ganze Zeit wie auf Wolken schweben. Er war ein Profi in seinem Fach. Er wusste, was zu tun war, um *Archers Original Sweets* zu retten. Und er war endlich auf ihrer Seite! Sie machte vor Glück kleine Hopser, als sie über den Hof zu ihrem Wagen ging, der schon seit dem Vortag dort geparkt stand. Gestern war sie mit Ryan gefahren und in der Frühe wieder mit ihm hergekommen. Falls das einem der Mitarbeiter aufgefallen war, hatte sie jedoch noch niemand darauf angesprochen.

Amy schmunzelte, als sie an Ryan dachte. Ihr Herz hüpfte und sie fühlte sich so beschwingt, dass ihr ein Lachen über die Lippen kam. Ob sie es wohl wagen konnte, auch heute wieder bei Ryan im Hotel vorbeizufahren? Oder war das zu forsch? Sie wünschte, sie hätten über ihre Gefühle gesprochen, aber seit sie aus Chicago zurück waren, spürte sie seine Zerrissenheit zwischen der Zuneigung zu ihr und seiner Aufgabe.

Während der Arbeitszeit hatte sie Ryan nicht zu Gesicht bekommen und sie vermisste ihn. Sich das einzugestehen fiel Amy nicht leicht. Ob er wohl ebenso oft an sie dachte wie sie an ihn? Ob er auch die Schmetterlinge im Bauch fühlte? Und wenn ja, was bedeutete das dann für sie beide?

Am Firmentor angekommen stutzte Amy. Sein Mercedes stand noch da. Das hatte sie nicht erwartet. Sie drehte sich um und sah hinauf zu den Fenstern der Büroräume. Tatsächlich brannte Licht.

Ob Ryan noch arbeitete? Sie zückte ihr Handy, um ihn anzurufen, ließ es dann aber kopfschüttelnd wieder in ihre Tasche fallen. Sie würde einfach nachsehen.

Mit einem heimlichen Grinsen auf den Lippen malte sie sich aus, was sie mit ihm im verlassenen Büro alles anstellen konnte. Ja, das war definitiv besser, als nur anzurufen.

Sie zupfte ihre Locken zurecht und prüfte im glänzenden Lack seines Mercedes' ihr Äußeres. Zufrieden damit kehrte sie in die Fabrik zurück. Die Flure waren dunkel und verlassen und ihre Schritte hallten gespenstisch. Sie war nervös. Es war eine kribbelnde Nervosität, gepaart mit freudiger Erwartung. Ob er sie wie im Film auf dem Schreibtisch lieben würde, nachdem er in einer leidenschaftlichen Geste sämtliche Papiere zu Boden gefegt hatte?

Der sanfte Lichtschein aus der angelehnten Bürotür wies ihr den Weg und sie öffnete lächelnd die Tür.

»Hi! Was machst du denn so spät noch hier?«, fragte sie beim Eintreten. Ryan hatte ihr den Rücken zugewandt und sah aus dem Fester hinaus in die Herbstnacht. »Hast du auf mich gewartet? Ich wäre beinahe gegangen, weil ich ja nicht wusste, dass du …«

Er wandte sich zu ihr um und Amy blieben die Worte im Hals stecken. Er sah verärgert aus.

»Was ist los?«, fragte sie besorgt und trat zu ihm an den Schreibtisch.

Sein Blick war distanziert, als er sich die Krawatte nach oben schob und sich räuspernd setzte.

»Du hast mir nicht gesagt, dass du eine Versammlung der Anteilseigner einberufen hast«, erklärte er tonlos und blätterte durch einen Stapel Papiere.

»Wovon sprichst du?«, fragte Amy verwirrt. Sie wäre gerne zu ihm gegangen, aber etwas an seiner Haltung hielt sie zurück. Von dem liebevollen Mann, mit dem sie die letzten Tage im Bett gefrühstückt hatte, war nichts mehr zu sehen.

»Ich habe heute einige unerfreuliche Anrufe erhalten, Amy«, informierte Ryan sie. »Und der Grund dafür waren Termine, die du vereinbart hast, um Anteile von Eignern zurückzukaufen.« Er sah sie nicht an, sondern tat so, als betrachtete er die Wand hinter ihr. »Das stößt auf Unmut bei der *Sugar-Tale-Corporation.*«

Seine Kälte machte Amy wütend. Wie konnte er sie so herablassend behandeln, nach dem, was zwischen ihnen gewesen war …?

»Ich weiß nicht, wovon du sprichst! Ich habe keine Versammlung …« Dann dämmerte ihr etwas. »Halt, warte. Ich glaube, ich weiß, was du meinst. Als du letzte Woche meine Leute hier hast antanzen lassen, da habe ich mit dem Gedanken gespielt, mir die Anteile zurückzuholen, um die Arbeitsplätze zu retten. Aber … aber dann hatten wir die Sache doch geklärt. Wir …« Sie fasste nach Ryans Hand. »Wir haben uns doch geeinigt, dass wir den Versuch mit der neuen Produktionslinie wagen wollen. Ich habe nur vergessen, das abzusagen. Die Präsentation und der Trip nach Chicago haben schließlich meine ganze Aufmerksamkeit gefordert.«

Ryan löste seine Finger aus ihren und griff nach einem Kugelschreiber, wie um weitere Nähe zu unterbinden.

»Wir brechen den Versuch ab. Die *Corporation* hat heute deutlich gemacht, dass eine Pralinenserie im gehobenen Preissegment nicht ihrer Firmenpolitik entspricht. Immerhin geht es um Gewinne, und die lassen sich bei einem mittelpreisigen Produkt für die breite Masse leichter erzielen.«

Amys Herz setzte einen Schlag aus. Ihre Fingerspitzen wurden eisig.

»Aber …?!«

»Lass mich ausreden«, forderte Ryan und sah ihr zum ersten Mal direkt in die Augen. Kurz glaubte sie, Mitgefühl in seinen Zügen zu erkennen, doch dann räusperte er sich und dieser Eindruck verschwand, als wäre er nie da gewesen. »Die *Corporation* hat nun ihrerseits den Eignern Angebote für eine Übernahme der Anteile gemacht, Amy. Dein Vorstoß in dieser Sache ließ ihnen keine Wahl. Sobald wir Antwort erhalten, erfährst du es natürlich. In der Zwischenzeit haben sie Markenrechte an den Rezepten deines Großvaters angemeldet, und du müsstest bitte diese Vereinbarung unterzeichnen.«

Er reichte ihr ein Schriftstück, das den Briefkopf einer Chicagoer Kanzlei trug.

»Was …?« Amy traute ihren Ohren nicht. Das musste ein Albtraum sein. Aber warum fühlte es sich dann so schrecklich real an? Sie sank kraftlos gegen die Schreibtischkante, ihre Knie waren weich wie Butter. »Was ist das?«, fragte sie und deutete auf den Brief, weil es ihr einfacher erschien, sich darauf zu konzentrieren, als sich dem zu stellen, was Ryan zuvor gesagt hatte.

Da sie nicht nach dem Schreiben griff, schob er es ihr über die Tischplatte zu. Er tippte mit dem Stift auf einige Worte, um seine Erläuterungen zu unterstreichen.

»Das ist eine Erklärung, aus der hervorgeht, dass die Markenrechte an den Rezepten beim Produzenten der Pralinen liegen. Dein Großvater hat mit den Produkten eine Marke erschaffen, die Firmeneigentum ist. Das ist wichtig, weil sonst jeder kommen und die gleichen Pralinen verkaufen könnte.«

»Es ist meine Firma!«, erklärte Amy irritiert und überflog das Kauderwelsch der geschwollenen Amtssprache des Anwalts.

»Um genau zu sein, sind alle Eigner daran beteiligt. Jedem von ihnen wird dieser Schrieb soeben von Kurieren zugestellt. Ohne diese Rechtssicherheit könnte selbst die *Corporation* einfach die Pralinen nachproduzieren«, warnte Ryan sie eindringlich.

Amy schüttelte den Kopf. »Ja, aber wenn ich das unterzeichne – und ihr euch die Mehrheit holt, dann … dann gehört euch alles.«

»Der *Corporation*«, korrigierte Ryan.

Er wusste, wie schrecklich sich Amy fühlen musste. Er sah, wie sie litt, aber man hatte ihm deutlich gemacht, dass es keine

Optionen mehr gab, ihre Wünsche zu berücksichtigen. Durch die geplante Zusammenkunft der Eigner fühlten sich seine Auftraggeber gezwungen zu handeln. Und er war nun einmal hier, um das zu regeln. Darum schluckte er jedes Gefühl runter und besann sich auf seine Aufgabe – auch wenn er sich selbst dafür verachtete.

»Ich werde das nicht unterzeichnen, Ryan! Ich werde … überhaupt nichts auf das geben, was du sagst! Noch habt ihr nicht die Mehrheit! Und wem, glaubst du, werden meine Leute und die Freunde meines Großvaters ihre Anteile wohl lieber überlassen? Euch oder mir?«, schrie sie und zerknüllte zornig den Anwaltsbrief.

»Amy!«, versuchte er sie zu besänftigen. »Du musst unterschreiben. Ich … ich bin nicht dein Gegner, das weißt du. Nimm die in dem Schreiben gebotene Summe für sämtliche Rechte an den Rezepten und … und mach was draus. Sie nehmen es sich ohnehin. Mit oder ohne deine Zustimmung.«

Amy riss die Arme in die Luft und schüttelte fassungslos den Kopf.

»So ist das, ja? Sie nehmen es sich einfach?! Wirklich?«

Ryan kniff die Lippen zusammen, hielt ihrem mörderischen Blick jedoch stand. »Ja.«

Sie lachte hysterisch. »Du musst es ja wissen, nicht wahr? Wie viele Firmen hast du dir denn schon *genommen*? Und warst du mit all den leichtgläubigen Weibern im Bett, die du bestohlen hast?«

»Na komm, Amy! Das ist nicht fair!« Seine Maske des emotionslosen Wirtschaftsberaters begann zu bröckeln. »Du weißt, dass …«

»Lass gut sein. Es ist eh egal«, sagte Amy müde. »Ich war eben so dumm, mich in dich zu verlieben, obwohl ich es hätte besser wissen müssen.« Dann brauste sie wieder auf. »Ich bin vielleicht naiv! Aber ich bin nicht so naiv, wie du denkst! Wir werden sehen, wer am Ende mehr Firmenanteile hat!«

Sie drehte sich um und floh zur Tür.

Sie musste hier unbedingt raus! Noch nie in ihrem Leben hatte sie sich so verraten und verletzt gefühlt. Tränen drängten gegen ihre Lider, aber sie wollte Ryan nicht die Genugtuung geben, ihm ihren Schmerz zu zeigen. Sie rannte den Flur entlang, vorbei an Jessicas Empfangstresen, geschüttelt von stummen Schluchzern. Beinahe hatte sie den Haupteingang erreicht, da wurde sie von hinten gepackt und gegen den Tresen gedrückt.

»Du hast dich verliebt?«, fragte Ryan und seine dunklen Augen suchten nach einer Antwort in ihrem Gesicht.

»Lass mich in Ruhe!«, schrie Amy und trat nach ihm, aber er gab sie nicht frei. »Warum lässt du mich nicht einfach?«

»Weil es wichtig ist, Amy!«

»Was ist wichtig? Was kann jetzt noch wichtig sein?«, rief sie und verlor den Kampf gegen die Tränen. Frustriert wischte sie sie beiseite und besann sich auf ihre Wut.

»Du hast gesagt, du hast dich verliebt«, wiederholte er drängend. »Stimmt das?«

»Leg nicht alles auf die Goldwaage, Ryan! Wir hatten Sex! Mehr war da nicht!« Sie riss sich los und stand ihm sprühend vor Zorn gegenüber. »Ich wünschte, ich wäre dir nie begegnet!«

***

»Beruhige dich, Liebes«, flüsterte Kendra und strich Amy tröstend über den Rücken. Die klammerte sich an die alte Frau, als hätte sie jeden anderen Halt im Leben verloren. Kendra wusste genau, wie Amy sich fühlen musste. »Alles wird gut«, versicherte sie ihr, auch wenn sie selbst hatte erfahren müssen, dass nicht immer alles wieder gut wurde.

»Oh, Kiki!«, weinte Amy. »Ich weiß überhaupt nicht mehr, was ich noch tun soll. Ich … bin so unglücklich!«

Kendra löste sich aus der Umarmung und sah sich im *Little Pie* um. Ihre Schwiegertochter kassierte die letzten Tische ab, denn sie würden bald schließen.

»Das sieht man, meine Liebe. Du bist vollkommen aufgelöst. Nun sag doch, was passiert ist! Musstest du jemanden entlassen?«

Seit Amy tränenüberströmt ins Café gestürmt war, hatte sie noch keinen vernünftigen Satz herausgebracht. Kendra war beunruhigt, denn so aufgebracht hatte sie ihre Freundin noch nie erlebt.

»Nein!«, schniefte Amy und wieder rannen ihr Tränen übers Gesicht. Ihre Augen waren geschwollen und ihre Nase vom Schnäuzen gerötet. »Ach, es … es ist nicht nur die Arbeit! Es … es ist alles!«, versuchte Amy ihr Gefühlschaos zu beschreiben. Sie zuckte mit den Schultern und strich einen losen Faden am Ärmel ihrer Bluse glatt, so, als könne sie ihn damit wieder in das geordnete Webmuster zurückzwingen.

»Ich verstehe nicht«, hakte Kendra nach, da Amy nicht mehr weitersprach. »Was bedrückt dich denn so?«

Amy sah Kiki unter gesenkten Lidern hervor verlegen an.

»Ich habe mit Scandrik geschlafen«, beichtete sie murmelnd. »Ich weiß! Du musst nichts sagen – ich bin echt doof!« Sie schluchzte. »Aber es hat plötzlich alles gepasst. Er war so anders – und ich … ich …«

»Du?« Kendra wartete auf eine Fortsetzung.

Amy verzog das Gesicht.

»Ich habe mich in den Scheißkerl verliebt«, gestand sie verbittert. »Er hat mir Hoffnung gemacht, mir versichert, dass er an mich und meine Ideen glaubt – und jetzt … zerstört er alles.«

Wieder fing sie hemmungslos an zu weinen und vergrub ihr Gesicht in den Händen. Kendra nickte wissend. Mit gebrochenen Herzen kannte sie sich aus.

»Hat er denn gesagt, warum er seine Meinung geändert hat? Es muss doch einen Grund geben?«

Amy hob den Kopf.

»Die Anteile!«, antwortete sie heiser vom Weinen und kramte in ihrer Tasche nach einem Taschentuch. »Ich muss sie zurückkaufen, Kiki. Alle. Ich werde die Wohnung verkaufen und …«

»Um Himmels willen, Amy! Du kannst doch nicht deine Wohnung verkaufen. Wo willst du dann hin?«

»Zurück zu Mom. Es wäre ja nur eine Übergangslösung.«

Kendra schüttelte entschieden den Kopf.

»Deine Mutter will mit der Fabrik nichts zu tun haben, das war schon immer so. Warum sollte sie dir jetzt helfen? Außerdem scheint mir heute Abend die Firma dein kleinstes Problem zu sein. Du hast dein Herz verloren, Liebes. Darum solltest du dich kümmern.«

»Da gibt es nichts zu kümmern. Ryan und ich … das war nur ein Traum.« Amy griff in ihre Tasche und holte die Praline heraus, in die sie vor wenigen Stunden noch so glücklich ihre ganze Zukunft gelegt hatte. »Träume platzen, Kiki … Aber diese Praline wird mein Neuanfang werden – darum kämpfe ich!« Sie stellte die in Folie verpackte Süßigkeit vor ihrer Freundin auf den Tisch und sah zu, wie die alte Frau mit zitternden Fingern danach griff.

»Liebst du ihn?«, fragte Kendra leise, ohne ihren Blick von der Praline zu nehmen.

»Ist doch egal, was ich fühle, denn ich kann mit keinem Mann zusammen sein, der Großvaters Lebenstraum bedroht.«

Kendras Blick verschleierte sich. »Archer würde nicht wollen, dass du dein Glück für seine Firma aufs Spiel setzt, Amy«, erklärte sie voller Überzeugung. »Wenn du ihn also liebst, dann …«

»Wie könnte ich nach so kurzer Zeit schon von Liebe sprechen? Wie könnte ich nur für das vage Gefühl, dass er der Richtige für mich ist, alles riskieren?«

»Du wirst noch viel mehr verlieren, wenn du nichts riskierst.« Sie strich liebevoll über die Praline und blinzelte traurig. Kendra wirkte, als wäre sie in Gedanken weit weg.

Kapitel 26

Das Geschenk

Kendra fühlte nichts. Es war vorbei. Der Tag war geschafft – und entgegen aller Ängste fühlte sie nichts. Die kurze Schleppe ihres Brautkleids glitt flüsternd über den Boden, als sie in ihr neues Zuhause trat. Auf dem Tisch, dem Sideboard und der Couch vor ihr türmten sich elegant verpackte Geschenke. Große und kleine Päckchen, einige davon mit mächtigen Schleifen, und ein geschmackvolles Set edler Suppenterrinen. Bestickte Handtücher sowie Bettwäsche in jungfräulichem Weiß. Die Flut an Präsenten und Glückwunschkarten überraschte sie, denn sie hatten die Hochzeit nicht groß bekanntgegeben.

Die Tür ging auf und wieder zu. Kendra wandte sich nicht um, sie wusste auch so, wer eingetreten war: ihr Ehemann.

Wie merkwürdig das in ihren Ohren klang. Und wie bedeutungslos.

Sie spürte den Arm ihres Mannes an ihrer Taille, seinen Atem an ihrem Hals. Ihr Puls beschleunigte sich. Da war sie also doch. Die Angst. Was, wenn sie einen Fehler gemacht hatte? Was, wenn sie mit diesem Schritt nicht nur sich selbst, sondern auch den gutmütigen Marcus ins Unglück stürzte? Sie sah ihn unsicher an, und sein strahlendes Lächeln war zu viel für sie. Sie trat einen Schritt nach vorne, wie um die Geschenke noch genauer zu betrachten. Dabei wollte sie nur seiner Nähe entkommen. Sie konnte ihn nicht glücklich machen. Sie liebte ihn nicht.

»Wir sollten uns gleich eine Liste anlegen«, meinte Marcus und trat wieder neben sie. »Für die Dankschreiben.«

Kendra nickte und er nahm eines der Präsente in die Hand. Er wog es ab und hielt es ihr hin.

»Willst du es auspacken?«

Sie schüttelte den Kopf.

»Nein. Heute nicht mehr. Vielleicht morgen. Der Tag war lang.«

Schulterzuckend legte Marcus das Päckchen zurück zu den anderen.

»Du hast natürlich recht. Wir sollten schlafen gehen.«

Kendra nickte, ohne ihren Gatten anzusehen. Sie fürchtete, er könne ihren Kummer erkennen, wenn sie ihn ansah.

»Das sollten wir. Geh schon vor, ich brauche noch einen Moment für mich«, bat sie scheu. Die Kälte kroch durch den feinen Stoff ihres Kleides und sie unterdrückte ein Zittern, als Marcus sanft ihr Kinn anhob.

»Du musst keine Angst vor mir haben«, versicherte er ihr. »Ich würde dir nie wehtun.« Er küsste sie zaghaft und lächelte sie an, ehe er sich in sein Schlafzimmer zurückzog.

Zitternd atmete Kendra aus und umschlang ihren Körper mit den Armen. Sie wiegte sich selbst wie ein Kind, um sich zu beruhigen. Als sie sich umwandte, um ihrem Mann zu folgen, fiel ihr Blick auf ein beinahe unscheinbares Geschenk, das zwischen all den üppigen Präsenten kaum auffiel.

Kendra hielt sich die Hand mit den Spitzenhandschuhen vor den Mund. Der Raum begann sich um sie herum zu drehen, und sie beugte sich nach unten, um nicht in Ohnmacht zu fallen. Das Herz hämmerte ihr in den Ohren und alles an ihrem Körper fühlte sich taub an. Wie von seidenen Fäden gezogen nahm sie das Geschenk vom Tisch und hielt es gegen das Licht. Es war eine einzelne, in feinste Folie verpackte Praline.

***

Kendra schob den Kinderwagen die Straße entlang und summte dabei leise ein Schlaflied für den kleinen Jim. Sie schlenderte im frühlingshaften Sonnenschein und genoss den Duft der Hyazinthen in den Beeten. Die Weidenzweige über ihrem Kopf schwangen im Wind wie wehende Fahnen, und zum ersten Mal seit Langem atmete sie erleichtert durch. Ihr gebrochenes Herz heilte beim Anblick ihres Sohnes Stück für Stück, auch wenn es nie wieder vollkommen sein würde. Ihr Herz trug Narben. Und in einem Teil davon würde sie ihre Liebe zu Archer Bishop für immer hüten.

Sie verließ die Straße und schob den Wagen in den Walter Byron Memorial Park. Dieser kleine, kaum als solcher zu bezeichnende Park verband den Ortskern mit den Hallen des wachsenden Industriegebiets und verkürzte damit den Arbeitsweg etlicher Einwohner von Frisco. Es gab dort jetzt viele neue Arbeitsplätze – entstanden durch *Archers Original Sweets*.

Ihr Weg führte Kendra an dem plätschernden Springbrunnen vorbei, wo zwei Blaumeisen sich um Brotkrümel stritten. Nicht weit davon setzte sie sich auf eine Bank und schaukelte den Kinderwagen nur noch mit dem Fuß, um Jims Schlaf nicht zu stören. Sie fühlte mit der Hand seine Wangen und seinen Nacken und steckte die Decke etwas fester um seine kleinen Schultern fest. Es war angenehm warm in der Sonne, auch wenn der Sommer noch fern war. Hoffentlich würde es nicht wieder so viel regnen wie im letzten Jahr. Sie wünschte sich einen richtigen Sommer, so wie der, den sie gemeinsam mit Archer erlebt hatte.

Kendra schloss die Augen. Jener Sommer war ihr nicht wegen der anhaltenden Hitzewelle in Erinnerung geblieben, sondern weil es der glücklichste und zugleich traurigste ihres Lebens gewesen war. Es war ein Sommer, der sich in seiner Intensität sicher niemals wiederholen würde.

Das Geräusch von Schritten auf dem Kiesweg ließ sie blinzeln. Eine Frau mit einem etwa dreijährigen Mädchen an der Hand spazierte am Brunnen vorbei. Die Kleine tauchte ihre Hände ins Wasser.

Kendra wollte aufspringen und gehen, aber das hätte die Aufmerksamkeit der Frau erst auf sie gelenkt. Darum blieb sie sitzen und schaukelte sanft den Kinderwagen.

Die andere Mutter begann zu schimpfen.

»Dana! Du machst noch deine Ärmel nass!« Sie eilte herbei und zog das Kind weiter. »Nun sieh dich an! Bis zum Ellbogen, das schöne Kleidchen!«

Kendras Herz klopfte, das Gefühl endlich einkehrenden Friedens war fort. Hier in Frisco, wo Archers Schatten immer über ihr hing, würde sie niemals Frieden finden. Besonders dann nicht, wenn sie sich plötzlich seiner Frau und seiner Tochter gegenübersah.

Agnes Catrall – oder Bishop, wie sie ja seit der Hochzeit hieß – war eine schöne Frau. Sie und Archer hatten nach dem Vertragsabschluss nicht lange gewartet. Weder die Schwangerschaft noch die vergangenen fünf Jahre hatten an Agnes' Schönheit etwas geändert. Sie war schlank und trug ihr Haar jetzt länger als damals, als Kendra sie am Bahnhof getroffen hatte. Das schien ein halbes Leben her zu sein. Die einzige Veränderung war der verbitterte Zug um ihren Mund.

Schimpfend ging Agnes mit ihrer Tochter weiter in Richtung Industriegebiet, und Kendra ahnte, wo ihr Weg sie hinführen würde. Sie selbst hatte sich der Fabrik nicht mehr genähert, seit sie Archer dort im strömenden Regen gefunden hatte. Aber sie hatte natürlich die Zeitungsberichte und Fotos gesehen. Marcus hatte im Café immer sämtliche Zeitungen der Region ausliegen – weil er sie selbst gerne las und auch für die Gäste. Deshalb wusste Kendra, dass Archer Erfolg hatte. Aber daran hatte sie ja ohnehin nie gezweifelt. Auf den Zeitungsfotos sah er immer stolz aus. Zufrieden, zumindest für all jene, die ihm nicht nahestanden. Doch Kendra sah, dass das Leuchten in seinen Augen fehlte. Dass sein Lachen nicht aus seinem Herzen kam. In diesen Momenten erkannte sie, dass sie einen Fehler gemacht hatte. In diesen Momenten – und an jedem einzelnen Abend ihres Lebens, wenn die Tür des *Little Pie* aufging und ein Laufbursche aus seiner Fabrik ihr eine Praline brachte.

Mit Tränen der Erinnerung in den Augen bückte sie sich zum Korb unter dem Kinderwagen und nahm das kleine Folienpäckchen vom Vorabend heraus. Ihr Blick folgte Agnes Bishop und glitt weiter bis zur Fabrik in der Ferne. Sie wickelte die Praline aus und biss mit einer Mischung aus Genuss und Traurigkeit hinein.

Wie findest du sie, Kiki?, hörte sie Archers Stimme so nah an ihrem Ohr, dass sie eine Gänsehaut bekam.

»Köstlich«, flüsterte Kendra, auch wenn sie wusste, die Frage war nur in ihrem Kopf gestellt worden.

Die Süße zerging auf ihrer Zunge, und wie immer, wenn sie Archers Köstlichkeiten aß, war es, als würde er sie küssen.

Nach der ersten Praline zu ihrer Hochzeit war jeden Tag eine gekommen. Zu Beginn hatte Kendra sie weggeworfen. Hatte sich geweigert zu akzeptieren, dass er das Band zwischen ihnen nicht reißen lassen wollte. Sie hatte sich sogar darüber geärgert, dass er, der doch schließlich Agnes Catrall geheiratet hatte, ihr kein Glück in ihrem Leben mit Marcus gönnte. Nicht, dass sie mit Marcus glücklich gewesen wäre, wenn Archer sich nicht jeden einzelnen Tag in ihr Leben gestohlen hätte. Aber sie hätte es gerne geglaubt. Doch Archer machte ihr mit jeder Praline aufs Neue deutlich, was sie verloren hatte.

Dann, eines Abends, war Archer selbst ins Café gekommen. Er hatte gut ausgesehen. Gut, aber unglücklich. Kendra fühlte sich unwohl, schließlich stand Marcus in Hörweite hinter dem Tresen – und ihr Herz schlug vor Glück einen Salto in der Brust. Jedem musste auffallen, wie sie aufblühte, als ihre große Liebe auf sie zukam.

»Guten Abend, Kiki«, flüsterte er. »Mein Laufbursche ist krank, und da dachte ich …« Er nickte Marcus zum Gruß zu, auch wenn dessen Blick ihn verdammte. »Ich dachte, es ist an der Zeit, hier mal wieder einen Kaffee zu trinken und das hier selbst vorbeizubringen.« Er stellte eine in Folie verpackte Praline vor Kendra auf den Tresen.

Seine Geste zerriss sie beinahe. Sie wollte sich ihm in die Arme werfen, ihn küssen und schlagen zugleich, weil es zwischen ihnen so schrecklich schiefgelaufen war. Weil keiner von ihnen glücklich war!

»Danke, aber … ich sollte das nicht annehmen.«

Gequält lächelnd fasste er nach ihrer Hand.

»Annehmen musst du sie nicht. Aber ich werde nicht aufhören, sie dir zu schicken. Du weißt, warum.«

Kendra nickte. Obwohl sie den wütenden Blick ihres Mannes im Rücken spürte, brachte sie es nicht fertig, ihm ihre Hand zu entziehen. Sie hatte sich so lange nach Archer gesehnt. Nach der Liebe, die aus seinem Blick sprach, nach seiner Berührung.

»Ich werde sie annehmen«, gab sie mit tränenerstickter Stimme zurück und wickelte mit zitternden Fingern die Praline aus. Schließlich hatten sie genau dafür alles geopfert. Er sah ihr tief in die Augen, als sie die Schokolade kostete.

»Wie findest du sie, Kiki?«, hatte er gefragt und ihre Hand gedrückt, so, als würde irgendwann alles wieder gut werden …

***

Ein Hund bellte und der kleine Jim erwachte mit einem gellenden Schrei. Kendra atmete tief durch, sah ein letztes Mal hinüber zur Fabrik und sperrte die Geister ihrer Vergangenheit wieder in den hintersten Winkel ihres gebrochenen Herzens.

Sie streichelte Jims Wange, küsste seine bebenden Lippen und hinterließ einen Schokoladenabdruck an seinem Mundwinkel. Sie wischte ihn mit dem Daumen ab und lächelte. Sie war heute nicht mehr ganz so unglücklich wie damals, aber der Fehler, den Archer und sie gemacht hatten, würde ihnen beiden für immer das große Glück verwehren. Sie hatten ihre Liebe verkauft – für den vergänglichen Geschmack von Schokolade.

Kapitel 27

Archers Erbe

»Danke, Mister Willis. Ich verstehe natürlich Ihre Bedenken. Lassen Sie sich mein Angebot trotzdem bitte noch einmal durch den Kopf gehen.« Amy musste es einfach noch mal versuchen, ehe sie das Gespräch frustriert beendete. Sie legte auf und schüttelte niedergeschlagen den Kopf.

»Wieder nichts?«, hakte Jessica scheu nach, ehe sie Mister Willis von der Liste der Anteilseigner strich.

»Nein, verdammt!«, fluchte Amy und warf einen brennenden Blick den Gang hinunter in Richtung ihres Büros. Um Ryan aus dem Weg zu gehen, hatte sie heute ihr Lager bei Jessica am Empfang aufgeschlagen. Sie versuchte seit dem Morgen, die Miteigner dazu zu bewegen, ihr die Anteile zu verkaufen, aber die *Corporation* hatte gute Vorarbeit geleistet. Ryans Auftraggeber konnten den Eignern deutlich mehr Geld anbieten. »Und der Typ von der Kreditbank hat sich wegen meiner Wohnung auch noch nicht gemeldet. Das macht mich ganz wahnsinnig!«

»Mich auch«, gestand Jessica unruhig und spähte ebenfalls Richtung Büro. »Er setzt Kündigungsschreiben auf«, sagte sie und brachte Amy damit auf den neuesten Stand. »Die Leute bei *Sugar-Tale* scheinen sich ihrer Sache also ziemlich sicher zu sein.«

Amy ballte die Hände zu Fäusten. Es war verrückt! Sie musste kämpfen. Sie brauchte all ihre Konzentration, um der *Corporation*, die gierig die Krallen nach ihrer Firma ausstreckte, doch noch ins Handwerk zu pfuschen. Aber stattdessen wurde ihr Kopf nur von einem einzigen Gedanken beherrscht: Ryan. Sie konnte nicht aufhören, sich zu fragen, ob er irgendetwas für sie empfand – oder ob alles nur ein flüchtiges Abenteuer für ihn gewesen war.

Und weil sie fürchtete, dass sie ihn genau danach fragen würde, wagte sie es nicht, ihm unter die Augen zu treten. Sie würde keine Erklärung für die Entlassungen verlangen, die er vorbereitete – oder für die Übernahme, die seine Auftraggeber in die Wege leiteten. Sie würde nur wissen wollen, ob ihm das, was zwischen ihnen geschehen war, etwas bedeutete. Oder bedeutet *hatte*. Und sie verachtete sich dafür. Es stand so viel auf dem Spiel und sie dachte nur an ihr Herz! An ihr dummes, verräterisches Herz!

»Sobald ich weiß, ob ich die Wohnung mit einem Kredit belasten kann oder sie verkaufen muss, weiß ich auch, wie viel genau ich aufbringen kann. Dann werden die Eigner mir hoffentlich zuhören. Im Moment halten alle lieber an ihren Anteilen fest.« Amy ärgerte sich über die Vertrauten ihres Großvaters. Sahen die denn nicht, dass die *Corporation* von Archers Lebenswerk nichts übrig lassen würde? Wie konnte ihnen das egal sein?

Wie so oft war sie wütend auf ihren Großvater, weil er so viel von seiner Firma abgegeben hatte. Warum hatte er das nur getan? Amy wusste, dass ihr Urgroßvater Chris Catrall ein stattliches Vermögen besessen hatte. Warum hatte Archer nicht ihn um Hilfe gebeten? War er zu stolz dazu gewesen?

Amy schob ihren Stuhl zurück und atmete entschlossen durch. Sie selbst konnte sich solchen falschen Stolz leider nicht leisten.

»Na schön. Wir kommen hier im Moment nicht weiter. Ich fahre raus zu meiner Mom. Ich muss sehen, ob ich mir von ihr Geld borgen kann – oder zur Not eine Weile bei ihr unterkommen«, erklärte Amy und griff sich den Autoschlüssel. Sie machte sich keine großen Hoffnungen, denn ihre Mutter Dana hatte sich bisher strikt aus allen Firmenangelegenheiten herausgehalten.

»Welch seltener Besuch«, grüßte Dana ihre Tochter kühl, ohne sich aus ihrem Sessel zu erheben. Die Fernbedienung lag in ihrer Hand und sie schaltete den Ton der Vormittags-Talkshow aus.

»Hi Mom«, überging Amy den stillen Vorwurf und setzte sich ihr gegenüber auf die Couch.

»Du hast dich seit Wochen nicht blicken lassen.« Ihre Mutter schien nicht gewillt, das zu ignorieren. Ihr Blick folgte weiterhin dem stummen Treiben auf der Mattscheibe.

»Ich war beschäftigt. Du weißt, dass Großvaters Firma in Schwierigkeiten steckt.«

Dana winkte ab.

»Du bist wie er. Schiebst immer die Arbeit vor. Etwas anderes zählt nicht. Ich hatte eine schlimme Erkältung, Amy. Aber du meldest dich ja nicht.« Sie schüttelte verärgert den Kopf. »Genau wie er.«

Amy kniff die Lippen aufeinander. Dieses Lied sang ihre Mutter nur zu gerne.

»Ich wusste doch von deiner Erkältung gar nichts!«, verteidigte sie sich. »Du hättest ja anrufen können.«

Beleidigt strich sich Dana über die Frisur. Ihr Haar wurde zusehends grauer und Amy bekam ein schlechtes Gewissen. Sie hatte sich wirklich in die Arbeit vergraben. Aber was hätte sie denn tun sollen? Die Firma erdrückte sie regelrecht. Solange sich die Probleme meterhoch vor ihr auftürmten, war auch keine Besserung in Sicht.

»Was willst du also heute hier, Amy?«

»Ich … ich wollte dich fragen, ob …« Amy beugte sich vor und nahm ihrer Mutter die Fernbedienung aus der Hand. »Können wir … das nicht kurz ausmachen?«

Sie wartete die Antwort nicht ab, sondern schaltete aus.

Dana sah sie streng an, setzte sich dann aber aufrecht hin und verschränkte ihre Finger wie zum Gebet.

»Du hast meine Aufmerksamkeit. Was ist los?«

Amy fühlte sich unwohl. Ihre Mutter hatte nie einen Hehl daraus gemacht, dass sie ihren eigenen Vater nicht wirklich schätzte. Warum das so war, hatte Amy nie hinterfragt. Sie hatte Großvater geliebt und manchmal, glaubte sie, hatte diese Liebe sogar einen Keil zwischen sie und Dana getrieben.

»Ich brauche deine Hilfe«, platzte Amy heraus, denn ihr fehlte die Zeit, um den heißen Brei herumzureden. »Wenn du mir kein Geld leihst, werde ich meine Wohnung verkaufen müssen, um die Firma zu retten. Und kann ich vielleicht eine Weile bei dir …«

»Das wirst du nicht tun!«, fuhr Dana energisch dazwischen. »Ich verbiete es!«

»Was? Du verbietest es? Du scheinst vergessen zu haben, dass ich kein kleines Kind mehr bin.«

Amy war wütend, dass ihre Mutter sie nicht einmal erklären ließ.

»Das habe ich nicht vergessen. Trotzdem wirst du deine Wohnung unter keinen Umständen verkaufen.«

Amy sprang auf und ging unruhig auf und ab.

»Verstehst du denn nicht? Großvaters Firma hängt davon ab! Es ist wirklich ernst, Mom.«

Dana sah sie nicht an, sondern starrte weiterhin auf die nun schwarze Mattscheibe.

»Ich verstehe wohl. Und es war abzusehen, dass es irgendwann so weit kommt.«

»Und das ist dir egal? Wie kann dir das nur egal sein!?«

»Es ist mir beileibe nicht egal, Amy. Ich bin erleichtert, dass dieser Fluch endlich von uns genommen wird«, entgegnete ihre Mutter distanziert.

»Wovon zur Hölle sprichst du?«

»Dein Großvater und seine verdammten Pralinen haben uns alle ins Unglück gestürzt. Ich bin froh, wenn dieses Kapitel geschlossen wird.«

»Ich verstehe überhaupt nicht, was du meinst!«, rief Amy wütend. Sie hatte ihre Mutter noch nie so erlebt.

»Natürlich nicht. Du hast ja nie wirklich mit ihm auskommen müssen. Für deinen Großvater hat im Leben nur eines gezählt: sein Süßzeug. Er hat daraus nie einen Hehl gemacht und weder mich noch Mutter jemals in sein Herz gelassen. Wir kamen immer an zweiter Stelle. Oder gar noch weiter hinten. Irgendwo weit hinter seiner Geliebten.«

Amy blieb abrupt stehen und starrte ihre Mutter entgeistert an.

»Jedenfalls wirst du von mir keinen Cent sehen, um das zu retten, wofür er uns alle verkauft hat, Amy! Such dir besser einen neuen Job, wenn es tatsächlich so schlecht um die Fabrik steht.«

Amy konnte nicht glauben, was sie da hörte. So unverhüllt hatte Dana ihre Wut auf Archer noch nie gezeigt. Wie kam sie dazu, ihn so zu verunglimpfen? Niemand, der ihren Großvater kannte, würde glauben, dass er eine Affäre gehabt haben könnte.

»Grandpa war der ehrenhafteste Mann, den ich kenne! Ich habe in den letzten Jahren viel Zeit mit ihm verbracht, Mom – mehr als du. Und ich verstehe nicht, wie du so über ihn sprechen kannst! Er war immerhin dein Vater!«

Dana erhob sich aus ihrem Sessel und griff nach der Fernbedienung, die vor Amy auf dem Couchtisch lag. Ihre Gesichtszüge waren starr. Als ginge sie das alles nichts an.

»Er war eben kein Vater. Nie.« Sie sah kalt an Amy vorbei. »Kannst du dir vorstellen, wie es für ein Kind ist, wenn es um die Liebe seines Vaters kämpft – und der einen einfach nicht sehen will?« Sie klang verletzt. »Mutter und ich spürten immer nur seinen Zorn. Er war ein verbitterter Mann, der deine Großmutter nie geliebt hat. Er hat sie nur des Geldes wegen geheiratet, Amy! Seiner dummen Firma wegen.«

Als hätte dieses Bekenntnis Dana sämtliche Kraft gekostet, sank sie atemlos zurück auf ihren Sessel und schaltete den Fernseher wieder an.

Amy wusste, jedes weitere Wort war sinnlos. Ihre Mutter würde ihr nicht helfen. Sie hatte wie immer keines ihrer Probleme gelöst, sondern nur neue Fragen aufgeworfen. Ihre Gedanken drehten sich um die Anschuldigungen ihrer Mutter, als sie sich zu ihr hinabbeugte und ihr zum Abschied einen Kuss auf die Wange hauchte.

»Ich werde dann mal gehen«, verabschiedete sie sich, ohne zu wissen, ob Dana ihr überhaupt noch zuhörte oder schon wieder der Talkshow im Fernseher folgte. »Und bitte melde dich das nächste Mal, wenn du krank bist.«

Wie erwartet bekam Amy keine Antwort. Dana sah sie noch nicht einmal an. »Mom? Hast du mich gehört?«

Dana blinzelte und warf ihr einen knappen Blick zu.

»Habe ich. Bitte zieh beim Hinausgehen die Tür fest ins Schloss. Seit Kurzem klemmt sie etwas.«

Amy nickte. Sie stand da und überlegte, was sie noch sagen sollte. Sie wusste nicht, wie sie die Kluft zwischen sich und ihrer Mutter überbrücken konnte, wenn die in ihr doch immer nur ein Abbild Archers sah.

Müde drehte Amy sich um und ging aus dem Haus. Sie warf einen Blick zurück auf all die leer stehenden Räume. Räume, in denen sie nicht willkommen war. Nicht, wenn sie damit *Archers Original Sweets* retten würde, das hatte Dana deutlich gemacht.

Während der Fahrt in die Stadt ging ihr das Gespräch nicht aus dem Kopf. Wie konnte ihre Mutter Archer nur mit so vollkommen anderen Augen sehen als sie selbst? Und sah sie nicht, dass sie selbst sich eben auch nicht wie eine liebende Mutter verhalten hatte? Und von welcher Geliebten hatte sie so verbittert gesprochen?

Unweigerlich drängte sich Amy ein Bild von Kiki auf, und obwohl sie eigentlich keine Zeit für einen Abstecher hatte, bog sie dennoch nicht wieder ins Industriegebiet ab. Sie beschloss, zuerst Antworten auf die Fragen zu finden, die der Besuch bei ihrer Mutter aufgeworfen hatte.

***

Mit einem komischen Gefühl im Bauch betrat Amy das *Little Pie*. Kiki war einer der wichtigsten Menschen in ihrem Leben. Wie sollte sie die alte Frau mit den Vorwürfen ihrer Mutter konfrontieren?

Amy ließ den Blick durchs Café schweifen. Kurz vor Mittag waren einige Tische besetzt. Leise Gespräche und das Klappern von Geschirr bildeten wie immer ein beruhigendes Hintergrundgeräusch zu den Gedanken, die Amy quälten. Aber von Kiki war nichts zu sehen. Amy schlenderte zum Tresen, wo Marissa Geld in die Kasse sortierte.

»Hi Marissa, weißt du, wo deine Schwiegermutter ist?«, fragte Amy und suchte noch einmal die Tische nach ihrer Freundin ab.

»Kendra kommt bestimmt gleich. Sie hatte heute Morgen irgendeinen Termin.« Marissa rollte mit den Augen. »Klang wichtig, aber was weiß ich schon«, scherzte sie, ohne dabei jedoch im Geringsten amüsiert zu wirken. »Sie wollte eigentlich längst wieder hier sein. Willst du warten?«

Amy zögerte. Sie musste zurück in die Firma – schließlich setzte Ryan gerade Kündigungsschreiben auf. Aber wenn sie Kendra hier abfangen würde, könnte sie sie vielleicht auch in Bezug auf die Anteile noch einmal um Hilfe bitten. Kiki musste doch verstehen, dass Amy ohne ihre zwei Prozent nie die Mehrheit erlangen würde. Selbst wenn sie alle anderen Anteile zurückkaufen konnte, bliebe Kendra das Zünglein an der Waage. Das war beunruhigend, besonders wenn sie so weit gehen musste, für die Firma ihre Wohnung zu verkaufen.

»Willst du einen Kaffee, solange du wartest?«, fragte Marissa und hob geschäftstüchtig die Kaffeekanne hoch.

»Nein danke. Ich … komme später noch einmal her.« Amy ärgerte sich, überhaupt dem Impuls nachgegeben zu haben, anstatt sich um ihre Probleme zu kümmern. Der Unsinn ihrer Mutter konnte wirklich noch warten. Sie hatte im Grunde auch gar kein Recht, im Leben ihres Großvaters herumzuschnüffeln. Sie sollte lieber sehen, dass sie sein Erbe nicht verspielte.

Entschlossen trat Amy hinaus auf die Straße und wäre dort beinahe mit Kendra zusammengestoßen.

»Hi Kiki!«, rief Amy überrascht und fasste nach ihrem Arm, damit die nicht stürzte.

»Amy! Was …?«, stammelte Kendra verwirrt und sah sich um. »Was treibt dich denn um diese Zeit hierher? Du machst doch nicht etwa neuerdings eine Mittagspause?«

Amy schüttelte lachend den Kopf. »Nein, nicht direkt.«

»Hätte mich auch gewundert.« Kendra knetete nervös ihre Hände. Wieder sah sie sich um. »Also, warum bist du dann hier?«

Amy zuckte mit den Schultern. »Keine Ahnung«, druckste sie herum. »Ich hatte gehofft … du … könntest mir einige Fragen beantworten.«

Kendra runzelte die Stirn. »Worum geht es, Liebes?«, wollte sie wissen und tätschelte Amys Hand. »Wollen wir ein paar Schritte gehen?«

»Gerne.«

Sie schlenderten die Straße entlang und bogen schließlich schweigend in den winzigen Park ein, der die Stadt mit dem Industriegebiet verband. Die Wege waren mit Moos überwachsen und die Blumenbeete verwildert. Seit Jahren eroberte sich die Natur den Park zurück, denn die Stadt kam mit der Pflege nicht hinterher.

»Also, Amy, wo drückt der Schuh? Geht es um deinen attraktiven Wirtschaftsberater? Er macht dir doch hoffentlich keinen Kummer?«

Sie umrundeten den Brunnen und setzten sich auf eine der Bänke, die unter den laublosen Bäumen auf seltene Besucher warteten.

»Nein. Meinen Ärger über Ryan hab ich verdrängt«, scherzte Amy, schnippte ein Stückchen Moos von der Bank und blickte hinüber zu den Schemen ihrer Fabrik am Horizont. »Es geht um Grandpa.«

Kendra faltete ihre Hände und sah Amy abwartend an. »Was ist mit ihm?«, hakte sie schließlich nach, als die weiterhin schwieg.

»Du hast meinen Großvater doch gut gekannt«, versuchte Amy das schwierige Gespräch zu beginnen.

Kendra nickte.

Amy sah hinab auf ihre Schuhspitzen. »Hast du ihn *sehr gut* gekannt?«

Wieder nickte Kendra. »Das könnte man wohl sagen.«

Amy hob den Kopf und sah ihre Freundin an. »Und wie gut hast du Archer genau gekannt, Kiki?«, presste sie verlegen heraus und bereute ihre Frage sofort, denn ihre Freundin wirkte nicht im Geringsten verschämt. So reagierte niemand, der mit einer heimlichen Affäre konfrontiert wurde.

»Es tut mir leid, Kiki!«, warf Amy hastig ein. »Vergiss die Frage! Ich … weiß nicht, was los ist. Meine Mutter hat mich ganz verrückt gemacht!«

Kendra lächelte nachsichtig und griff nach Amys Arm. »Schon gut, Liebes. Du musst dich nicht entschuldigen.«

»Doch, doch! Ich weiß ja, dass Großvater dir nahestand. Mehr muss ich auch gar nicht wissen. Ich weiß nicht, warum ich überhaupt gefragt habe.«

Amy war die Situation so unangenehm, dass sie aufstehen wollte, um Abstand zwischen sich und ihre Freundin zu bringen, aber Kendra hielt ihre Hände fest.

»Bleib hier, Amy«, bat sie, und wieder war es, als lege sich ein Schleier über ihr Gesicht. Als schwelge sie in ihren Erinnerungen. »Ich denke, du hast ein Recht auf eine Antwort.«

Kapitel 28

Was das Herz begehrt

Kendra ließ ihre Füße ins Wasser hängen und wackelte mit den Zehen im angenehm kühlen Nass. Sie atmete tief ein und lehnte sich zurück in Archers Arme. Das Gras kitzelte an ihrem Rücken und sie schloss die Augen gegen die untergehende Sonne. Sie spürte noch die Wärme auf ihrer Haut, überall dort, wo er sie im Sonnenschein geküsst hatte.

»Hast du ein schlechtes Gewissen?«, fragte sie, ohne die Augen zu öffnen. Sie pflückte blind eines der Gänseblümchen, zwischen denen sie saßen, und drehte es zwischen den Fingern, während Archer zärtliche Küsse auf ihrem Nacken verteilte. Einige Blütenblätter regneten auf ihre Beine und sie wischte sie lächelnd weg. Sie musste die Blätter nicht auszählen, denn sie wusste auch so, dass Archer sie liebte.

»Nein«, murmelte er und knabberte an ihrem Ohr. »Ich habe kein schlechtes Gewissen. Im Gegenteil. Ich bin glücklich hier bei dir. Es ist, als wäre ich endlich wieder ganz.«

Kendra wusste genau, was er meinte. Auch sie fühlte sich vollkommen, wenn sie wie jetzt müde vom Liebesspiel in seinen Armen lag. Es würde ihren Mann Marcus verletzen, sie so zu sehen, aber im Grunde war das alles nicht wichtig. Nicht, solange Archer bei ihr war.

Dennoch versuchte sie, an die Vernunft zu appellieren. »Wir sind schlechte Menschen.« Sie selbst würde nicht die Kraft aufbringen, ihn erneut von sich zu stoßen. Sie hatte einmal diesen Fehler gemacht – und bereute es seither jeden Tag. Es war ein Wunder, dass sie und Archer überhaupt so lange versucht hatten, vor ihren Gefühlen davonzulaufen.

»Wir sind keine schlechten Menschen, Kiki«, widersprach er und setzte sich auf, sodass er ihr in die Augen sehen konnte. »Wir sind einfach nur Menschen.« Er nahm ihr das Gänseblümchen ab und steckte es ihr ins Haar. »Wir sind nicht frei von Schwächen.« Er umfasste ihr Gesicht mit den Händen und küsste sie sanft. »Aber das hier … das ist kein Fehler, Kiki. Das hier … das ist Liebe. Die einzige Liebe, die ich je wollte.«

Seine Worte verursachten Kendra Schmerz. Es war eine bittere Pille, dass eine einzige falsche Entscheidung sie entzweit hatte, obwohl ihre Herzen doch für immer zusammengehörten. Ihr Hals wurde eng und sie hatte Mühe, die Tränen hinunterzuschlucken. Es war kein Tag für Tränen. Es war der glücklichste Tag seit über zehn Jahren. Und es fühlte sich so an, als wären sie nie getrennt gewesen. Als hätten sie nicht beide ein Leben, in dem für den anderen einfach kein Platz war.

Wenn sie Archer in die Augen sah, las sie darin genau die gleiche, unverhohlene Sehnsucht nach ihrer Liebe, die sie schon einmal mitten ins Herz getroffen hatte. Darum schlang sie ihm die Arme um den Hals und ließ sich mit ihm zurück ins Gras sinken. Seine Umarmung umfing sie und ihr Haar umhüllte beide wie ein Vorhang, als sie ihn ansah.

»Ich liebe dich, Archer Bishop!«, flüsterte sie und küsste ihn so, wie sie ihren Ehemann nie geküsst hatte.

Nicht der Ehebruch war der Betrug. Das wussten sie beide. Sondern ihre auf leeren Versprechen basierenden Ehen. Sie waren die wahre Sünde. Und für diese Sünden hatten sie jahrelang den Preis der Einsamkeit und Kälte gezahlt.

Ein Preis, der nun, beinahe zehn Jahre nach ihrem letzten Kuss, einfach zu hoch gewesen war. Sie konnten sich nicht länger verwehren, was ihre Herzen begehrten.

Archer hatte recht. Sie waren nur Menschen.

Aber die Zeit der Fehler war nun vorbei!

Kapitel 29

Haltlos

»Eine Affäre?!« Amy sah ihrer Freundin in die Augen und schaffte es doch nicht, sich das vorzustellen. »Das hätte ich euch beiden nie zugetraut«, gestand sie und schüttelte ungläubig den Kopf.

»Affäre klingt schmutzig, Amy. Und billig. Was Archer und ich hatten, das war … das war nie billig. Es war Liebe.« Kendra blickte in Richtung Industriegebiet hinüber. »Es war die einzige Liebe, die ich in meinem Leben kennengelernt habe. Es war nicht falsch, hörst du? Es war richtig. Keiner von uns hätte ohne den anderen weiterleben können.«

»Warum habt ihr euch nicht scheiden lassen?«

»Das wäre sicher eine Möglichkeit gewesen, wenn …«, Kendra seufzte, »wenn das Herz deines Großvaters mir allein gehört hätte. Aber dem war nicht so. Gerade du müsstest das doch wissen.«

Amy war verwirrt.

»Wen hat er denn noch geliebt? Ich glaube, ich kannte ihn doch nicht so gut, wie ich dachte.«

Kendra lächelte traurig.

»Unsinn, Liebes. Er hat seine Pralinen geliebt. Und hier lag auch das Problem. Die Fabrik erwirtschaftete Gewinne, aber ohne die Unterstützung seines Schwiegervaters wäre es eng geworden. Zuerst hat er versucht, sich durch den Verkauf von Anteilen von Catrall loszusagen, aber er hatte immer noch den Kredit für das ursprüngliche Investment abzuzahlen. Deshalb blieb er bei Agnes.« Sie zuckte mit den Schultern. »Du darfst nicht vergessen, dass wir Kinder hatten. Wir wollten niemanden ins Unglück stürzen, verstehst du?«

Amy schwieg. Konnte sie das verstehen? Es fiel ihr schwer, sich ihren Großvater in der Rolle des ehebrecherischen Schurken vorzustellen, der nur des Geldes wegen seine Frau geheiratet hatte.

»Das alles passt so gar nicht zu Archer«, murmelte Amy und rieb sich die Schläfen.

»Stimmt. Das war alles meine Schuld. Meine und die von deiner Großmutter Agnes. Sie hat gedacht, sich Archers Zuneigung erkaufen zu können. Dennoch hätte er sich niemals darauf eingelassen, wenn ich … wenn ich ihn nicht verlassen hätte.« Kendra wischte sich eine Träne aus dem Augenwinkel. »Jeder von uns hat Fehler gemacht und dafür bezahlt. In unseren Beziehungen gab es keine Gewinner, Amy. Wir haben alle verloren.«

Sie stand auf und wandte Amy den Rücken zu, blickte wieder hinüber zur Fabrik, als sähe sie dort die Zeiten von damals vor sich.

Amy schlang die Arme um ihren Oberkörper. Kendras Eröffnung verursachte ihr eine Gänsehaut. Irgendwie ergab nun vieles einen Sinn. Ihre zerrüttete Familie, die Kälte, die sie immer zwischen Agnes und Archer gespürt, aber nie begriffen hatte. Die Ablehnung ihrer Mutter …

Und obwohl alle ihrem Großvater Vorwürfe machten, verstand sie ihn insgeheim. Auch ihr Herz gehörte den Pralinen. Trotzdem quälte sie eine Frage, wenn sie Kiki so niedergeschlagen hier stehen sah.

»Wie konnte er dich aufgeben?«

»Ich ließ ihm keine Wahl. Ich dachte, er würde glücklich werden, wenn er seinen Traum leben könnte.« Sie drehte sich zu Amy um. »Damals wusste ich es nicht besser.«

Amy nickte nachdenklich. Dann stand sie auf und ging auf ihre Freundin zu. »Deshalb die Pralinen? Was bedeuten sie?«

Kendra lächelte bitter. »Sie sind ein Zeichen seiner Zuneigung, Amy. Und zugleich sind sie für mich ein Mahnmal. Eine Erinnerung an den größten Fehler meines Lebens. Am Ende blieb mir nicht mehr von ihm als diese tägliche Praline. Und das Wissen um seine nie endende Liebe.«

***

Amy fluchte, als sie ihr Auto auf dem Firmenparkplatz abstellte. Bettys aufgelöster Anruf hatte das Gespräch mit Kiki schlagartig beendet und sie daran erinnert, dass es Dringenderes gab, als über Archers Gefühle zu sinnieren. Sein Erbe stand auf dem Spiel.

Sie hastete am Empfangstresen vorbei, wo Jessicas Nicken ihr anzeigte, dass Ryan in ihrem Büro war.

Ohne anzuklopfen trat sie ein.

Ryans Kopf fuhr hoch. Er war so in die Papiere vor sich vertieft gewesen, dass er Amy nicht hatte kommen hören. Dabei hatte er sogar mit ihr gerechnet. Und wie er erwartet hatte, brachte sie schlechte Laune mit.

»Du hast Betty entlassen?!«, fuhr sie ihn an und schlug krachend die Tür zu. »Dazu hast du überhaupt kein Recht!«

Er unterdrückte den Impuls aufzustehen und sie in den Arm zu nehmen. Er musste gerade jetzt seine Professionalität bewahren. Und die Distanz. Denn er war gezwungen, ihr wehzutun. Darum rückte er seinen Krawattenknoten zurecht und strich sich über die Knopfleiste, ehe er sie ansah.

»Setz dich, Amy. Wir müssen einiges besprechen.«

»Ich setze mich nicht! Du erklärst mir jetzt, warum du meine Leute entlässt!«

Sie war so schön in ihrer Wut, dass Ryan schlucken musste. Ihre Wangen waren gerötet und ihre Augen funkelten vor Zorn wie Diamanten. Ihre Haare waren in leichter Unordnung und weckten in ihm den Wunsch, seine Hände darin zu vergraben. Doch all diese Gedanken musste er sich verbieten, denn im Moment – so bitter das war – kämpften sie gegeneinander.

»Das will ich dir gleich erklären. Zuerst muss ich dir etwas anderes erläutern. Also setz dich bitte zu mir und sieh dir diese Papiere an. Es ist wichtig!«

Widerwillig kam Amy seiner Aufforderung nach und schob ihren Stuhl neben seinen. Ein Hauch seines Aftershaves stieg ihr in die Nase und weckte Erinnerungen. Erinnerungen an Nächte, die in ihrer Perfektion einfach nicht wahr gewesen sein konnten.

»Was sind das für Unterlagen?« Sie versuchte, sich aufs Wesentliche zu besinnen und Ryan möglichst nicht zu beachten.

Seine Schulter streifte ihre, als er das Deckblatt aufschlug.

»Ich habe das für dich aufgesetzt, Amy. Das ist eine Art Absicherung.« Er sah ihr bedauernd ins Gesicht. »Wenn die *Corporation* erfährt, dass ich das für dich gemacht habe, bekomme ich Ärger. Aber so bleibt dir wenigstens etwas.«

Seine Worte machten Amy schwindelig. *Wenigstens etwas?* Was meinte er damit? War es vorbei? Hatte sie verloren, ohne es zu wissen?

»Amy?« Ryan klang besorgt. »Geht es dir gut? Du bist ganz blass.« Er schob ihr sein Wasserglas hin und drückte es ihr in die eiskalten Finger. »Hier, trink einen Schluck.« Er strich ihr über den Rücken.

Ob es diese sanfte Berührung war oder all die Dinge, die sie heute schon erfahren hatte, wusste sie nicht, aber sie brach in Tränen aus. Verzweifelt klammerte sie sich an den Mann, der ihr das Herz brach. In ihrem Kopf herrschte Chaos. Sie verstand die Welt nicht mehr! Sie war das Kämpfen so leid. Sie hatte keine Kraft mehr. Offenbar – und sie wusste noch nicht einmal wie – hatte die *Sugar-Tale-Corporation* nun die Fäden in der Hand.

Das harte Schluchzen, das ihrer Kehle entstieg, vermischte sich in ihren Ohren mit Ryans geflüsterter Beteuerung, dass alles gut werden würde.

Sie wusste, dass er log – trotzdem wollte sie ihm so gerne glauben.

»Was ist hier los, Ryan?«, schluchzte sie, ohne ihn loszulassen. Die Wahrheit tat weniger weh, solange er sie festhielt, denn in die Augen schauen würde sie ihm jetzt nicht können. Offenbar ging es ihm ähnlich, denn er küsste ihren Scheitel und hörte nicht auf, sie zu streicheln.

»Die *Corporation* hält einundfünfzig Prozent der Firmenanteile«, erklärte er emotionslos.

Seine Worte brauchten eine Weile, um in Amys Verstand zu sickern. Sie nahmen ihr den Atem und sorgten dafür, dass ihr Magen sich verkrampfte. Ihr war schlecht. Sie fühlte sich wie ein verwundetes Tier.

Kraftlos ließ sie ihre Stirn gegen seine Brust sinken.

»Was mache ich denn jetzt?«, fragte sie schwach. »Was wird denn jetzt … aus all dem?«

Mit einem Seufzen schob Ryan sie von sich und wischte ihr die Tränen aus dem Gesicht. In seinem Blick lag eine Entschlossenheit, die Amy Angst machte.

»Gib jetzt nicht auf!«, forderte er und reichte ihr einen Kugelschreiber. »Wir retten, was zu retten ist, versprochen. Aber du musst wissen, dass ich keine Wahl habe, als die Vorgaben der *Corporation* umzusetzen. Ist dir das klar, Amy?«

Was sollte sie schon sagen? Natürlich hatte er keine Wahl. Nicht er war der neue Firmeneigner, sondern die *Sugar-Tale-Corporation*. Und dennoch brachte sie es nicht über sich, ihn für ihr Unglück von Schuld freizusprechen. Weil sie ihrer Stimme nicht traute, nickte sie einfach nur. Sie hob den Kopf und sah in Ryans dunkle Augen, als sie nach dem Stift griff. Warum hatte ihr Untergang nur so schöne Augen?

»Lass uns das hinter uns bringen«, forderte sie und zog sich die Zettel heran. Ryan neben ihr nickte und rückte näher, um ihr alles zu erläutern.

»Durch die Mehrheit der Anteile hat *Sugar-Tale* nun die Entscheidungsgewalt. Änderungen in der Personalstruktur und der Geschäftsführung bedürfen nicht länger deiner Zustimmung.« Er sah sie an. »Ich will ehrlich zu dir sein, Amy. Ich fürchte, sie werden den Standort schließen.«

In Amys Ohren rauschte es. Die Unterlagen verschwammen ihr vor Augen und sie musste sich zwingen, gleichmäßig weiterzuatmen.

»Ich verstehe«, presste sie heraus, während der Schmerz sich wie ein Messer durch ihre Eingeweide bohrte. Die Gesichter ihrer Mitarbeiter zogen vor ihrem geistigen Auge vorbei. Sie hatte sie alle enttäuscht.

»Aber wir können dich absichern, Amy. Ich habe in den Unterlagen einiges gefunden, was du für dich nutzen kannst. Nur müssen wir schnell sein.«

Amy schüttelte den Kopf.

»Diese Hast gefällt mir nicht. Woher soll ich wissen, dass du mich nicht hereinlegst? Dass ich nicht irgendwas unterschreiben soll, was ich überhaupt nicht will?«

Ryan schluckte. Amys Misstrauen verletzte ihn. Er hatte sie seiner Familie vorgestellt, hatte ihr sogar seine Gefühle gestanden. Sie beide verband doch etwas. Ihre Niederlage gegen die *Corporation* tat ihm furchtbar leid, aber er versuchte ihr doch zu helfen, wo er nur konnte. Sah sie das denn nicht?

»Kannst du mir nicht vertrauen, Amy?«, fragte er ernst. »Ich bin nicht dein Feind!«

Als sie ihn ansah, war es, als blicke er in das Gesicht einer Fremden. Die Frau, der er sich so nahe gefühlt hatte, war nirgendwo zu erahnen.

»Du bist aber auch kein Freund«, bestätigte sie seine Befürchtung.

Er hätte es wissen müssen. In seiner Branche machte man sich keine Freunde. Dass sie das nun so sah, war bedauerlich. Sogar mehr als das. Verletzt rückte er ein Stück von ihr ab und deutete auf die Unterlagen.

»Hierin steht, dein Großvater hat das Nebengebäude mit der Rezeptküche aus Privatbesitz erworben. Sie ist also nicht Teil der Firma. Du solltest mit einem Notar klären, an wen dieses Gebäude vererbt wurde. Die *Corporation* hat kein Interesse bekundet, es aufzukaufen, um es dem Firmeneigentum zuzuführen.«

Amy nickte. Sie hatte davon irgendwann gehört, dem aber keine weitere Beachtung geschenkt. Sie musste nicht zum Notar, um zu wissen, dass die Rezeptküche ihr gehörte.

»Und weiter?«, forderte sie kalt, denn die Erinnerung an die Gefühle, die sie für Ryan in eben diesem Gebäude entwickelt hatte, drohten sie zu überwältigen.

Ryan räusperte sich und blätterte um.

»Das ist der Vertrag für die Rezepte deines Großvaters. Da du ihn neulich nicht unterzeichnet hast und diese demnach nicht Firmeneigentum sind, könnten sie von jedermann nachgemacht werden. *Sugar-Tale* würde gerne an den bisher hergestellten Produkten festhalten und bietet dir deshalb an, die Lizenz für diese Kreationen einmalig zu erwerben – dann aber natürlich mit der Absicherung, als Einziger diese Rezepte zu verarbeiten.«

Amy runzelte die Stirn.

»Du sagst, sie könnten sie auch so weiterhin verkaufen. Warum sollten sie mir also Geld dafür bieten?«

»Weil ich es ihnen angeraten habe. Ich glaube nicht, dass irgendwer Industriespionage betreibt, um an die Arbeit deines Großvaters zu kommen. Aber ich konnte die *Corporation* überzeugen, dass das Risiko, es darauf ankommen zu lassen, zu groß wäre.« Er neigte leicht den Kopf. »Sieh es als großzügige Geste meinerseits.«

Sein Spott tat weh und Amy verbot sich, für seine Weitsicht Dankbarkeit zu empfinden. Vielleicht war das nur seine Art, sich von sämtlichen Gefühlen freizukaufen. So musste er sich nicht schuldig fühlen oder auch nur einen weiteren Gedanken an sie verschwenden. Er hatte mit ihr geschlafen und ihr dann dafür Geld aus ihrer eigenen Firma geboten. Das war wirklich eine großzügige Geste!

»Wie nett von dir!« Ihre Antwort troff vor Ironie und sie stellte zufrieden fest, dass Ryan verärgert die Lippen zusammenpresste.

Wieder blätterte er um und offenbarte Amy einen Blick auf einen Barscheck. »Um einen sauberen Schnitt zu machen, bietet dir die *Sugar-Tale-Corporation* diese Summe für deine restlichen Anteile«, erklärte er nüchtern. »Das Angebot gilt bis zum Ende der Woche. Bis dahin werde ich deinen Mitarbeitern die Wahl zwischen einer einvernehmlichen Kündigung mit Abfindung oder einer Weiterbeschäftigung in Chicago lassen und alle nötigen Schritte einleiten, um die Produktion ohne Ausfälle zu verlagern.« Er lehnte sich zurück und sah sie an. »Danach schließe ich hier die Tore und fahre ebenfalls zurück.«

Amy starrte auf den Scheck.

»Habe ich überhaupt eine Wahl? Was passiert, wenn ich das Angebot ausschlage?«

»Ich würde dir raten, es anzunehmen. Die Summe ist in Anbetracht der roten Zahlen, die bei der Übernahme nun einmal stehen, wirklich mehr als fair – dafür habe ich gesorgt. Wenn nicht, wirst du – so hart es klingt – als Restbestand mitgeschleift. Wie alle anderen Eigner, die über keine effektive Mehrheit verfügen, ist deine Stimmkraft bei Entscheidungen nicht relevant. Man würde dich dulden, aber du siehst dann abgesehen von den Ausschüttungen der Gewinne keinen Cent mehr. Sie würden dich stilllegen, wie sie es mit dem Standort in Frisco tun.«

Amy nickte. Genauso knallhart hatte sie Ryan Scandrik eingeschätzt, als er vor wenigen Wochen hier angekommen war. Dann hatte er es geschafft, sie zu blenden. Es war dumm gewesen, sich vorzumachen, aus ihnen könne vielleicht etwas werden. Und doch hatte sie das getan. Sie hatte sich in ihn verliebt – obwohl sie wusste, dass auch er seinen Beruf liebte. Und zu seinen Aufgaben gehörte es, das Beste für die *Corporation* herauszuschlagen. Das hatte er getan. Ohne Rücksicht auf Verluste. Ohne Rücksicht auf sie.

Linda hatte gesagt, er suche eine Frau, die mit ihm brannte. Diese Frau war sie definitiv nicht, denn er brannte nicht mit ihr – er brannte sie nieder!

»Du zerstörst meinen Traum«, flüsterte sie mit tränenerstickter Stimme und schob den Stuhl zurück. Sie stand auf und trat an die Scheibe zur Produktion. Die Bänder standen still und die Mitarbeiter reinigten die Anlagen. Amy legte die Hand ans Glas, als könne sie das Unvermeidliche aufhalten.

»Diese Firma hat zu viele Löcher, die selbst ich nicht stopfen kann, Amy. Ich habe es versucht, glaub mir. Ich habe gerechnet und verhandelt, weil ich an dich und deine Vision glaube! Ich denke, du hast die Gabe, etwas Einmaliges zu kreieren. Deine Pralinen sind …« Er fuhr sich durchs Haar, als wolle er jedem Gefühlsausbruch zuvorkommen. »Nimm das Geld und fang neu an. Ohne die Altlasten deines Großvaters. Mach es so, wie du es mir erklärt hast«, bat Ryan beinahe flehend. »Oder komm mit mir nach Chicago. Die *Corporation* würde dich anstellen. Dein Wissen wäre sehr willkommen. Überleg es dir! Wenn du es nicht tust«, er trat neben sie an die Scheibe und legte ihr die Hand an den Rücken, »dann kann ich nichts für dich tun, Amy.«

Seine sanfte Berührung brannte durch die Bluse auf ihrer Haut. Warum klang seine Stimme so sanft? Warum sehnte sie sich nach seiner Umarmung, wo er ihr doch alles nahm, was sie besaß? Sie wandte sich zu ihm um und sah ihm ins Gesicht. Auch in seinen Augen zeigte sich Schmerz, und das machte es umso bitterer. Sie konnten beide nicht aus ihrer Haut. Ihr Herz schrie nach seinem tröstlichen Kuss, aber ihr Verstand verbot jede weitere Schwäche.

Kendras Worte drängten sich in ihr Bewusstsein.

In unserer Beziehung gab es keine Gewinner. Wir haben alle verloren.

Eigentlich müsste Ryan sich freuen. Er hatte gewonnen. Oder nicht?

Amy trat beiseite, um seiner Berührung zu entgehen. Ryan Scandrik konnte sie nicht trösten. Er war doch der Stachel, der tief in ihrem Fleisch saß und ihr diese Qualen erst zufügte.

Sie ging zum Tisch zurück und nahm den Scheck in die Hand.

»Wo muss ich unterschreiben?«, fragte sie kalt.

Er deutete auf mehrere Zeilen in unterschiedlichen Dokumenten.

»Du tust das Richtige, Amy«, versicherte er ihr, als sie den Stift ansetzte.

Als sie den ersten blauen Strich auf dem Papier hinterließ, zögerte Amy.

»Eine Frage noch, Ryan – ehe ich unterschreibe …«

Er nickte.

»Wer hat euch die Anteile verkauft, die mein Ende bedeuten? Ich muss es wissen, denn ich hätte keinem von ihnen so einen Verrat zugetraut. Sie alle waren Großvaters Freunde.«

Ryan sah zu Boden.

»Das ist doch nicht mehr wichtig. Lass es gut sein, Amy. Lass es einfach gut sein.«

»Wer war es, Ryan!«, verlangte sie und hob den Stift. Sie würde das nicht unterschreiben, solange sie keine Antwort bekam.

Wieder schüttelte er den Kopf.

»Warum kannst du es nicht gut sein lassen? Warum willst du dir noch mehr Kummer bereiten?«

Amy legte den Stift beiseite und runzelte misstrauisch die Stirn.

»Niemand hat verkauft!«, rief sie und schlug auf die Tischplatte. »Ist es nicht so? So muss es sein!« Sie funkelte Ryan triumphierend an. »Du willst mich reinlegen! Willst, dass ich das unterschreibe, damit ich euch meine Anteile überlasse! Für wie blöd hältst du mich eigentlich?«

Adrenalin wurde durch ihren Körper gepumpt, als ihr klar wurde, was hier vorging. Es war noch nichts verloren! Er bluffte!

»So ist es nicht!«, versicherte Ryan. »Amy, bitte …«

»Das alles ist nur ein Trick! Ein wirklich mieser Trick!«

Er fluchte, packte ihre Schultern und riss sie aus dem Stuhl hoch.

»Verdammt, Amy!«, knurrte er. »Hör auf! Das ist lächerlich! Wofür hältst du mich eigentlich? Falls es dir entgangen ist: Du bedeutest mir etwas! Ich würde dich nie absichtlich verletzen! Ich würde dich nie anlügen!«

Er war ihr so nah, dass seine Lippen ihre fast berührten. Ihr Herz hämmerte schmerzhaft gegen ihre Rippen und sie wusste nicht mehr, was sie noch glauben sollte. Sie wusste nicht mehr, was ihr Herz begehrte. Freude, Enttäuschung, Wut und Sehnsucht lieferten sich einen Kampf in ihrem Inneren und ihr war, als hätte nichts mehr Bestand. Nichts außer dem Mann vor ihr. Und gerade ihm durfte sie nicht trauen!

»Wenn das stimmt … dann kannst du mir ja sagen, wer mich und meinen Großvater verraten und verkauft hat«, flüsterte sie resigniert und suchte in seinen dunklen Augen nach der Wahrheit.

Kapitel 30

Alles, was bleibt

Archer nahm den Scheck entgegen und lächelte Kendra dankbar an.

»Du musst das nicht tun«, versicherte er ihr zum hundertsten Mal, aber wie zuvor wollte sie davon nichts wissen.

»Ich weiß. Aber ich will dir helfen.« Sie drückte unauffällig seine Hand und schlenderte weiter neben ihm aus der Stadt hinaus. Auf der anderen Straßenseite hob jemand die Hand zum Gruß und Archer erwiderte die Geste. Wenn es dem Mann komisch vorkam, dass sie beide trotz der dichten Wolken am Himmel einen Spaziergang am Wasser unternahmen, so ließ er sich das nicht anmerken.

»Und was ist mit Marcus? Fragt er sich nicht, wofür du so viel Geld brauchst?«, setzte Archer das Gespräch fort. Es schien ihm besser, sich darauf zu konzentrieren, als sich schon jetzt auszumalen, was er mit Kiki tun würde, sobald sie ihr kleines Liebesnest am Ufer erreichten. Sonst würde es schwer werden, so lange die Finger von ihr zu lassen.

Kiki grinste, als könnte sie seine Gedanken erraten – vielleicht teilte sie sie ja.

»Er weiß, wofür ich das Geld verwende. Ich habe es ihm gesagt«, erklärte Kendra und ließ wie zufällig ihre Hand Archers Finger streifen.

»Du hast ihm gesagt, dass du Anteile meiner Firma kaufst? Was hat er dazu gesagt? Wundert er sich nicht?«

Kendra zuckte mit den Schultern. »Es gefällt ihm nicht, aber er hat auch nicht versucht, mich abzuhalten.« Sie zog eine Grimasse. »Zu Beginn unserer Ehe hätte er sicher anders reagiert. Inzwischen ist ihm wohl klar, dass …«

Archer sah sie an. Erkannte ihren Kummer. Sie hatten den Ortsrand gerade erreicht, aber sie waren noch lange nicht außer Sichtweite. Trotzdem umfasste er liebevoll ihr Gesicht und küsste sie.

»Dass ich nie aufgehört habe, dich zu lieben«, beendete Kiki ihren Satz und fasste kühn nach seiner Hand. Sie fürchtete nicht, entdeckt zu werden. Sie fürchtete nur, Archer noch einmal zu verlieren.

»Wir sollten uns beeilen«, flüsterte sie und zog ihn mit sich, als die ersten Regentropfen fielen.

Er legte den Kopf in den Nacken und spähte in den wolkenverhangenen Himmel.

»Willst du umkehren? Bis wir bei der Fischerhütte ankommen, sind wir klatschnass.«

Kendra lachte und fing an zu rennen. Jeder Atemzug stach ihr in den Seiten, aber sie sah nicht zurück.

»Das macht doch nichts«, rief sie ihm über die Schulter hinweg zu. »Ich hatte eh nicht vor, die Kleider lange anzulassen.«

Der Regen prasselte auf das Dach der Fischerhütte, und obwohl es erst früher Nachmittag war, herrschte abendliches Zwielicht.

Kein Lichtstrahl drang durch die grauen Wolkentürme. Trotzdem umfing sie in der Hütte warme Behaglichkeit. Archer hatte Kerzen entzündet und sie einfach in kleine Wachspfützen auf die raue Tischplatte geklebt. Beim Herunterbrennen verströmten sie ihren süßen Bienenwachsduft und tauchten den kahlen Raum in ein goldenes Licht. Im Bett unter den dicken Decken war es so kuschelig, dass es Kendra egal gewesen wäre, wenn draußen die Welt untergegangen wäre.

Sie schmiegte sich in seine Armbeuge und legte den Kopf an seine Schulter.

»Wir werden hier übernachten müssen, wenn der Regen nicht bald aufhört«, prophezeite sie nachdenklich und zeichnete dabei mit der Fingerspitze Herzen auf seine Brust.

»Hoffentlich hört es nie mehr auf zu regnen«, scherzte er glücklich.

»Als könntest du ohne deine Pralinen leben«, zog Kendra ihn auf. Sie wusste, dass ein Funken Wahrheit in ihren Worten lag.

Archer lächelte, sagte aber nichts. Stattdessen drehte er sich auf die Seite und sah sie lange an.

»Du hast recht, Kiki. Das könnte ich wohl nicht. Doch ich hätte mich nie zwischen dir und den Pralinen entschieden. Ich hätte beides haben wollen.«

»Beides hättest du aber nicht bekommen«, erinnerte sie ihn.

»Es wäre den Versuch wert gewesen.«

Er zog sie an sich und küsste sie, bis das Gefühl der Einsamkeit langsam wieder von ihm abfiel. Er mochte es nicht, über die Vergangenheit zu sprechen. Über ihre Fehler. Er wollte auch nicht an morgen denken, weil er nicht wusste, was der nächste Tag für sie beide bringen würde. Tief in seinem Herzen ahnte er, dass die gestohlene Zeit mit Kiki irgendwann enden musste. Sie nahmen sich ein Stück vom Glück, das ihnen eigentlich nicht zustand.

Ein kräftiger Windstoß schlug krachend die Fensterläden gegen die Scheiben, und Kiki zuckte zusammen.

»So ein Sturm!«, murmelte sie ehrfürchtig und zog sich die Decke weiter über die Schultern. Archer legte wärmend seinen Arm um ihre Taille und rückte näher an sie heran.

»Wir haben schon andere Stürme überstanden.«

***

Kendra wischte die Krümel vom Tisch und nahm das Tablett mit den leeren Gläsern auf. Mit den Hüften zum Takt der Musik wiegend kehrte sie an den Tresen zurück. Dabei wuschelte sie Jim, der über seinen Hausaufgaben brütete, durch die Haare.

»Lass das, Mom!«, murrte er und fuhr sich über den Kopf. Am Tisch in der Ecke saß Marcus und beobachtete sie über seine Zeitung hinweg. Sie spürte seinen Blick auf sich ruhen, tat aber so, als bemerkte sie es nicht. Wie so oft, wenn er sie ansah, meldete sich ihr Gewissen zu Wort. Ihr Mann war nicht dumm. Er wusste genau, was los war. Aber er war zu gutmütig, sie darauf anzusprechen. Nur an seinem Umgang mit ihr merkte sie, dass er zutiefst verletzt war. Tagsüber ging er ihr aus dem Weg, nachts schlief er auf der Couch, und wenn er doch etwas zu ihr sagte, dann ging es nur um ihren Sohn.

Ohne Marcus' Blick zu begegnen, spülte sie die Gläser aus und verteilte die Speisekarte an neue Gäste. Sie wollte gerade deren Bestellung aufnehmen, als eine Frau das *Little Pie* betrat.

Sie trug eine dunkle Sonnenbrille und einen modischen Hut. Ihre Lippen waren kräftig rot angemalt und standen in krassem Gegensatz zu ihrer weiß gepuderten Haut. Sie trug hohe Absätze, die ihre aristokratische Haltung betonten. Sie war eine auffällige Erscheinung und die Leute drehten sich nach ihr um.

Kendra ballte unauffällig die Hände zu Fäusten und schielte hinüber zu Marcus. Er ließ die Zeitung sinken und beobachtete sie unverhohlen. Genau wie alle anderen im Raum schien er wissen zu wollen, was nun kommen würde.

Agnes Catrall kam mit energischen Schritten auf Kendra zu, die Lippen zu einem kalten Lächeln verzogen. Nur wenige Zentimeter vor ihr blieb sie stehen und blickte sie abfällig an.

»Sie erröten«, stellte sie nüchtern fest und senkte ihre Stimme. »Dann darf ich wohl annehmen, dass es Ihnen unangenehm wäre, vor all den Leuten darüber zu reden, wie Sie es mit meinem Ehemann treiben?«, fragte sie honigsüß und lächelte dabei Marcus provozierend an.

Kendra musste sich an der Tischkante festhalten, so traf sie der offene Angriff. Ihre Beine zitterten und sie wusste, niemand hier würde ihr zu Hilfe eilen. Nicht einmal ihr Mann. *Besonders er nicht*, verbesserte sie sich, als sie seinen zufriedenen Gesichtsausdruck bemerkte.

»Bitte, ich …« Kendra wollte die Frau zum Schweigen zu bringen. »Mein Sohn …« Sie deutete auf Jim und betete, dass Agnes Catrall genug Anstand besaß, ihrer Empörung nicht vor ihrem Kind Luft zu machen.

Sie bat Agnes mit einer Geste, in einen anderen Teil des Cafés zu wechseln, wo sie ungestört reden konnten. Ihre Gegenspielerin lächelte kalt und rührte sich nicht von der Stelle. Eine Gänsehaut überzog Kendras Körper, als sie erkannte, dass Archers Frau ihren Auftritt genoss.

»Ein hübscher Junge«, flötete Agnes. »Wer ist sein Vater?«

Empört schnappte Kendra nach Luft. Auch Marcus richtete sich an seinem Tisch auf.

»Was bilden Sie sich ein?«, fauchte Kendra und zerrte sie in eine Ecke. Alle Geräusche waren verstummt, jeder Gast schien den Atem anzuhalten.

»Eine berechtigte Frage, wenn ich bedenke, wie wenig Mühe Sie und Archer sich geben, Ihre Affäre zu verbergen«, gab Agnes unbewegt zurück. »Auch Ihr Mann scheint nicht besonders überrascht.«

Kendra wusste, Marcus hörte jedes Wort. Und er wirkte tatsächlich nicht überrascht. Eher peinlich berührt. Sie wünschte, er würde Jim hinausschicken, damit er nicht hören musste, was diese Frau sagte. Aber das tat er nicht. Es spiegelte sich sogar eine gewisse Genugtuung in seinen Zügen wider.

»Was wollen Sie?«, fuhr Kendra Agnes an und stemmte mit mehr Mut, als sie empfand, die Hände in die Hüften.

Agnes nahm den Hut ab, strich sich durchs Haar und verzog in perfekter Modelpose die Lippen. Dann zog sie einen Umschlag aus ihrer Handtasche und reichte ihn Kendra.

»Ich bringe Ihnen etwas«, gab sie kalt zur Antwort. Sie wartete darauf, dass Kendra den Brief öffnete.

Die zögerte. Was mochte darin lauern? Was sollte Agnes Catrall schon mit ihr zu schaffen haben? Ob Bilder darin waren? Bilder von ihr und Archer? Das war doch verrückt!

Ihre Finger zitterten, als sie den geheimnisvollen Umschlag musterte. »Was ist das?«

Zu ihrem Erstaunen lächelte Agnes, als sie die Klebelasche löste.

»Es ist alles, was Ihnen bleibt«, erklärte sie triumphierend und piekte Kendra mit ihrer manikürten Fingerspitze an die Schulter. »Dumm für Sie, dass Sie meinen Mann lieben.« Sie piekte noch einmal, aber Kendra spürte nur Marcus' brennenden Blick im Nacken. »Dumm für ihn, dass er in fremden Betten hurt.« Und wieder stach sie zu. »Und noch viel dümmer ist es, anzunehmen, ich würde mir das bieten lassen.« Agnes lächelte immer noch, als sie ihren Hut wieder aufsetzte. »Nach einem Gespräch mit meinem Vater weiß Archer nun, wo seine Prioritäten zu liegen haben. Er wird – genau wie Sie – einsehen, dass sich derartige Zwischenfälle besser nicht wiederholen.« Sie nickte Marcus höflich zu, ehe sie weitersprach. Fast so, als würde sie nicht gerade den Ehebruch seiner Frau öffentlich machen. »Sie werden Archer nicht mehr treffen. Sie werden kein weiteres Geld … in unser Familienunternehmen stecken. Andernfalls müsste mein Vater den Geldhahn zudrehen und seine Firma langsam ausbluten lassen.« Agnes musterte ihr perfektes Spiegelbild in der Scheibe und rückte den Hut noch ein Stück nach rechts. Mit einer Kälte, als ginge sie das alles nichts an, schritt sie in Richtung Tür, wo sie noch einmal stehen blieb, während Kendra ihren Anteilsschein von *Archers Original Sweets* aus dem Umschlag zog.

»Diese zwei Prozent der Firma sind alles, was Sie von nun an mit meinem Mann teilen!«, stellte Agnes klar.

Kapitel 31

Die dunkelsten Stunden

Ziellos irrte Amy durch die Straßen von Frisco. Der Wind aus den Bergen war so kalt, dass er ihr in die Haut biss. Es roch nach Schnee. Sie sollte einfach nach Hause gehen, aber das konnte sie nicht. In ihrem Inneren tobte ein Sturm. Der Schmerz über den Verlust ihrer Firma war im Angesicht von Kendras Verrat beinahe in den Hintergrund getreten. Jetzt fühlte sie nichts mehr. Nicht einmal die Kälte, die ihr die Lippen wund biss und ihre Zehen taub werden ließ. Die Welt schien unter Nebel verborgen. Nichts war klar zu erkennen. Nicht der Weg, den sie eingeschlagen hatte, als sie fassungslos Ryans sämtliche Übergabepapiere unterzeichnet hatte. Nicht der morgige Tag, an dem sie ihr Büro räumen und ihre Belegschaft verabschieden würde – ja, selbst ihr nächster Schritt lag im Dunkeln.

Sie hob den Blick und starrte unschlüssig auf die Tür des *Mojito*, wo ihr zielloses Umherwandern sie hingeführt hatte. Die Rockmusik drang bis zu ihr auf die Straße und sie roch

Alkohol, der das Versprechen von Trost und Vergessen mit sich trug.

Die Tür schwang auf und ein Pärchen kam kichernd und knutschend heraus. Im schwachen Licht, das durch die Tür fiel, wirkten die beiden glücklich. Vermutlich waren alle dort drinnen glücklicher als sie.

Wehmütig machte Amy einen Schritt zurück. Sie konnte sich jetzt nicht betrinken. Das würde keines ihrer Probleme lösen. Vermutlich saß sogar Ryan an der Bar und feierte seinen Erfolg.

Hektisch, um niemandem über den Weg zu laufen, den sie kannte, drehte sie sich um und lief weiter. Sie schlug den Kragen ihres Mantels hoch, um sich vor dem eisigen Wind zu schützen, und ließ die Bar und alle glücklichen Menschen darin hinter sich. Es war nicht ihr Kopf, der ihre Schritte lenkte. Es war ihr Herz.

Sie kannte ihr Ziel, wusste aber nicht, was sie dort eigentlich wollte. Es gab so vieles zu sagen – und so wenig zu ändern.

Durch die hell erleuchteten Scheiben des *Little Pie* sah Amy Kendra wie immer an ihrem Platz hinter dem Tresen sitzen. Sie lachte mit ihrer Schwiegertochter Marissa über etwas, das wohl ein Gast gesagt haben musste. Amy schloss die Augen. Sie roch den Duft des Kaffees, der Pies, die Marissa jeden Morgen zubereitete, und spürte beinahe die vertraute Wärme, die sie immer überkam, sobald sie durch diese Tür trat. Doch das war vorbei. Es würde nie wieder so sein.

Sie rang den Impuls nieder, ins Café zu stürmen und ihre Freundin anzubrüllen. Was sollte das jetzt noch nützen? Wie auch immer Kendra versuchen würde, ihr Handeln zu erklären – es würde nichts an der Tatsache ändern, dass es ein bitterer Verrat war.

Die Frage nach dem *Warum* hallte durch ihren Verstand, aber Amy verbot sich, eine Antwort darauf zu suchen.

Durch die Scheibe beobachtete sie ihre vermeintliche Freundin. Sie hatte Kendra bisher für einen der ehrenhaftesten Menschen gehalten. Doch seit heute wusste sie, dass auch Kiki ihre Geheimnisse hatte. Warum hatte sie ihr am Morgen im Park nicht gesagt, was sie getan hatte? Warum hatte Kendra sie ins offene Messer laufen lassen?

Durch die Scheibe kreuzten sich ihre Blicke und Kendra erstarrte in der Bewegung. Sie musste wissen, was Amy durch den Kopf ging. Ahnte vielleicht, wie unverzeihlich es war, was sie getan hatte. Als Kendra Anstalten machte, zur Tür zu kommen, wandte Amy sich um. Sie nahm die Praline aus der Handtasche, die sie vor wenigen Stunden noch so hoffnungsvoll für ihre Freundin eingewickelt hatte. Tausend Gedanken schwirrten ihr durch den Kopf, doch keiner ließ sich fassen. Amy schloss die Faust um die Praline, als könnte sie dadurch festhalten, was sie verloren hatte. Hinter ihr ging die Tür des Cafés auf, aber sie blickte nicht zurück. Setzte einen Fuß vor den andern, weg von dem, was nicht mehr zu ändern war.

Bis sie die nächste Straßenecke erreicht hatte, schneite es dicke Flocken, die sich wie eine funkelnde Zuckerschicht über die Stadt legten.

„Amy!“, rief Kendra hinter ihr.

Amy beschleunigte ihren Schritt. Die alte Frau würde ihr nicht folgen, das wusste sie, deshalb lehnte sie sich am Ende der Straße atemlos gegen eine Hauswand. Sie zitterte und das Blut jagte ihr heiß wie Lava durch die Adern. Matt schloss sie die Augen und ließ den Schnee ihre erhitzten Wangen kühlen. Jede Zelle ihres Körpers sandte Wellen des Schmerzes aus, als langsam die Erkenntnis in ihr Bewusstsein sickerte, was an diesem Tag ihres Lebens geschehen war.

Es war vorbei. Sie hatte die Firma verloren, den Mann, den sie gegen alle Vernunft liebte – und ihre beste Freundin.

Die Kälte der Mauer drang durch ihren Mantel, qualvolle Laute drangen an ihr Ohr, und Amy dachte, dass vielleicht irgendwo ein Tier angefahren worden war. Es dauerte einen Augenblick, bis sie erkannte, dass sie selbst dieses heisere Schluchzen von sich gab. Das Handy in ihrer Tasche vibrierte, und wie all die Male zuvor hatte sie nicht die Absicht, ranzugehen. Seit sie das Büro verlassen hatte, versuchte Ryan sie zu erreichen. Aber es war alles gesagt.

Sie sank mit dem Rücken an der Wand zu Boden und gönnte sich einen Moment der Schwäche. Scheinwerfer kamen näher, tauchten sie kurz in grelles Licht, ehe sie wieder im Dunkeln saß. Das rote Signal der einzigen Ampel in Frisco spiegelte sich im Schaufenster des Geschäfts daneben. All das nahm Amy wahr, während sie darauf wartete, dass der Schmerz nachließ.

»Geht es Ihnen gut?«

Die freundliche Stimme einer Fremden riss Amy schließlich aus ihrer Starre. Sie zwang sich, den Kopf zu heben.

»Brauchen Sie Hilfe, Miss?«, wiederholte die Frau besorgt und bot Amy die Hand, um ihr hochzuhelfen.

»Nein«, presste Amy heraus. Ihre Stimme klang fremd in ihren Ohren und sie blinzelte. Der Schnee bedeckte inzwischen die Fahrbahn und die Schuhabdrücke der Dame hatten Spuren hinterlassen. Wie lange saß sie hier schon? Doch höchstens einen Moment …

Mit steifen Gliedern richtete Amy sich auf und stützte sich an der Wand ab.

»Danke für die Hilfe, aber ich …« Amy strich sich durchs schneenasse Haar. Dabei bemerkte sie die Praline, die sie noch immer in ihren eisigen Fingern hielt. »Es geht jetzt wieder!«, versicherte sie der skeptischen Passantin.

Sie schaute die Praline an. Und dann ließ sie los. Das Folienpäckchen mit der Schleife fiel knisternd in den Schnee und wurde schnell von leisen Flocken begraben.

Amy nickte der Frau zu und trat auf die Fahrbahn. Kurz hatte sie ein Déjà-vu. Sie hob schützend den Arm, um die Kollision mit dem Fahrzeug zu verhindern, schnappte erschrocken nach Luft, als sie sich in der nassen Motorhaube spiegelte, taumelte. Amy hatte Mühe, sich auf den Beinen zu halten. Sie blinzelte, die Straße war leer. Zitternd schleppte sie sich weiter. Es war Zeit, nach Hause zu gehen.

»Sie haben etwas verloren!«, rief die Passantin ihr nach und deutete auf die Praline.

Amy blieb nicht stehen. Sie sah sich auch nicht mehr um. Sie dachte an Ryan und ihr Herz zog sich schmerzhaft zusammen.

Die Frau hatte recht. Sie hatte etwas sehr Wertvolles verloren.

Kapitel 32

Das neue Jahr

Das Jahr neigte sich dem Ende zu und die Stimmung in der Bar wurde immer ausgelassener. Jessica hatte bereits vom Alkohol gerötete Wangen und wippte locker im Takt der Musik.

»Ben ist heute richtig gut!«, schwärmte sie, ohne ihren Exmann auf der Bühne aus den Augen zu lassen.

»So wie du strahlst, war er auch gestern Nacht ziemlich gut«, scherzte Betty und Jess' Röte vertiefte sich noch.

»Jetzt weiß ich auch wieder, warum ich dich keine Spur vermisse, seit du in Chicago arbeitest!«, gab Jessica spitz zurück. Ihre Reaktion zeigte, dass Betty vermutlich ins Schwarze getroffen hatte.

Amy lachte über die Neckereien ihrer Freundinnen. Sie waren lange nicht mehr alle zusammen ausgegangen. Jess verbrachte viel Zeit mit Ben und den Kindern – da sah es ganz nach einem Neuanfang aus, und Betty war mittlerweile nach Chicago gezogen und nur noch selten zu Besuch.

»Ich kann noch immer nicht glauben, dass du jetzt dort arbeitest!«, warf Amy an Betty gewandt ein. »Du Überläufer!«, scherzte sie.

»Du brauchst doch jemanden, der für dich Industriespionage in der *Sugar-Tale-Corporation* betreibt«, gab Betty reuelos zu. »Außerdem ist die Bezahlung echt nicht übel – und die Männer auch nicht.«

»Als wüsste Amy nicht, wie die Typen aus Chicago sind!«, mischte sich Madison wütend ein.

»Hört schon auf!« Amy trank ihr Sektglas aus und orderte mit einem Handzeichen ein weiteres. »Wir sollten das Thema wechseln. Arbeit und Männer verbreiten offenbar miese Stimmung.«

»Genau, Mädels! Lasst uns das alte Jahr stattdessen mit einem guten Song verabschieden!«

Madison zog Amy mit sich auf die Tanzfläche, obwohl die Band inzwischen eine Pause machte und die Musik nur von der Platte kam.

»Ist alles okay bei dir?«, fragte Madison besorgt und tanzte Amy unauffällig an, um ungestört reden zu können.

»Klar. Ich mach Betty keinen Vorwurf. Ich bin sogar froh, dass tatsächlich einige aus der alten Belegschaft in Chicago übernommen wurden. Du weißt ja, wie schlimm es für mich war, dass von einem auf den anderen Tag alle auf der Straße standen.«

Madison winkte ab.

»Die Abfindung, die Scandrik für uns ausgehandelt hat, war wirklich großzügig. Ich habe dir immer wieder gesagt, du sollst dir keine Vorwürfe machen. Und ich bin glücklich, so wie es jetzt ist!«

Amy streckte ihrer Freundin die Zunge raus.

»Für dich hat sich ja auch nichts geändert. Du machst ja immer noch Pralinen«, erwiderte sie.

»Ja, und sogar noch viel lieber als vorher. In dem Punkt hat Scandrik leider ins Schwarze getroffen. Ohne die Last der Firma bist du endlich wieder ganz du selbst. Und der Erfolg gibt dir recht. Wir starten doch gerade richtig durch!«

Amy lachte ironisch. »Wenn du damit meinst, dass wir uns jeden Tag sechzehn Stunden die Füße in der Rezeptküche platt treten, um die Bestellungen abzuarbeiten, dann stimme ich dir zu.«

»Sei doch froh, dass wir so viele Aufträge reinbekommen! Der Laden läuft, und bald wirst du noch einige Mitarbeiter einstellen können. Gib dir Zeit und genieße deinen Neuanfang!«

Madison zwinkerte Amy zu, als ein attraktiver Mann sie von hinten antanzte.

Um den beiden nicht im Weg zu stehen, kehrte Amy zurück an die Bar, wo nur noch Betty mit ihrem Drink stand. Sie witzelte mit dem Barkeeper.

»Jess ist mit Ben kurz an die frische Luft gegangen«, gab sie gut gelaunt Auskunft und warf Amy einen bedeutungsvollen Blick zu.

»Du meinst, sie knutschen in irgendeiner dunklen Ecke?«

Betty hob den Daumen. »Genau! Dein Mister Scandrik hat Ben offenbar die Augen geöffnet. Erstaunlich, was so ein bisschen Eifersucht bewirkt.«

»Er ist nicht *mein* Mister Scandrik!«, wehrte sich Amy und ließ sich niedergeschlagen auf den freien Barhocker fallen. Sie zog sich die Schale mit den Nüssen heran. »Und das Letzte, was ich will, ist, das neue Jahr mit Gedanken an ihn zu beginnen.« Sie nahm eine Handvoll Nüsse und knabberte sie einzeln weg. Dennoch musste sie sich eingestehen, dass sie neugierig war. »Bist du ihm denn eigentlich in Chicago mal begegnet?« Ihr Versuch, die Frage beiläufig klingen lassen, misslang, wie ihr Bettys wissendes Grinsen zeigte.

»Am Anfang war er manchmal in der Produktion und hat überprüft, ob sich die neuen Anlagen wirtschaftlich in den bestehenden Produktionsprozess einfügen. Aber jetzt habe ich ihn seit Längerem nicht mehr gesehen.«

»Sicher vernichtet er inzwischen irgendwo anders Lebensträume!«, sagte Amy bitter.

Betty zuckte mit den Schultern und beobachtete Madison auf der Tanzfläche, die die Aufmerksamkeit ihres neuen Bekannten offenbar zu schätzen wusste.

»Hast du denn keinen Kontakt mehr zu ihm?«

»Nein. Ich …« Amy schluckte die letzten Nüsse runter und schob die leere Schale von sich. »Ich war so verletzt, dass ich all seine Anrufe ignoriert habe. Zwei Wochen lang hat er immer wieder versucht, mich zu erreichen. Dann hat er's aufgegeben.«

»Ich finde, du warst zu hart zu ihm«, gestand Betty. »Er hat ja nur seinen Job gemacht. Dass er dich mochte, hat man jedenfalls deutlich gesehen.«

Der Barkeeper stellte vor jeden Gast ein Glas Sekt, und plötzlich kam Unruhe auf.

»O Gott, es ist gleich zwölf!«, rief Betty und sprang auf. »Komm, suchen wir uns schnell noch ein paar Lippen, die wir zum Jahreswechsel küssen können!« Sie griff nach ihrem Glas und drängelte sich durch die Besucher. Amy blieb nachdenklich sitzen. Am Eingang der Bar hielten Jessica und Ben Händchen und warteten mit einem Funkeln in den Augen, wie die Zeiger der Uhr gen Mitternacht voranrückten.

Betty hatte sich Aaron gekrallt, der nicht recht zu wissen schien, was das Vollweib von ihm wollte. Amy musste lachen. Die beiden waren ein skurriles Paar. Aber offenbar fand außer ihr wirklich jeder jemanden!

Einem Impuls folgend, zog Amy ihr Handy aus der Hosentasche und starrte auf das dunkle Display.

»Zehn! Neun! Acht! …« Die Menge läutete kreischend den Jahreswechsel ein, und Amy drückte auf Wahlwiederholung. Sie hatte die Nummer in den letzten Wochen hundert Mal aufgerufen. Hatte sie, genau wie jetzt, unsicher angestarrt – und jedes Mal wieder aufgelegt.

»Vier! Drei! Zwei! …«

Ihr Daumen schwebte über der grünen Taste und sie leckte sich nervös die Lippen.

Sie würde es tun! Ihn anrufen. Einfach, um zu wissen, dass sie keinen Fehler gemacht hatte. Wenn sie erst seine Stimme hörte, würde sie wieder wissen, warum sie ihn aus ihrem Leben verbannt hatte. Warum der Schnitt – so schmerzhaft er auch war – die einzige Möglichkeit war. … Aber was, wenn sie das nicht erkannte? Wenn seine Stimme stattdessen die Erinnerung an all die wundervollen Stunden weckte, in der sie voller Hoffnung an eine rosige Zukunft geglaubt hatte?

Ihr Finger lag auf der Taste. Ihr Herz drängte, jetzt nicht zu zögern, und sie …

Das Telefon klingelte, das Display leuchtete auf und Amy stieß einen erschrockenen Schrei aus, als sie von hinten gepackt und vom Stuhl gezerrt wurde.

Um sie herum knallten Korken, Leute jubelten und Gläser klirrten, aber für Amy zählte nur das Vibrieren des Telefons in ihrer Hand. Ihr Herz hämmerte wie wild. Es war Ryans Name, den sie auf dem Display gelesen hatte.

»Happy New Year, Baby!«, rief Bens Bandkollege Andy und schlang Amy die Arme um den Hals. Sein Atem roch nach Alkohol und Zigaretten, als er ihr einen feuchten Kuss auf die Lippen drückte. »Geile Party!«, feierte er sich selbst, ehe er betrunken weitertaumelte und gleich die Nächste mit einem stürmischen Kuss bedachte.

Angewidert wischte sich Amy über den Mund. Sie hätte heulen mögen. Das Handy in ihrer Hand war verstummt, das

Display zeigte einen verpassten Anruf. Aber der Moment des Zweifels war vorüber. Mit zitternden Fingern steckte Amy das Telefon weg. Es war besser so, redete sie sich ein, als ihre Mädels angeschwippst und mit je einem Kerl im Schlepptau zu ihr zurückkehrten.

»Happy New Year!«, wünschte Madison und drückte Amy an sich. »Du wirst sehen, Süße! Das wird dein Jahr!«

***

Unauffällig zog Amy die Tür des Kühlraums hinter sich zu und schloss für einen Moment das hektische Treiben aus. In der Küche gaben ihre vier Mitarbeiter alles, um der Arbeit Herr zu werden. Ein Großauftrag sprengte ihre Kapazitäten, aber zum Glück hatte Amy für die nächste Woche schon Bewerbungsgespräche geplant. Die Stellen waren seit Tagen in der Zeitung ausgeschrieben, und sie hoffte auf einige bekannte Gesichter. Viele der ehemaligen Mitarbeiter von *Archers Original Sweets* würden auch gut zu *Amy´s best pralines* passen. Bis dahin würden sie wohl Überstunden machen müssen. Zeit zum Durchatmen blieb kaum – und wenn, dann musste man sie sich stehlen, so wie sie es gerade tat.

Sie wischte sich eine lose Strähne aus dem Gesicht und lehnte sich erschöpft mit dem Rücken gegen eines der Regale. Ihr Atem bildet Wölkchen und die Kälte klärte ihr den Kopf. Sie fischte ihr Handy aus der Hosentasche und zögerte. Inzwischen hatte sie es aufgegeben, Ryan anrufen zu wollen. Dazu würde sie eh nie den Mut aufbringen. Aber seit Silvester dachte sie oft über Bettys Worte nach. War sie wirklich zu hart gewesen? Hätten sie und Ryan unter anderen Umständen eine Chance gehabt?

Sie öffnete ihr Kurznachrichtenprogramm und tippte: *Du fehlst mir.*

Sie tippte immer, was sie fühlte. Was sie bewegte. Was sie bereute und was sie vermisste. Aber sie schickte es nie ab. Es war leicht, ehrlich zu sein, wenn es nie jemand lesen würde.

Lächelnd überflog sie noch einmal ihre Worte. Ja, sie vermisste Ryan. Sie war so einsam, seit er nicht mehr da war und ihr Leben auf den Kopf stellte.

Ich kann nicht schlafen ohne deinen Atem auf meiner Haut, tippte sie weiter.

»Amy!«

Der Ruf der Mitarbeiterin riss Amy aus ihren Träumereien und sie löschte schnell den Nachrichtentext. »Kommst du bitte mal? Hier ist jemand, der dich sprechen will!«

»Bin gleich da!«

Mit Bedauern, weil so vieles, was sie sagen wollte, ungesagt bleiben würde, steckte sie ihr Handy zurück in die Hosentasche und öffnete die Kühlraumtür.

Kapitel 33

Eine Freundin

Kendra kniff die Augen gegen das Licht der untergehenden Sonne zusammen, um das halbwüchsige Mädchen auf der Parkschaukel besser sehen zu können. Sie war ein hübsches Kind und Kendra glaubte, Archers Lachen in ihr wiederzufinden.

»Komm, Amy, wir sollten langsam gehen. Deine Mutter wird sich schon fragen, wo wir wieder so lange stecken.«

Seine Stimme hatte sich nicht verändert. Wenn Kendra die Augen schloss, konnte sie noch immer den Mann vor sich sehen, der vor Jahrzehnten ihr Herz gestohlen hatte. Seine dunkle Silhouette im Gegenlicht ließ sie beinahe glauben, er wäre wieder jung. Er ging kein bisschen gebeugt – vermutlich das Resultat der Trotzhaltung, die er seiner Familie gegenüber stets an den Tag gelegt hatte. Zumindest hatte sie das im Laufe der Jahre so gehört.

Er trat aus dem Lichtschein und bekam Kontur. Sein Haar war grau, genau wie ihres. Kurz schloss sie die Augen, um sich zu fassen. So viel Zeit war vergangen, doch die Wunden ihres Herzens waren noch immer nicht geheilt. Selbst in seinem schwarzen Trauerflor sah er gut aus. Dass er Schwarz trug, überraschte sie. Sie selbst hatte nur zur Beerdigung ihres Mannes diese Farbe gewählt. Alles andere wäre Heuchelei gewesen. Marcus und sie hatten sich schon seit Jahren auseinandergelebt.

»Komm, Grandpa, lass uns jetzt die Tauben füttern!«, rief das Kind und sprang von der Schaukel. Sie rannte geradewegs auf den Brunnen zu, an dem Kendra so gerne auf der Bank saß. Die Vögel, die hier ihren Durst stillten, schreckten auf, als sie näher kam. Kendras Blick kreuzte Archers und die Zeit blieb stehen. Unentschlossen sah er seiner Enkelin nach, die direkt neben Kendra auf den Brunnenrand kletterte.

»Grandpa!«, quietschte sie und wedelte hektisch mit den Händen.

»Deine Mutter wird jeden Moment kommen, um dich abzuholen«, antwortete er gedankenverloren und kam langsam näher. Sein Blick hielt Kendras gefangen, und noch nach all der langen Zeit schlug ihr Herz schneller. Sie rückte ein wenig zur Seite, um neben sich auf der Parkbank Platz zu machen.

»Hallo Archer«, grüßte sie. »Es ist lange her …«

Er nickte stumm und reichte dem Mädchen eine Tüte mit Kekskrümeln, um die Tauben zu füttern. Dann ließ er seinen Blick über Kendra wandern, ehe er sich neben sie setzte.

»Meine Tochter wird gleich hier sein«, erklärte er. »Sie holt Amy ab.«

»Du möchtest nicht, dass sie uns sieht?«, riet Kendra.

Er schenkte ihr ein kurzes Lächeln.

»Was ich möchte, Kiki, was ich seit vielen Jahren möchte … wird mir auch heute verwehrt bleiben.«

»Ich weiß.« Sie griff nach seiner Hand und es fühlte sich an, als wären sie nie getrennt gewesen, so vertraut strich sein Daumen über ihre faltigen Finger.

»Du hast aber recht. Dana sollte uns so nicht sehen. Sie trauert noch sehr um ihre Mutter. Ich möchte sie nicht verletzen.«

Er sah auf die Uhr, blieb aber sitzen und hielt weiter ihre Hand. Für Fremde mussten sie aussehen wie ein altes Ehepaar bei einem Ausflug mit der Enkelin. Amy redete mit den Vögeln und streute begeistert die Krümel aus.

»Archer, der Tod deiner Frau …« Kendra wollte ihm ihr Beileid aussprechen, aber er schüttelte den Kopf.

»Sprich nicht von ihr.« Er sah ihr in die Augen und tiefes Bedauern lag darin. »Sprich nie wieder von ihr.« Er drückte ihre Hand. »Wir sind jetzt frei.«

Kendra lächelte. Er hatte recht. Sie waren jetzt frei. Und doch war so viel passiert. Sie hatten ihre Leben gelebt – ohne den anderen. Obwohl ihr Herz nie für einen anderen Mann geschlagen hatte, wusste sie, dass es für sie beide längst zu spät war.

»Du hast eine wundervolle Enkelin«, wechselte Kendra das Thema und beobachtete das Mädchen.

»Ja, das habe ich. Amy ist … sie ist so anders als ihre Mutter. Ich möchte bei ihr nicht die gleichen Fehler wieder machen. Ich will für sie da sein, weil ich das Alleinsein nicht ertrage«, gestand er matt. »Und sie hat ein Gespür für Pralinen«, fügte er hinzu.

Kendra lächelte.

»Hoffentlich bringen sie ihr mehr Glück als uns.«

Die Minuten verstrichen und schließlich löste Archer die Berührung ihrer Hände.

»Darf ich dich um etwas bitten, Kiki?«, fragte er scheu.

»Natürlich.«

Als hätte sie ihm je etwas abschlagen können!

»Es geht um Amy.« Er sah seine Enkelin voll Liebe an. »Ich werde ihr alles beibringen, was ich weiß, Kiki, aber ich brauche jemanden, der … der ihr all das beibringt, was ich nie verstanden habe.« Noch einmal fasste er nach Kendras Hand. Diesmal, als wäre er ein Ertrinkender. Seine Finger gruben sich fest in ihre Haut. »Der ihr zeigt, was wirklich wichtig ist.«

»Warum ich?«

Archers Lächeln war gequält, und in seinen Augen schimmerten Tränen. »Weil niemand außer uns weiß, wie sinnlos ein Leben ohne Liebe ist. Amy darf niemals diesen Fehler machen«, flehte er.

Seine Verzweiflung trieb auch Kendra Tränen in die Augen. Ihre Kehle war eng, darum nickte sie nur.

»Kiki? Tust du mir diesen Gefallen?«, flüsterte er verzweifelt und sah dabei wieder auf die Uhr.

Sie schluckte hart. Das Sprechen fiel ihr schwer.

»Ich werde ihr immer eine Freundin sein, wenn es das ist, was du willst.«

Zärtlich wischte Archer ihr die Tränen von der Wange und nahm wie einst ihr Gesicht zwischen seine Hände.

»Wirst du auch mir eine Freundin sein, Kiki?«, fragte er zitternd. »Bitte, schick mich nicht noch einmal weg, ich brauche dich so!«

Kapitel 34

Die Frage nach dem Warum

Amy versuchte sich ihre Überraschung nicht anmerken zu lassen, als sie sah, wer sie sprechen wollte. Sie strich sich das Haar glatt, wischte ihre Finger an der Schürze ab und durchquerte dann gemessenen Schrittes die Rezeptküche. Verschiedenste Gefühle stiegen in ihr hoch, aber sie versuchte, gelassen zu bleiben.

»Was führt dich denn her?«

»Dieses Theater muss jetzt ein Ende haben!«, sagte Kendra streng und griff nach Amys Händen. »Ich bin eine alte Frau. Am Ende sterbe ich noch, ehe ich gesagt habe, was du wissen musst. Zumindest wenn ich darauf warte, dass du dich mal wieder bei mir im Café blicken lässt.«

Amy hatte Kiki vermisst. Nun, wo sie ihrer Freundin gegenüberstand, erkannte sie erst, wie sehr. Doch ihr Verrat war unvergessen und sie bezweifelte, dass Kendra irgendetwas sagen konnte, das diese Wunde verschließen würde.

»Du willst reden?«, hakte sie nach und bot Kendra an, vor die Tür zu gehen.

»Ja. Die Sonne scheint heute so herrlich, und ich will nicht länger im Streit mit dir leben, Liebes. Das würde deinem Großvater nicht gefallen.«

Amy schmunzelte. Es war geschickt von Kiki, Archer zu erwähnen. Sie wusste genau, dass Amy da nicht hart bleiben konnte.

»Nein, das würde ihm sicher nicht gefallen«, stimmte Amy daher zu. »Aber hätte ihm gefallen, wie leichtfertig du seine Firmenanteile an *Sugar-Tale* abgetreten hast?«

Sie schlenderten am ehemaligen Firmengelände vorbei und Kendra ließ interessiert den Blick über die leer stehende Halle gleiten. Archers Lebenswerk. Und jetzt – eine Industrieruine.

»Glaub mir, das war nicht leichtfertig. Es war das Schwerste, was ich je getan habe. Beinahe das Schwerste«, verbesserte sie sich. »Ist das dort Graffiti?«, fragte sie erschrocken und deutet auf eine kunstlose Schmiererei am Haupteingang.

Amy nickte. Kaum, dass die Corporation die Tore geschlossen hatte, hatten sich irgendwelche Halbstarken daran zu schaffen gemacht.

»Hast du es der Polizei gemeldet?«

Amy zuckte mit den Schultern. »Nein. Es gehört mir ja nicht mehr.«

Kendra blieb stehen und sah Amy reuig an.

»Es tut mir leid, Amy. Ich habe getan, was ich für das Richtige hielt.« Sie schloss die Augen. Dennoch schimmerten Tränen an ihren Wimpern. »Ich habe getan, worum dein Großvater mich gebeten hat. Du solltest nicht denselben Fehler machen wie wir.«

Etwas in der Art hatte Amy vermutet. Und obwohl ihr die Erklärung schwach erschien, berührte Amy die Not ihrer Freundin und sie nahm sie in den Arm.

»Meine Situation ist doch mit eurer überhaupt nicht zu vergleichen, Kiki. Du und Grandpa habt euch geliebt. So, wie du es mir erzählt hast, wart ihr ein Paar, ehe euch die Firma in die Quere kam. Aber Ryan und ich … wir … es war etwas anderes«, erklärte sie halbherzig. Es wollte ihr plötzlich nicht mehr einfallen, wo der Unterschied lag. »Für Ryan war ich doch nur eine Abwechslung zu seinem Arbeitsalltag. Ich habe ihm nichts bedeutet.«

»Das stimmt nicht, Amy. Du hast ihm sogar sehr viel bedeutet. Denkst du, ich hätte mich davon nicht überzeugt? Ich musste mir doch sicher sein. Ich habe lange mit ihm geredet.«

Amy war überrascht.

»Du hast mit ihm geredet? Wann?«

»An dem Morgen, als du im *Little Pie* auf mich gewartet hast.«

Amy erinnerte sich. Das war der Morgen, an dem sie ihre Mutter besucht hatte. Das war also der wichtige Termin gewesen, von dem Marissa gesprochen hatte.

»Und was hat er dir für Geschichten aufgetischt, um an deine Anteile zu kommen?«, fragte Amy bitter. Dass ihre Freundin sie an diesem Tag so getäuscht hatte, schmerzte selbst heute noch.

»Oh, ich bin mir sicher, dass alles, was er mir gesagt hat, der Wahrheit entspricht«, beharrte Kendra und lenkte ihre Schritte auf den Wiesenweg, der in Richtung Frisco Bay führte. Weg von dem Mahnmal der Fabrikruine, dorthin, wo mit Archer alles begonnen hatte. »Willst du wissen, worüber wir geredet haben?«

Amy gab keine Antwort, deshalb sprach Kendra weiter:

»Ich habe ihn gefragt, wie er die Zukunft von *Archers Original Sweets* sieht, und er hat mir erklärt, dass dir die Altlasten ewig im Weg stehen würden, ein Großkonzern wie die *Corporation* aber durchaus über die Möglichkeiten verfügt,

Archers Erbe zu erhalten. Seine Pralinen werden weiterleben«, erklärte sie. »Aber er hat auch gesagt, dass die Art, mit der seine Auftraggeber dies umsetzen würden, deiner Liebe zur Firma niemals gerecht werden könnte.« Kendra pflückte sich eine Blume vom Wegrand und strich zärtlich über die Blütenblätter. »Er hat meiner Meinung nach sehr wohl verstanden, um was es dir geht. Und er hat dich genau da gesehen, wo du heute stehst. Als Chefin deines eigenen Unternehmens. Auf diese Art kannst du das Vermächtnis deines Großvaters mit sehr viel mehr Herzblut fortführen, als du es ansonsten je gekonnt hättest.« Sie lächelte Amy um Verzeihung bittend an. »*Archers Original Sweets* hat uns allen so viel Unglück gebracht«, gestand sie traurig. »Ich wollte, dass du dich davon lossagst.«

»Mir blieb ja keine Wahl! Und die hätte ich wirklich gerne selbst getroffen, Kiki.« Amy sah ihre Freundin verständnislos an. »Es war nicht an dir, das zu entscheiden.«

»Das weiß ich, Amy. Aber als Scandrik mir sagte, dass er dich liebt … dass er dich auffangen und dir helfen wird, deine Träume von der Manufaktur zu verwirklichen, da …«

»Da hast du ihm geglaubt?!« Der Vorwurf in Amys Stimme war kaum zu überhören.

»Ja. Ich habe ihm vertraut, Amy. Und nicht, weil ich die alte Närrin bin, für die du mich hältst. Sondern weil ich in seinen Augen sehen konnte, dass er die Wahrheit sagt. Er liebt dich – und es ist ihm nicht leichtgefallen, sich das einzugestehen, das kannst du mir glauben, Liebes.«

Amy schüttelte den Kopf.

»Das ist Unsinn! Siehst du ihn hier irgendwo? Hält er etwa sein Wort? Ich habe abgesehen von einem dicken Scheck der *Corporation* nicht viel von seiner Hilfe gespürt.«

»Hast du ihm denn eine Wahl gelassen, Amy? Hast du überhaupt versucht zu verstehen, was er für dich wollte?«

»Es ist mir egal, was er für mich wollte! Ich hatte eigene Pläne! Ich wollte auch etwas! Und keinen von euch hat das interessiert.«

»Das ist nicht wahr! Ich habe dir zugehört, wann immer du von deiner Manufaktur geträumt hast. Ich habe dich jahrelang Pläne machen sehen, die immer an Archers Problemen scheiterten. Ich habe schweigend zugesehen, wie du dich mehr und mehr unter dem Sorgenberg, den er dir hinterlassen hat, begraben hast. Aber was ich lange nicht mehr gesehen habe, Amy, ist, dass du glücklich warst! Archers Lebenstraum war nicht der deine!« Kendra schüttelte entschieden den Kopf. »Auch wenn du dir einredest, es wäre so. Du folgst Archers Fußspuren so blind, dass du sogar über dieselben Steine stolperst und gegen die gleichen Wände rennst, an denen er sich schon den Kopf eingeschlagen hat!« Kendra war laut geworden. Jetzt sah sie Amy eindringlich an. »Mach nicht die gleichen Fehler wie er.« Sie reckte in einer alles umfassenden Geste die Arme in den Himmel. »Hier, abseits der Firma, waren wir glücklich! Und er sähe dich tausendmal lieber lachend in den Armen des Mannes, den du liebst, als sorgenvoll über einem Schuldenberg! Und deshalb habe ich nicht gezögert, als ich erkannte, dass Ryan dich liebt – so wie du ihn liebst.« Sie sah Amy herausfordernd an. »Oder ist das etwa nicht mehr so?«

***

»Ich bin froh, dass ihr euch ausgesprochen habt«, erklärte Madison, als nur noch sie und Amy in der Rezeptküche waren. Die Arbeit war fast geschafft, und auf jeder freien Fläche türmten sich die fertigen Pralinen und warteten darauf, einzeln verpackt zu werden.

»Warum? Was hast du denn damit zu tun?«, fragte Amy und rieb sich die Arme. Die Müdigkeit ließ sie frieren und es fiel ihr schwer, sich noch auf ihre Aufgaben zu konzentrieren.

Maddie hob die Augenbrauen. »Na, überleg mal! Seit du nicht mehr mit Kiki sprichst und Betty weg ist, stricke ich mit Kendra alleine – und das macht nicht halb so viel Spaß wie vorher! Genau genommen ist es ziemlich öde ohne euch.«

»Ich kann Betty aber nicht zurückbringen«, wich Amy aus.

Madison hob mahnend den Finger.

»Aber du kannst dich am Riemen reißen und dich wieder mit Kiki vertragen.«

»Ach komm, Maddie. Das hört sich ja an, als wären wir zwei Kindergartenkinder, die sich um eine Puppe streiten. Dabei ging es um das Vermächtnis meines Großvaters!«

Madison legte die Schleifen beiseite, die sie für die Verpackung der Pralinen band, und verschränkte die Arme vor der Brust. Sie sah Amy forschend an.

»Sag mir eines, Amy. Bist du glücklich? Jetzt, im Moment?«

Amy lachte.

»Ist das dein Ernst? Du willst wissen, ob ich gerade glücklich bin? Wir sind seit fast achtundvierzig Stunden auf den Beinen, haben die letzte Nacht durchgearbeitet, und in meinen Haaren klebt Kakaopulver. Ich bin müde und jeder Knochen tut mir weh!«

Madison grinste.

»Im Jammern warst du schon immer gut«, scherzte sie. »Aber das meinte ich nicht.« Sie stand auf und zog Amy mit sich. Vor den bereits fertigen Pralinen blieb sie stehen und reichte ihr eine davon.

»Sieh dich doch mal um.« Sie deutete auf das Ergebnis ihrer gemeinsamen Arbeit. »Das hast du geschafft! Das sind siebenhundert Pralinen auf einem Haufen! Und jede einzelne von ihnen ist eine exquisite Köstlichkeit. Eine Whisky-Ganache, umhüllt mit Zartbitter und mit essbarem Blattgold veredelt. Das ist eines deiner Rezepte! Und es ist der Wahnsinn!« Zum Beweis steckte sich Madison eine der Pralinen in den Mund und schloss genießerisch die Augen. »Also ich bin glücklich!«, schmatzte sie und legte Amy freundschaftlich den Arm um die Schulter.

Mit einem schiefen Grinsen tat Amy es ihr nach und nickte schließlich.

»Du hast recht. Das alles hier ist das, was ich immer wollte. Ich bin glücklich, auch ohne die vielen Anlagen, ohne die Kessel, in denen alles zusammengerührt wird. Aber ich fühle mich so schuldig. Als hätte ich Großvater verraten, weil mir das Geld aus dem Verkauf der Anteile diese Eigenständigkeit erst ermöglicht hat.«

»Du würdest dich selbst verraten, wenn du nicht versuchen würdest, nach alldem endlich glücklich zu werden.«

Amy verzog das Gesicht. Es war schwierig, der Logik ihrer Freundin zu folgen.

»Ich bin aber nicht glücklich«, protestierte Amy. »Ich bin trotz allem einsam. Ich glaube, so muss sich Archer immer gefühlt haben.«

Maddie schwieg nachdenklich und fing an, die Pralinen in die Folientütchen zu verpacken.

»Er fehlt dir wirklich, oder?«, hakte sie nach einer Weile nach.

»Ja. Das tut er. Kiki hat gesagt, dass er mich liebt.«

»Ich weiß!«

»Woher weißt du das?«

Sie hob die Augenbrauen.

»Ich stricke mit Kiki. Wir reden«, erklärte sie knapp. Sie hatten beim Stricken immer ihre Geheimnisse miteinander geteilt.

»Du hast es gewusst und nichts gesagt?«

Madison zuckte mit den Schultern.

»Du schienst es nicht hören zu wollen. Du hast Ryan Scandrik mit keinem Wort mehr erwähnt. Außerdem sah es nicht so aus, als wäre in den letzten Wochen in deinem Leben Platz für einen Mann gewesen. Der Neuanfang hat dich beansprucht.«

»Ich habe mich in die Arbeit gestürzt, um ihn zu vergessen«, gestand Amy kleinlaut. »Hat nicht gerade so toll funktioniert.«

Madison kicherte. »Offensichtlich nicht!«

»Und was denkst du, soll ich jetzt machen?«, fragte Amy unsicher und befestigte die Schleife an dem von Madison gepackten Folientütchen.

Die hielt in der Arbeit inne und betrachtete kritisch Amys Werk.

»Am besten gehst du nach Hause, ruhst dich etwas aus. Ich mach das hier lieber allein fertig.« Sie hielt Amy demonstrativ die schief gebundene Schleife unter die Nase und schob ihre Chefin dann in Richtung Tür. »Ich will irgendwann auch mal fertig werden – und du bist mir keine große Hilfe, so abgelenkt, wie du bist.«

Amy konnte kaum einen Einwand erheben, da sie nun, wo Maddie es sagte, selbst sah, dass alle ihre Schleifen misslungen waren.

»Allein wirst du Stunden brauchen«, sagte sie dennoch.

»Ich weiß! Ich werde mir dafür morgen freinehmen, okay?«

Amy nickte und schlüpfte aus ihrer Schürze.

»Na schön. Dann gehe ich jetzt.«

Als sie beinahe schon zur Tür hinaus war, rief Madison sie zurück.

»Wegen Ryan – ruf ihn an« Sie lächelte ermutigend. »Ruf ihn einfach an!«

***

Amy stellte den leeren Teller ab, lehnte sich zurück und legte die Füße auf ihren Couchtisch. Im Fernsehen wurde Goldschmuck präsentiert, den es in dieser Form nur heute noch zu bestellen gab. Und auch nur noch einige wenige Exemplare!

Müde schaltete Amy den Ton ab und schloss die Augen. Sie sollte ins Bett gehen. Aber in ihrem Kopf kreisten zu viele Gedanken. Seit sie mit ihren Freundinnen über Ryan gesprochen hatte, fühlte sie dieses Drängen in ihrem Herzen. Diese Unruhe in ihrem Blut. Sie wollte ihn sprechen, seine Stimme hören, ihn sehen und seinen Duft einatmen. Das machte sie wahnsinnig. Sie hatte gehofft, diese Sehnsucht würde irgendwann nachlassen, aber sie war eher noch gewachsen.

Er liebt dich!, hallte es in ihr wider und brachte etwas in ihr zum Klingen. Sie wollte es glauben! Mit jeder Faser ihres Herzens wollte sie diese drei Worte glauben.

Sie schlug die Augen auf und griff nach dem Wollkorb. Auch wenn sie nicht zu Kiki zum Stricken gegangen war, war sie nicht untätig gewesen. Liebevoll strich sie über den dunklen Schal, der beinahe fertig war. Sie hatte sich damit besonders viel Mühe gegeben.

Im flackernden Licht des Fernsehers bewunderte sie ihre Arbeit. Sie schmunzelte. Man sah die Tränen nicht mehr, die ihr beim Stricken so oft über die Wangen gerollt und auf die Wolle getropft waren. Immer wieder hatte sie sich gefragt, warum sie diesen Schal strickte. Warum sie ihn für Ryan strickte. Sie fand selbst an diesem Abend keine Antwort darauf. Es war, als wäre er ihr nahe, solange die Wolle durch ihre Finger glitt. Sie sah ihn vor sich, wie er den Schal über seinem Mantel tragen würde, und plötzlich wusste sie, was zu tun war.

Sie griff nach ihrem Handy und tippte eine Textnachricht. Wie immer war sie dabei ehrlich.

„Du fehlst mir", tippte sie, wie schon so oft. „Ich kann nicht aufhören, an dich zu denken." Es fiel ihr mit jedem Wort leichter, sich zu öffnen, auch wenn jeder Satz ein Risiko für ihr Herz darstellte. Sie dachte an den Abend bei Linda und lächelte. „Ich möchte mit dir brennen, wenn du das noch willst."

Mit pochendem Herzen presste sie sich den Schal an die Wange, während sie mit der anderen Hand auf Senden drückte.

Kapitel 35

Das Café

Eine Woche nachdem Amy die Textnachricht abgeschickt hatte, gab sie es auf, auf eine Rückmeldung zu warten. Keine Antwort war ja schließlich auch eine Antwort. Sie versuchte die Enttäuschung in Energie umzuwandeln und arbeitete noch härter als zuvor.

»Wir bräuchten einen Verkaufsraum!«, murrte Madison, als die Kundin mit ihrer Schachtel Pralinen aus der Rezeptküche trat. »Der Verkauf in der Produktion ist chaotisch«, beschwerte sie sich bei Amy, aber die drapierte gedankenversunken einige Pralinen mit Chili-Likör in die Auslage.

»Amy! Hörst du mir überhaupt zu?«

»Bitte? Sprichst du mit mir?«

»Ja, das tue ich in der Regel, wenn ich einen Satz mit deinem Namen beginne.«

Amy streckte ihrer Freundin die Zunge heraus.

»Und was wolltest du?«

Madison winkte ab. »Vergiss es! Es ist ja eh nicht zu ändern.«

»Du maulst mich also an, weil ich dir wegen etwas nicht zuhöre, das eh nicht zu ändern ist?« Amy rollte mit den Augen. »Manchmal bist du echt merkwürdig, Maddie.«

»Ja, klar! Aber …« Sie stutzte. »Hast du schon wieder die mit Chili gemacht?« Madison deutete in die frisch aufgefüllte Auslage.

»Siehst du doch.«

Verwundert stemmte Madison die Hände in die Hüften.

»Sie verkaufen sich aber nicht gut. Warum verschwendest du deine Zeit damit? Ist es wegen Ryan?«

Amy wischte sich die Finger an einem Tuch ab und funkelte ihre Mitarbeiterin warnend an.

»Nein, es ist wegen des Geschmacks. Ich mache sie, weil sie mir schmecken«, rechtfertigte sie sich und nahm zum Beweis gleich eine der Pralinen in den Mund.

Für viele Kunden war diese Sorte einfach zu feurig, aber Amy konnte nicht genug davon bekommen. Sie erinnerten sie an Ryans Kuss …

»Na dann stört es dich ja sicher nicht, wenn du heute Abend wieder eine Schachtel davon mit nach Hause nehmen musst«, brummte Maddie vor sich hin und drückte gefühlvoll eine geschälte Pistazie in die noch weiche Schokoummantelung ihrer Kreation.

»Ich hatte vor, alle, die heute übrig bleiben, mit ins *Little Pie* zu nehmen. Eine letzte Party sozusagen.«

Madison sah auf.

»Ich kann immer noch nicht fassen, dass Jim das Café wirklich verkauft hat. Wie es Kiki wohl damit geht?«, überlegte sie.

»Mich überrascht das eigentlich nicht. Er wollte es doch schon lange loswerden. Marissa wollte nie die Gäste bedienen. Ich glaube ja, sie war froh, dass Kiki so lange mitgeholfen hat. Ich habe gehört, sie hätten sich etwas anderes gesucht.«

»Aber das bedeutet ja nicht, dass wir uns in Zukunft auch etwas anderes suchen müssen. Der neue Besitzer ist ja laut Kiki bereits in der Stadt. Nur müssen wir jetzt vermutlich anfangen, unsere Getränke zu bezahlen«, scherzte Madison und steckte sich eine Pistazie in den Mund.

***

Als Amy am Abend mit mehreren großen Pralinenschachteln ins *Little Pie* kam, herrschte dort bereits Hochbetrieb. Es waren einige Leute zusammengekommen, um Marissa und Jim zu verabschieden. Das war gut, denn Amy hatte schon befürchtet, viel zu viel Schokolade dabeizuhaben.

»Hi Amy!«, grüßte Aaron und hielt ihr hilfsbereit die Tür auf. Sie dankte ihm mit einem hinter dem Schachtelberg verborgenen Lächeln. »Hi Aaron! Gut, dass ich dich treffe. Ich wollte dir sagen, dass du den Job hast, wenn du ihn willst. Maddie und ich würden uns freuen, dich wieder mit ins Team zu nehmen.« Sie steuerte mit ihm im Schlepptau zielgerichtet auf die Theke zu, wo Kendra stand.

»Echt? Das ist ja super!« Aaron umarmte Amy stürmisch, wobei die Pralinenschachteln gefährlich ins Wanken gerieten.

»He! Vorsicht!«, rief sie kichernd. Seine Begeisterung war ansteckend. »Heb dir die Energie für Montag auf, es wartet jede Menge Arbeit auf dich!«

Aaron grinste schief.

»War doch klar, dass ihr Mädels dringend die Hilfe eines Mannes braucht!« Er streckte prahlerisch die Brust raus.

Auch Kendra lachte über seine Machopose und bedeutete Amy, die Schachteln hinter der Theke in der Küche abzustellen.

Noch immer über Aaron lachend, drückte Amy rückwärts die Tür auf und balancierte die Schachteln in die Küche, stellte sie ab, drehte sich um und stieß schwungvoll mit jemandem zusammen.

Sie trat einen Schritt zurück und schnappte überrascht nach Luft.

»Du?«, fragte sie erstaunt. »Was machst du denn hier?«

»Das könnte ich dich auch fragen, immerhin ist es seit Kurzem mein Laden«, gab Linda lächelnd zur Antwort und breitete dann herzlich ihre Arme aus. »Ich hatte gehofft, dich wiederzusehen!«

Vollkommen perplex erwiderte Amy die Umarmung. Ihr Puls raste und in ihrem Kopf hämmerte nur ein Gedanke: War Ryan auch hier?

»Du … du hast … das *Little Pie* gekauft?«, stammelte sie verwirrt und sah sich um. Die kleine Küche war abgesehen von ihnen beiden leer. Kein Ryan. Die Enttäuschung ergoss sich wie ein Eimer eisiges Wasser über sie. Sie verstand überhaupt nichts mehr. Warum war Linda hier? Und wo war Ryan? Musste ihr Bruder nicht ebenfalls in der Nähe sein? Warum das alles? Das war doch sicherlich kein Zufall!

Sie rieb sich die Schläfen, während Linda neugierig in die mitgebrachten Pralinenschachteln lugte.

»Ich werde das Café von nun an führen«, erklärte sie stolz. »Ryan hat es gekauft.«

»Er hat dir ein Café gekauft?«, echote Amy irritiert.

Linda lachte und zuckte mit den Schultern.

»Ich wollte mich ja schon lange wieder ins Berufsleben stürzen, und Ryan glaubt, er investiert damit in ein gewinnbringendes Unternehmen. Aber das wird sich ja wohl erst zeigen müssen«, scherzte sie. »Für mich und die Kinder ist es ideal – endlich sind wir raus aus der Großstadt – und du weißt ja, wie gerne ich für andere koche – oder backe. Ich werde vielleicht auch warme Snacks anbieten!«

Amy nickte abwesend. Das alles machte Sinn. Irgendwie …

»Aber warum ausgerechnet hier? Wieso in Frisco?«

»Weil ich dann keinen fadenscheinigen Grund erfinden muss, um hierherzukommen«, antwortete Ryan hinter ihr.

Amy wirbelte herum. Ihr Herz kam ins Stolpern, als sie sich ihm gegenübersah. In seinen Augen lag ein verführerisches Funkeln, das Erinnerungen weckte.

»Was solltest du hier auch wollen?«, fragte sie unsicher und strich sich durch die Haare. Hoffentlich sah sie gut aus.

Ryan grinste frech und bedeutete seiner Schwester mit einem Nicken, sie allein zu lassen.

»Ich weiß auch nicht, Amy. Ich glaube mich zu erinnern, dass die Süßigkeiten hier aus der Gegend recht köstlich sind«, antwortete er, sobald Linda gegangen war.

Er kam näher und berührte sie beinahe, als er sich über sie beugte, den Deckel der obersten Pralinenschachtel anhob und eine herausholte.

Seine Nähe verwirrte ihre Sinne und sein Duft machte sie schwach.

»Wenn es nach dir gegangen wäre, würde es hier überhaupt keine Pralinen mehr geben!«, gab sie schroffer als beabsichtigt zurück, denn sie wollte ihm nicht zeigen, wie sehr er sie verunsicherte.

»Das ist Unsinn.« Er betrachtete die süße Kugel zwischen seinen Fingern. »Ich wusste, dass du nicht aufhören würdest. Dafür sind sie dir viel zu wichtig.«

Überrascht hob er die Augenbrauen, als er sich die Praline in den Mund schob. Ein wissendes Lächeln umspielte seine Lippen.

Amy stöhnte, als ihr klar wurde, was er bei dem Geschmack denken musste.

»Chili-Likör?«, erriet er richtig.

»Ja und?«

»Nach unserem Rezept?«

»Nach *meinem* Rezept!«, verbesserte sie ihn und verschränkte die Arme vor der Brust, weil er einfach nicht aufhörte zu grinsen.

»Du meinst aber schon das Rezept, das du mit mir in der Rezeptküche ausprobiert hast?«

»Und wenn es so wäre?«

Ryan lachte und neigte den Kopf.

»Denkst du an mich, wenn du sie herstellst?«

Amy wurde rot. »Ich? An dich denken? Wofür hältst du dich? Außerdem hat irgendeiner meiner Mitarbeiter die Pralinen gemacht. Bild dir also besser nicht zu viel ein!«

Er leckte sich den Kakao von den Fingern und sah sie nachdenklich an.

»Du denkst also nicht mehr an mich?«, fragte er ernst.

Amy wünschte, sie könnte seine Gedanken lesen. Was hatte er vor? Wo sollte dieses Gespräch hinführen? Sie hatte keine Lust, ihm ihr Herz noch einmal zu Füßen zu legen, nur um erneut enttäuscht zu werden.

»Lass diese Spielchen, Ryan!«, rief sie wütend. »Du weißt genau, dass ich an dich denke. Ich habe dir immerhin eine Textnachricht geschickt – die du nie beantwortet hast.«

Sie ballte zornig die Hände zu Fäusten, um zu verhindern, dass sie in ihrer Enttäuschung auf ihn losging.

Ryan sah, wie verunsichert Amy war. Dabei hatte er ihr nie wehtun wollen. Entschuldigend griff er nach ihren Fingern und umschloss sie mit seinen Händen. Er sah ihr in die Augen und wusste, dass er das Richtige tat.

»Und was ist mit all meinen Anrufen? Du bist auch nie rangegangen«, gab er den Vorwurf leise zurück. »Ich habe dir nicht geantwortet, Amy, weil …« Er strich ihr sanft über die Wange. »Weil ich das, was ich dir sagen will, lieber von Angesicht zu Angesicht sagen möchte.«

Amys Herz pochte hart unter seinem eindringlichen Blick. Seine Berührungen brannten köstlich auf ihrer Haut.

»Was willst du denn so Wichtiges sagen?« Ihre Stimme zitterte, aber sie hielt seinem Blick stand.

Ryan lachte.

»Ich weiß es nicht. Während der ganzen Fahrt hierher habe ich darüber nachgedacht, aber jetzt bringe ich kein Wort heraus, weil du mich um den Verstand bringst, Amy. Seit ich zur Tür reingekommen bin und dich mit Linda hier gesehen habe, wollte ich dich nur küssen. Ich fürchte, jede Erklärung wird warten müssen, bis ich das getan habe.«

Er umfing sie mit seinen Armen, und seine Lippen legten sich verheißungsvoll auf ihre. Unwillkürlich ergab sie sich seinem Drängen und erwiderte den Kuss. Sie schmeckte das süße Chili-Aroma ihrer Praline auf seiner Zunge, streichelte seinen Nacken und genoss das seidige Gefühl seiner Haare unter ihren Fingerspitzen. All ihre Sehnsüchte kochten über und sie wollte nur eines: dass dieser Moment niemals enden würde. Doch tief in ihrem Innersten hatte sie ihm seinen Verrat noch nicht verziehen. Konnte sie das überhaupt je?

War sein Kuss nur deshalb so süß, weil er ihr zeigte, was sie nicht haben würde?

Atemlos und mit weichen Knien löste sie sich schließlich aus seiner leidenschaftlichen Umarmung und trat einen Schritt zurück. Ihre Lippen zitterten, als sie schützend ihre Finger darüberlegte.

»Du kannst nicht einfach herkommen und mich küssen – und so tun, als wäre nichts passiert«, presste sie schwach hervor und kämpfte mit den Tränen. »Du hast mir alles genommen, was mir wichtig war.«

Sie wollte Distanz schaffen, aber er gab ihre Hand nicht frei.

»Ich habe meine Arbeit gemacht, Amy«, rechtfertigte er sich. »Ich habe verdammt noch mal nur meinen Job gemacht.« Er drückte ihre Finger, um seine Worte zu unterstreichen. »Du weißt, dass ich alles versucht habe, um das Aus von *Archers Original Sweets* zu verhindern. Ich habe an dich geglaubt.«

Amy wusste, dass er die Wahrheit sagte. In den letzten einsamen Wochen hatte sie eingesehen, dass er vielleicht wirklich keine andere Wahl gehabt hatte. Dass er sogar versucht hatte, ihr einen guten Neuanfang zu verschaffen. Trotzdem saß der Schmerz so tief, dass sie trotz ihrer Gefühle für ihn nicht wusste, wie sie ihm vergeben konnte.

Sie ließ den Kopf hängen und ihre Schultern sackten schwer nach vorne. Was sollte sie nur tun?

»Amy!« Er klang flehend. »Ich bin hier, weil ich dir sagen will, wie leid es mir tut. Ich bin hier, weil ich mir nichts sehnlicher wünsche, als noch einmal – diesmal unter ganz anderen Umständen – von vorne anzufangen.« Er hob ihr Gesicht mit der Hand und zwang sie, ihn anzusehen. »Ich weiß, dass du es auch gespürt hast … dieses … ganz besondere Gefühl.«

»Ich kann mit keinem Mann zusammen sein, den … den es kalt lässt, wenn er Unternehmen zerstört und komplette Belegschaften auf die Straße setzt.«

Ryan fuhr sich energisch durchs Haar.

»Herrgott, Amy! Denkst du, das tue ich?« Er wandte sich ab und betrachtete die Kartons mit Pralinen. Amy sah seine Augen nicht, nur sein hilfloses Kopfschütteln.

»Du willst mich als den Bösewicht hinstellen. Du hast offensichtlich ein vollkommen falsches Bild von mir.« Er klang verletzt. »Ich habe doch keinen Sieg errungen, als ich den Standort hier geschlossen habe! Du kannst ruhig glauben, dass es auch für mich eine Niederlage war!«, sagte er heftig. »Normalerweise rette ich Unternehmen. Ich werde gerufen, um zu helfen. Ich bin einer von den Guten, Amy«, flüsterte er schließlich.

»So hat es sich für mich leider nie angefühlt«, gab Amy tonlos zurück.

Warum traf sie seine Rechtfertigung so schwer? Warum fühlte sie sich mit einem Mal so schlecht? Alles in ihr drängte darauf, die Hände nach ihm auszustrecken und ihm Trost zu spenden. Dabei war doch sie das Opfer …

»Manchmal ist es nicht leicht zu entscheiden, was wichtig ist. Ist es der Betrieb als Ganzes oder sind es die Mitarbeiter im Einzelnen – oder ist es gar nur das Produkt, das es zu retten gilt? Wenn man nicht alles haben kann, muss man sich entscheiden.« Er schluckte hart und Amy sah, wie er nach den passenden Worten suchte.

»Dabei stehen einem Emotionen nur im Weg. In deinem Fall war von Anfang an klar, dass ich kaum alles würde retten können – aber ich habe es dennoch versucht. Wenn du mir sonst nichts glauben willst, dann wenigstens das.«

Amy wollte etwas erwidern, aber er ließ sie nicht zu Wort kommen, sprach weiter, immer noch mit dem Rücken zu ihr.

»Ich war nie zuvor so mit dem Herzen bei einer Sache wie in diesem Fall. Ich hätte alles getan, um dir den Schmerz zu ersparen, denn ich wollte dich nicht verlieren.«

Tränen rannen Amy jetzt über die Wangen und sie konnte nicht anders, als auf ihn zuzugehen. Zaghaft legte sie ihre Stirn hinten an seine Schulter und die Arme um ihn. Das Schlucken fiel ihr schwer und jeder Atemzug drückte hart auf ihr wild pochendes Herz.

»Ich habe neu angefangen«, erklärte sie heiser. »Mit meiner Manufaktur … so wie du es vorgeschlagen hast.« Sie wollte, dass er sie ansah. Dass er sich zu ihr umdrehte und ihr die Chance gab, von der er gesprochen hatte.

Ein kleines Lächeln umspielte seine Lippen, als er ihre Hände griff und sich wieder zu ihr umwandte.

»Ich weiß. Ich habe es aus der Ferne verfolgt«, gestand er. »Ich hoffe, dein neues Geschäft läuft gut.«

Amy nahm ihren ganzen Mut zusammen.

»Sagen wir so …«, flüsterte sie, »ich bin froh, dass du da bist, denn … denn ich habe da ein rein wirtschaftliches Problem, bei dem du mir vielleicht behilflich sein könntest.«

Energisch schüttelte er den Kopf. »Oh nein. Das werde ich nicht. Nie wieder mische ich mich in deine Geschäfte ein. Sieh dir doch an, was das letzte Mal dabei herausgekommen ist.« Er machte eine allumfassende Handbewegung. »Die Frau, die ich liebe, hasst mich!«

Amy riss überrascht die Augen auf. Das Blut rauschte ihr in den Ohren und sie glaubte, sich verhört zu haben.

»Die Frau, die du liebst?«, hakte sie nach und konnte sich ein glückliches Grinsen nicht verkneifen.

Er nickte ernst, doch auch in seinen Augen funkelte es vielversprechend. „Die Frau, für die ich brenne“, bestätigte er mit den Worten, die sie in ihrer Textnachricht verwendet hatte.

»Sie hasst dich nicht«, flüsterte Amy glücklich. »Und vielleicht würde sie dir sogar vergeben, wenn du ihr bei dem Problem behilflich wärst«, schlug sie ebenfalls um Ernsthaftigkeit bemüht vor, auch wenn es sie in den Fingern juckte, sich ihm in die Arme zu werfen.

Ryan legte den Kopf schief, so wie er es immer tat, wenn er amüsiert war.

Er gab sich geschlagen. »Wo liegt denn das Problem?«, wollte er wissen.

»Es ist so … da sind diese Pralinen, die ich immer herstelle, obwohl sie keiner kauft …«

»Ja, das nenne ich in der Tat unwirtschaftlich«, gab er ihr recht. »Hör doch einfach auf, sie zu machen«, schlug er vor. »Oder mach andere.«

Amy nickte. »Klingt logisch. Aber … aber ich kann nicht.«

Ryan runzelte die Stirn. »Warum nicht?«

»Deinetwegen. Ich mache die Pralinen, weil ich einfach nicht über dich hinwegkomme«, gestand sie und zuckte hilflos mit den Schultern. »Du bist doch der Profi, Ryan. Fällt dir da keine Lösung ein?«

Sein Lachen vibrierte bis in ihre Magengrube, und sie atmete erleichtert aus, als er ihre Taille umfasste und sie an sich zog.

»Ich glaube, da kann ich dir tatsächlich behilflich sein«, raunte er. »Hör einfach auf, über mich hinwegzukommen.« Er streichelte ihre Wange und suchte ihren Blick, ehe er sie zärtlich küsste.

»Onkel Ryan!«, rief Liam und starrte die beiden mit großen Augen an. »Das ist ja eklig!« Er wischte sich theatralisch über den Mund.

Amy und Ryan fuhren lachend auseinander. Sie sahen sich an, und obwohl sie gestört worden waren, schienen sie sich nun näher als zuvor. Ryan wuschelte dem Jungen durch die Haare, ehe er ihn sich grinsend auf die Schultern setzte.

»Das ist überhaupt nicht eklig«, belehrte er seinen Neffen ernst. »Manchmal …«, er zwinkerte Amy verschmitzt zu, »wenn das Mädchen richtig toll ist, dann schmeckt ein Kuss noch süßer als jede Schokolade.«

Kapitel 36

Jeden Tag eine Praline

Der Sommer war nicht mehr aufzuhalten. Die Temperaturen versprachen schon an diesem sonnigen Samstagmorgen einen wundervollen Tag.

»Schließ sie an«, befahl Madison gut gelaunt und bedeutete Aaron, den Stecker einzustecken. Alle Augen im Café waren auf die neue Kühltheke gerichtet, und es herrschte ehrfürchtiges Schweigen, bis endlich das Brummen des Kühlaggregats erklang.

Amy jubelte und küsste Ryan, von dessen Schoß aus sie die Arbeiten überwacht hatte. Zur Feier des neuen Kühlaggregats trug er trotz der sommerlichen Temperaturen den Schal, den sie ihm gestrickt hatte. Sie schmunzelte, denn ihm war offenbar warm.

»Willst du ihn nicht ablegen?«, fragte sie und zupfte am Schalende.

Schulterzuckend nahm Ryan ihn ab. »Ich musste doch die Gelegenheit nutzen. Bis zum Winter wird der Platz hier hinter der Kühlung wohl der einzige Ort sein, wo ich dein wundervolles Geschenk tragen kann.«

Amy küsste ihn lachend und auch Linda klatschte begeistert in die Hände. Sie räumte direkt das erste Tablett mit Edelpralinen in die gläserne Auslage.

»Oh, es sieht einfach toll aus!«, freute sie sich und umarmte Madison.

»Stimmt! Und es war eine super Idee, den Verkauf der Pralinen von der Rezeptküche hierher ins Café zu verlagern. Dann haben wir endlich wieder Platz zum Arbeiten!« Madison warf Ryan einen verschwörerischen Blick zu, denn er war es gewesen, der Amy von Maddies Idee überzeugt hatte.

»Ja, schön!«, gab Amy grinsend zu. »Du hast ja recht, wir werden jeden freien Zentimeter brauchen, wenn wir den Großauftrag bekommen, den Ryan uns vermittelt hat.«

Der grinste schief.

»Eigentlich wollte ich es dir erst am Sonntag sagen. Ich wollte nicht, dass du dich schon wieder das ganze Wochenende in die Arbeit stürzt, aber …«

»Aber was?«

»Du hast den Auftrag! Das Unternehmen will deine Pralinen bei ihrem großen Firmenjubiläum anbieten!«

Kreischend sprang Amy von seinem Schoß und packte Maddie an den Händen.

»Oh Gott!«, schrie sie. »Das ist ja fantastisch! Aber wie sollen wir das nur schaffen? Ich muss gleich mal …«

Ryan hob sie kurzerhand hoch und zwang sie auf den Platz am Tresen zurück.

»Du musst jetzt überhaupt nichts, außer deinen Tee austrinken und mir einen Kuss geben. Du kannst dich am Montag in die Arbeit stürzen, sobald ich weg bin, um diese kleine Gärtnerei vor dem Konkurs zu retten«, verbesserte er sie ernst. Die Tür schwang auf und Kendra kam herein.

»Wie findest du die neue Kühlung?«, fragte Linda gespannt, und Kiki nickte anerkennend.

»Sehr schön! Wirklich sehr schön, Linda.« Sie setzte sich und stellte ihre Handtasche ab. »Ich wollte ja schon früher kommen, aber Jim und Marissas Abreise hat sich etwas verzögert.«

Amy legte ihrer alten Freundin mitfühlend die Hand auf die Schulter.

»Bist du sicher, dass du nicht mit ihnen gehen willst? Sie werden dir doch fehlen!«

Kendra wirkte tatsächlich traurig.

»Nein, nein, Liebes. Marissa wird froh sein, nicht immer ihre Schwiegermutter um sich zu haben. Und außerdem …«, sie machte eine Geste, die alle Anwesenden einschloss, »gibt es so vieles, das ich niemals zurücklassen möchte.«

Da inzwischen alle von Kikis und Archers großer Liebe wussten, ahnte wohl jeder, dass Kiki nicht von ihnen sprach. Trotzdem lächelte Linda und schob Kendra eine Tasse Kaffee hin.

»Du wirst hier ja auch gebraucht, denn ich habe noch immer keine Ahnung von der Leitung eines Cafés«, gestand sie leichthin. »Außerdem bist du nicht zu spät. Du kommst gerade recht.«

Kiki sah sich fragend um, aber alle grinsten nur schweigend, als Amy in ihre Tasche griff, ein silbergerahmtes Schwarz-Weiß-Foto herauszog und es an die Wand hinter der neuen Pralinenauslage hängte.

Es war das Bild, das Amy lange Zeit auf ihrem Schreibtisch stehen gehabt hatte. Es zeigte Archer neben seiner Fabrik. Sie brauchte es nicht länger, um zu wissen, worauf es ankam. Sie lebte nun ihren eigenen Traum.

Kendra tupfte sich gerührt die Tränen von der Wange und ihre faltigen Hände zitterten, als sie Amy umarmte.

»Ich hätte nicht gedacht, dass er im *Little Pie* jemals einen Platz finden würde«, gestand sie, und Amy konnte nicht sagen, ob sie vor Glück oder vor Traurigkeit weinte.

Ryan trat zu Kendra und fasste nach ihrer Hand.

»Im *Little Pie* war vielleicht kein Platz für ihn, aber hier schon. Das neue Ladenschild ist da, vielleicht wollt ihr ja mal einen Blick darauf werfen?«, schlug er vor und Linda deutete auf ein von Tüchern verdecktes Etwas, das an der Wand lehnte.

»Ihr habt ja ein echtes Geheimnis aus dem Namen gemacht«, murrte Madison und reckte den Hals, als Linda sich daranmachte, die Tücher abzunehmen.

»Willkommen im *Archers Original Girls*!«, rief sie und lachte über die staunenden Gesichter. Sie zwinkerte Kiki verschwörerisch zu, rannte hinter den Tresen und stellte eine einzelne, in Folie verpackte Praline vor Kendra ab. »Und außerdem wirst du hier jeden Abend eine Praline bekommen. Wir werden nicht aufhören, die wahre Liebe zu feiern, Kiki. Denn solange wir daran glauben, dass es sie wirklich gibt …«, sie warf Amy und Ryan ein zufriedenes Lächeln zu, »besteht ja auch für uns noch Hoffnung.«

15530944R00177

Printed in Poland
by Amazon Fulfillment
Poland Sp. z o.o., Wrocław